Allô, maman ?!

Dans la même collection
aux Éditions J'ai lu

P.-S. : Joyeux Noël
Déconfinez-moi !
Vite de l'air, vite du vert !
Rendez-vous sous le gui
Avec ou sans valentin ?

Allô, maman ?!

ENA FITZBEL
DÉBORAH BANNWARTH
AMÉLIE C. ASTIER & MARY MATTHEWS
JULIA BRU
SANDRA MÉZIÈRE
LISE SYVEN

J'AI LU

Sommaire

Le Café de Minuit

DÉBORAH BANNWARTH

1

23 h 58

On m'avait prévenue. On m'avait dit qu'on serait fatigués, à un point que seuls les jeunes parents et les étudiants en hypokhâgne peuvent connaître. Et j'en ai côtoyé, des couples lessivés. J'ai écouté le récit de mes copines fraîchement mamans, qui me confiaient leur combat quotidien contre l'éreintement en noyant leur désespoir dans un ballon de rouge. Je me souviens de m'être réjouie intérieurement de ne pas être à leur place, moi qui ai le sommeil plus lourd qu'un camion-citerne et plus profond que le gouffre de Padirac. Je ne me rendais pas compte de l'ampleur du cataclysme que représentait l'arrivée d'un enfant... jusqu'à ce que j'en aie un à mon tour.

Quand j'ai appris ma grossesse, je l'avoue, j'ai pensé que pour nous ce serait différent. Notre bébé allait faire ses nuits ultra rapidement. Certes, on allait être épuisés, Thomas – mon mari – et moi, mais ensemble, on vaincrait. Main dans la main, on encaisserait les nuits de veille forcée, portés par notre bonheur tout neuf, galvanisés par la contemplation de notre poupon fraîchement sorti du four. Ah, ah, ce qu'on était naïfs !

Ça fait six semaines que notre fille est née, et j'ai l'impression de m'être fait piétiner par un cheval de trait. Pire, d'être passée sous un Shinkansen lancé à pleine vitesse. Je serais assurément plus en forme si j'étais partie faire un training intensif dans la Légion étrangère. Qui aurait cru qu'un être si minuscule et si adorable pourrait avoir raison de mon corps et de mes neurones ? Et pourtant, ce petit bout de trois kilos cinq tout mouillé nous a mis à terre à la seule force de ses poumons, de la taille de deux sachets de thé. Mais si je veux voir le verre à moitié plein – de merlot, de préférence –, je dirais que, depuis la naissance de Jade, la vie n'a plus rien de plan-plan. Elle est pleine de suspense. Chaque soir c'est la loterie, et on se demande à quelle sauce on va être mangés.

Il y a les nuits sereines, idylliques, où Jade s'endort paisiblement dans mes bras et poursuit sa nuit dans son couffin aux draps de coton bio. Je contemple pendant des heures, transie d'adoration, son visage de baigneur, ses joues rebondies et douces, la frange parfaite de ses cils, son petit nez bien dessiné et sa bouche rose de poupée, qui s'ouvre en formant un O étonné quand elle me fait caca dessus. Mon bébé, le soleil de ma vie, la lumière de mes jours. Ces souvenirs-là, je les chérirai et les garderai pour toujours dans l'écrin de ma mémoire comme un trésor précieux.

Puis il y a celles, plus difficiles, où Jade lutte pour trouver le sommeil, celles où l'on passe des heures interminables éveillées toutes les deux. Elle, pendue à mon sein. Moi, qui ne garde les yeux ouverts qu'à la force d'un scotch double face surpuissant, qui s'appelle l'amour. Alors je m'asperge le visage d'eau froide pour tenir le coup et berce ma fille à en avoir mal aux bras, jusqu'à ce qu'elle s'endorme.

Enfin, il y a ce que j'appelle les « nuits des morts vivants », où Jade se réveille toutes les heures et en met deux ou trois à se rendormir, et où même un seau d'eau glacée jetée sur ma tête ne suffirait plus à me garder éveillée. Et pourtant, il faut veiller... D'où mon état de zombie. Ces nuits-là, tandis que je regarde avec impatience les minutes défiler jusqu'à l'aube, mon seul réconfort, je le trouve dans les jolis yeux ronds, innocents et remplis de confiance de Jade, qui me fixent dans la pénombre. Je puise l'énergie dans ses petits doigts potelés qui s'enroulent autour de mon index, dans la douceur de ses cheveux, dans l'odeur de lait qui monte de son front et de son cou. Tout en elle m'aide à rester debout, même quand la force m'abandonne.

Ce soir, c'est un peu différent. J'ai dépassé le stade de l'éreintement. Thomas, ce mufle, roupille à côté de moi ; je suis verte de jalousie et pleine de rancœur. Comment ose-t-il dormir si sereinement quand Jade et moi sommes réveillées ? Quand j'ai un bébé collé à moi depuis 21 heures ? Quand, en prime, la batterie de mon portable menace de me lâcher d'un instant à l'autre et de me priver de toute distraction possible ?

Si je lui en veux, je n'ai toutefois pas le cœur à le tirer du sommeil. Il travaille si dur la semaine et il prend si bien soin de la petite, je ne vais quand même pas le priver d'un repos réparateur...

Encore que ?

La tentation est grande de le réveiller sournoisement, en faisant du bruit ni vu ni connu. Un verre qui tombe sur le parquet, ça arrive si vite ! Un portable qui se met à sonner en mode sirène de pompier, idem. Ou alors je lui donne une pichenette sur le bras et fais comme si de rien n'était... Feindre la surprise tandis qu'il revient à lui, les yeux à moitié clos ? Ce serait vraiment trop fourbe. Même si la frontière entre désespoir et méchanceté est mince, je décide de ne pas la franchir. Pour cette fois. Après tout, pourquoi devrions-nous être deux à souffrir ?

Une heure et demie s'écoule, Jade somnole enfin. Mon espoir renaît. Je lance une vidéo sur YouTube. Pendant ma grossesse, j'ai visionné absolument tous les épisodes de l'émission *La Maison des Maternelles*, même ceux dont les thèmes ne me concernaient pas, par exemple le « terrible two » ou encore les ados accros aux jeux vidéo – on n'est jamais trop informée. Je regarde pour la énième fois l'interview d'un pédiatre connu qui parle du rythme circadien des bébés, mais mon cerveau est trop embué pour que les histoires de trains à wagons courts et longs lui parviennent. Et enfin, victoire... Pendant que mon attention était focalisée sur mon portable, Jade s'est endormie, au chaud contre moi, la bouche grande ouverte. J'adore la regarder ainsi, elle m'amuse autant qu'elle m'attendrit. Je me dépêche toutefois de la poser dans son berceau en la manipulant aussi délicatement que s'il s'agissait d'une bombe prête à exploser. Et pour cause : un rien la réveille.

Je retiens mon souffle. Elle dort encore, profondément. Je me décrispe un peu, mais je sais que je n'ai pas remporté la bataille pour autant. Quelques minutes s'écoulent, le silence s'installe dans la chambre, seulement rompu par les ronflements de Thomas. Je pose ma main sur le ventre de Jade pour me rassurer, vérifier qu'elle respire. Je me détends en sentant sa poitrine minuscule se soulever. Puis, à mon tour, je me glisse avec délice sous les draps et me colle contre mon mari pour profiter de sa chaleur. Il frémit, et son bras s'écarte pour m'accueillir ; je me réfugie contre lui en poussant intérieurement un soupir d'aise. Il ne me faudra pas longtemps pour rejoindre le royaume de Morphée.

Je reste aux aguets quelques minutes, guette le souffle de Jade. Dans le doute, je me relève et saisis mon portable, baisse l'intensité de sa lumière et vérifie à nouveau qu'elle respire, que la couverture n'est pas remontée trop haut, que ses bras sont libres de bouger, qu'elle dort bel et bien.

Alléluia.

Soulagée, je m'enroule sous la couette, prête à retrouver le monde des songes. Quand soudain…

Eu-eu.

Et merde !

Ma fille pousse un autre petit « eu-eu », dont elle seule a le secret. Montée soudaine d'adrénaline en moi.

Je ne compte pas m'avouer vaincue si près du but et dégaine ma baguette magique : mon téléphone. Je lance un enregistrement de bruit blanc, qui reproduit les sons que les bébés entendent dans l'utérus. Un battement de cœur retentit dans la pénombre, ce n'est pas le mien mais c'est mieux que rien. J'attends quelques minutes que le miracle se produise... Je guette, tel un félin dans la savane, prête à bondir à la moindre alerte.

Eu-eu-eu.

Et merde !

J'allume la veilleuse et découvre une Jade avec les yeux grands ouverts – deux petites billes noires qui m'observent avec un air suppliant. Comme si elle avait attendu un signal, elle se met à hurler. Je n'aurais jamais cru qu'un être si petit et si craquant puisse brailler si fort. On se croirait à un concert de heavy metal. J'abdique et la prends dans mes bras. Elle ouvre et ferme la bouche comme un poisson : elle a faim. C'est reparti pour un tour ! Je sais qu'on en a pour une bonne heure. Mon mari dort toujours, complètement ignorant du manège qui se déroule à quelques centimètres de lui. À regret, je dis adieu au sommeil.

2

2 h 12

Je descends au salon avec ma poupette enveloppée dans une couverture tel un rouleau de printemps, et m'agrippe à la rampe pour ne surtout pas tomber. Une de mes hantises de jeune maman, c'est l'escalier. La peur de le dévaler avec mon bébé dans les bras me tord l'estomac à chaque marche. Depuis que Jade est née, de toute façon, tout me fait peur. La vie d'un nourrisson est pavée de mille et un dangers, et c'est mon rôle de l'en protéger. Quand on parle de pression…

Heureusement je parviens en bas sans encombre, passe par la cuisine pour attraper un paquet de Petits Cœurs – au chocolat, pas ceux au sucre tout tristes – et m'installe dans le salon. Autrefois, la pièce était chaleureuse, parfaitement rangée : les coussins colorés qui couvrent notre canapé en velours bleu nuit étaient bien ordonnés, les photos étaient sagement alignées sur la cheminée, les souvenirs de vacances ramenés des quatre coins du monde étaient dépoussiérés, les plantes étaient arrosées, le vase en forme de buste de femme nue contenait des fleurs fraîches. Aujourd'hui, mon regard glisse sur le bazar sans le voir. Des flanelles et des bavoirs traînent un peu partout, un tapis d'éveil gît sur le tapis persan, des chaussettes taille naissance ont été semées au sol façon cailloux du Petit Poucet, une Sophie la girafe est abandonnée par terre et pousse un couinement incongru quand je lui marche dessus. Quand on a un mini-soi, on n'a plus le même sens des priorités.

J'allume la télé et zappe sans grande conviction. Je viens de finir la saison quatre de *Dix pour cent*, que j'ai « binge watchée » pendant mes premières semaines de congé maternité. Moi qui avais autrefois une aversion pour les écrans, j'entretiens aujourd'hui une relation particulière avec Netflix, et la télécommande est comme une excroissance de mon corps. Je lance sans trop réfléchir un épisode de *Stranger Things*, une série sur des ados qui se frottent aux griffes de créatures extraterrestres monstrueuses. Oui, je sais, elle a l'air bof dit comme ça, mais je raconte mal... Et puis, à 2 heures du matin on est moins exigeant. Le générique est à peine lancé que Jade s'endort, lovée au creux de mes bras. J'éventre le paquet de biscuits et en jette deux d'un coup dans ma bouche. Des miettes tombent sur ma fille et s'éparpillent sur son pyjama constellé d'étoiles.

Oups.

Ce n'est pas la première fois que je la prends pour une table basse. La pauvre s'est même une fois retrouvée avec le riz de mes sushis collé dans ses petits cheveux tout doux. C'est le genre de chose qui arrive quand on fait tout avec une main...

— Mère indigne que je suis, me grondé-je à voix haute.

Mes paroles ont sur Jade l'effet d'un réveille-matin, ses yeux s'ouvrent à nouveau comme des soucoupes. À ce moment-là, j'hésite entre y aller franchement, me jeter par terre pour éclater en sanglots et hurler mon désespoir en frappant le sol des deux poings, ou déposer lâchement ma fille à mon mari avant de fuir en plein milieu de la nuit pour prendre le premier avion en direction de Bali. Puisque aucune de ces options n'est acceptable pour une adulte saine d'esprit – ou presque –, je me rabats sur les Petits Cœurs, et tant pis pour ma ligne. J'en gobe quatre d'affilée et les mastique avec rage. Ça me calme un peu.

J'hésite à envoyer un message aux copines du cours de bébé-yoga, histoire de chercher un peu de soutien moral, mais j'ai peur que ça se retourne contre moi. La plupart du temps j'ai l'impression qu'elles s'en sortent toutes mieux que moi, et je me sens encore plus nulle... Le petit de Séverine fait déjà ses nuits, et ses siestes sont plus réglées qu'un coucou suisse – si Jade daigne dormir l'après-midi, je m'estime heureuse. Le mari de Ranvir a pris six mois de congé sans solde pour s'occuper avec elle de leurs jumeaux – cofondateur et P-DG d'une start-up, le type a réussi à lâcher son boulot, alors que Thomas, employé d'une entreprise de BTP, a eu un mal fou à s'arrêter deux semaines. Laura trouve toujours le temps de faire du sport alors que je ne rentre même plus dans mes leggings. La dernière fois que je me suis servie d'un haltère, c'était pour assommer une araignée...

Elles assurent pendant que je galère. Je me suis transformée en zombie, ma fille ne s'endort qu'au sein, et pas suffisamment longtemps. Il m'arrive de la laisser plusieurs heures dans un pyjama maculé de vomis séché car tous les autres sont au sale, je n'ai plus le temps de faire le ménage... Je me demande comment elles font, toutes ces nanas surhumaines. Ont-elles quarante-huit heures dans une seule journée ? Parviennent-elles à se dédoubler ? Auraient-elles trouvé le mode d'emploi des nourrissons ?

En parlant de mode d'emploi...

Je me souviens que ma mère m'avait raconté que, quand j'avais l'âge de Jade, mes troubles du sommeil rendaient mes parents tellement chèvres qu'ils en avaient été réduits à me fourrer chaque soir dans la voiture pour me faire faire des tours de pâté de maisons, dans l'espoir de me faire dormir. J'avais ri au nez de ma mère, jugeant la méthode extrême et ridicule. Aujourd'hui, je comprends tellement comment ils ont pu en arriver là ! Si j'avais un véhicule, et accessoirement le permis, je n'hésiterais pas une seconde. Je conduirais jusqu'en Chine s'il le fallait !

Je ris en m'imaginant les cheveux hirsutes, les yeux injectés de sang, le nez rougi et le pull taché, à sillonner les routes de France avec un nouveau-né heureux comme un pape dans son siège-auto. Je pense que je n'irais pas bien loin et que la police aurait vite fait de m'arrêter. L'écho de mon rire rebondit contre le vide.

Je me sens soudain bien seule, en tête à tête avec mon hystérie. Et ma fille qui me fixe avec un air interrogateur, comme si elle doutait de ma santé mentale. Comment l'en blâmer ?

Soudain, mon regard tombe sur la poussette sagement garée dans l'entrée en attendant notre prochaine balade, et mon cerveau se rallume comme si j'avais appuyé sur un interrupteur. Je peux presque voir une ampoule s'illuminer au-dessus de ma tête dans le miroir du salon. Je n'ai certes pas de voiture, mais j'ai ma Yaya ! Ma poussette de compétition, dans laquelle Jade s'endort en moins de temps qu'il n'en faut pour dire « eu-eu ».

Pourquoi est-ce que je n'y ai pas pensé avant ?

— Poupette, on va prendre l'air, décrété-je avec conviction, comme si je lui annonçais ma candidature à la présidence du pays.

3

2 h 37

Mue par une énergie nouvelle – ou par celle du désespoir ? –, je jette un gilet sur mes épaules, enfile des baskets, attrape mon sac à main et celui à langer, habille Jade et la glisse dans sa combinaison en coton rose velouté, avant de rabattre sur son front délicat la capuche rehaussée de deux adorables oreilles d'ourson. Puis, sans me donner le temps de changer d'avis, je harnache ma fille dans sa poussette, ouvre la porte d'entrée en grand et nous catapulte à l'extérieur.

Une fois dehors, je ne me sens soudain plus si vaillante : la rue, si jolie et familière de jour, me semble menaçante. Le miaulement guttural d'un chat me fait sursauter, et mon enthousiasme retombe comme un soufflé végane. Il me faut quelques instants pour reprendre mes esprits et calmer les battements de mon cœur. Je comprends que, dans ma précipitation, j'ai oublié d'avertir Thomas de notre départ. Le pauvre risque d'avoir une attaque en se réveillant s'il trouve la maison vide. Il me reste suffisamment de bon sens pour lui laisser un message vocal sur WhatsApp et lui expliquer le pourquoi du comment. Formulé à voix haute, mon plan me semble alors complètement absurde, mais c'est trop tard pour reculer. Jade est si mignonne dans sa poussette… J'ai l'impression de lui avoir promis cette promenade, maintenant je la lui dois.

— Bon… on est parties ! lancé-je d'une voix exagérément guillerette avant de m'élancer sur le trottoir.

L'air est étonnamment vif en cette nuit de printemps. Je vérifie que Jade est bien lovée sous sa couverture, resserre mon gilet d'une main tout en dirigeant la poussette de l'autre. Le bruit des roues rompt le silence dans lequel l'impasse dans laquelle nous vivons est plongée. Je ralentis un peu la cadence, de peur de réveiller mes voisins, surtout les deux fillettes du numéro dix-sept. Je sais par leur mère, Clarisse, que les jumelles de quatre ans font souvent des cauchemars et qu'il est difficile de les calmer. En tant que maman, je compatis, tout en m'inquiétant d'avance qu'il arrive la même chose à Jade quand elle sera plus grande. Je tremble rien qu'à l'idée de mal dormir pendant les prochaines années… Bref, ce sera une source d'inquiétude pour une autre fois. Là, ce dont j'ai besoin, c'est d'espoir.

Je continue mon chemin. La lumière est allumée au vingt-neuf, chez Mme Henry, une petite mamie de quatre-vingts ans. Elle aussi a des problèmes, elle se lève tous les jours bien avant l'aube. Ça n'en finit donc jamais, les nuits blanches ?

C'est drôle comme le sens de l'expression n'a plus du tout la même signification. Avant, une nuit blanche symbolisait les sorties en boîte jusqu'aux aurores ou les heures de plaisir dans les bras d'un amant particulièrement doué. Aujourd'hui, je veille mon bébé. Les temps changent.

Je poursuis dans la rue Jean-Moulin, tout aussi assoupie. J'ai l'impression que la planète entière dort sauf moi ; et sauf Mme Henry – pour le coup, je l'embrasserais, celle-là. De penser à elle, je me sens moins seule.

J'arrive au niveau du parc des Jonquilliers et marque une pause avant de le traverser. À la lumière des lampadaires, les jeux et les toboggans prennent un air sinistre, accentué par le grincement des chaînes des balançoires qu'un léger vent bouscule. Je m'attends d'un instant à l'autre à voir débarquer des enfants disparus depuis les années 1920 et à les entendre rire comme dans les films d'horreur. Je frissonne, hésite à franchir la grille. Jade remue les pieds dans sa poussette, comme une injonction à partir en courant. Finalement, c'est le rot d'un SDF endormi sous un château fort en bois qui me convainc d'aller voir ailleurs si on y est.

Je longe le parc sur la gauche et débouche rue des Deux-Allées, un peu plus accueillante. Soudain, alors que je m'avance dans l'obscurité, une vitrine s'allume… On dirait qu'il y a de la vie, ici ! Je me frotte les yeux, pour m'assurer que je n'hallucine pas. Mais non, le mirage est bien réel : à presque 3 heures du matin, je viens de tomber sur un café ouvert. Je n'avais jamais remarqué cet endroit auparavant, pourtant je suis passée dans cette rue mille fois depuis que nous avons emménagé dans le quartier, juste avant la naissance de Jade. Il a dû ouvrir tout récemment...

Je décide d'y faire un saut, attirée par sa lumière comme un papillon de nuit. L'enseigne en bois bleu layette annonce : *Le Café de Minuit*.

— Étrange, ce nom... J'espère que ce n'est pas un repaire de loups-garous.

Intriguée, je colle mon front à la vitrine pour espionner l'intérieur. Je découvre un endroit charmant et accueillant, ambiance petit chalet cosy avec du mobilier en bois, des lumières douces, qui apportent encore plus de chaleur au lieu, et des fleurs séchées sur les tables. Un grand vaisselier décoré de tasses bucoliques me rappelle la maison de campagne de ma grand-mère, et le comptoir croulant sous les gâteaux et les bonbonnières invite à la gourmandise. Il n'en faut pas plus pour me convaincre de pousser la porte, qui s'ouvre avec un tintement joyeux.

Une femme, certainement une serveuse ou la propriétaire, lit derrière le comptoir. Si j'avais su, j'aurais pris un livre, moi aussi, ça aurait changé des vidéos YouTube et des séries Netflix. Je n'ai pas ouvert un bouquin depuis la naissance de Jade, faute d'avoir jamais les mains libres. Moi qui pensais que j'allais avoir une vie de farniente pendant mon congé maternité, à cocooner sur le canapé avec mon bébé endormi, roman en main et tasse de chocolat chaud à disposition, je me suis bien fourvoyée ! J'ai à peine le temps de m'habiller chaque jour, si j'arrive à prendre une douche j'ai l'impression d'avoir accompli l'exploit du siècle, alors lire... Dommage, moi qui adore ça.

— Bonsoir ! me lance la voix chaleureuse de la femme, qui lève le nez de son ouvrage.

Son visage est couvert de taches de rousseur et ses cheveux sont couleur feu. Elle m'adresse un large sourire, découvrant une rangée de dents blanches. Son air est juvénile, pourtant elle pourrait avoir quarante ans... Il m'est impossible de lui donner un âge. Elle porte un tablier à carreaux vichy qui couvre une jupe en jean et un tee-shirt blanc doté d'un col Claudine en dentelle. Clairement, elle est tout droit sortie d'un conte de fées. Elle me fait penser à une version adulte de Dorothy, la petite fille du *Magicien d'Oz* – il faudra que je vérifie si, par hasard, elle porte des chaussures rouges magiques.

— Bonsoir, réponds-je, un peu intimidée.

Elle doit se demander ce que je fabrique dehors en pleine nuit avec ma poussette. Et sans doute penser que je suis complètement folle...

— Je vous en prie, asseyez-vous où vous voulez, je viendrai prendre votre commande à votre table.

— D'accord, merci.

Je cherche des yeux le meilleur endroit pour garer ma Yaya, histoire de ne pas encombrer le passage si d'autres clients venaient à s'aventurer dans le café vide. Mon choix se porte sur une petite table à l'extrémité de la banquette qui longe le mur du fond. Il fait chaud à l'intérieur, je me dépêche de retirer la capuche de Jade – qui dort à poings fermés, la main relevée sous le menton comme si elle posait pour un magazine –, et la débarrasse de sa combinaison, avant d'ôter mon gilet et de fourrer le tout sous la poussette. Je m'installe ensuite sur la banquette moelleuse, un gros coussin calé dans mon dos, et rapproche la Yaya de façon à pouvoir garder un œil sur ma fille.

Mon regard coule vers le comptoir ; je n'avais pas remarqué, en entrant, le tableau en ardoise sur lequel une écriture soignée a inscrit le menu des boissons, ni les étagères qui croulent sous les tasses, les plantes et les jouets anciens.

Étrange, la déco.

J'aperçois un Bisounours rose, le même que je possédais enfant et qui m'accompagnait partout, avec son arc-en-ciel sur le ventre. Comme j'aurais aimé l'avoir gardé pour l'offrir à Jade ! Je me demande bien où il est passé. Il a certainement été perdu ou jeté à la poubelle il y a des années… Dommage.

Je m'intéresse ensuite au comptoir à pâtisseries, où des muffins dodus côtoient des cakes généreux et des gâteaux décorés de fleurs comestibles à l'air appétissant. Les gourmandises sont à l'image du café : féminines, raffinées. Et bien plus alléchantes que mes Petits Cœurs tout secs. Je repère tout de suite mon cake favori, saveur framboise-pistache-chocolat blanc. Une combinaison que l'on trouve rarement dans les pâtisseries de quartier et qui était la spécialité de ma mère. Elle m'en préparait chaque année pour mon anniversaire.

C'est mon soir de chance, on dirait.

— Vous avez choisi ? me demande Dorothy, qui vient de surgir de derrière son comptoir.

— Euh, oui... Je vais me laisser tenter par un chocolat chaud et une part de gâteau à la pistache, s'il vous plaît.

— C'est noté, je vous amène ça tout de suite.

— Dites, ça fait longtemps que vous avez ouvert ?

— Depuis minuit, comme tous les jours, répond-elle en haussant malicieusement un sourcil.

— Je veux dire, l'établissement... Il a ouvert depuis peu, n'est-ce pas ?

— Oh non, il a toujours été là.

— Ah bon ? Je ne l'avais jamais remarqué, pourtant je suis passée dans cette rue des dizaines de fois.

— Peut-être pas au bon moment, fait-elle avec un sourire mystérieux avant de repartir.

Elle aussi, je la trouve un peu étrange, sans arriver à expliquer ce qui me donne cette impression. C'est peut-être l'effet du travail de nuit... Elle non plus ne doit pas dormir beaucoup... Cela dit, elle a l'air fraîche comme une rose, contrairement à moi.

— Et voici !

Dorothy dépose ma commande devant moi, ainsi qu'un verre d'eau. Je jette un coup d'œil à Jade, qui dort toujours paisiblement, avant de saisir ma tasse. Je salive à la vue de ce petit bonheur improvisé, même s'il risque de me faire faire une crise de foie. Ça alors, c'est la première fois, depuis que Jade est née, que je peux savourer un repas sans l'avoir dans les bras ou au sein. J'ai mes deux mains libres ! J'en pleurerais presque de joie.

Euphorique, je trempe les lèvres dans ma boisson : elle est riche, onctueuse, réconfortante. Elle agit sur moi comme une potion magique qui fait remonter mon moral en flèche. Je savoure ensuite une première bouchée de gâteau, qui me fait lâcher un soupir de contentement : il est moelleux, sa crème fond sur la langue, les pistaches grillées croustillent, la framboise fraîche vient contrebalancer la douceur du chocolat blanc. Il a le goût de mon enfance, de ces après-midi d'été où ma mère le cuisinait rien que pour moi, quand je le partageais avec mes amis venus pour le goûter.

Je ferme les yeux, en extase. C'est à ce moment-là que je remarque la musique qui s'échappe d'un haut-parleur.

N'aie aucune crainte
Avance avec confiance
Sache que si le monde est immense
À tes côtés, toujours je serai

Ma main ne lâchera jamais la tienne
Si tu as besoin de moi, je te guiderai
Et si tu fais des faux pas, si tu tombes,
Toujours, je te rattraperai

Mon enfant, ma merveille
Toi qui es mon soleil
Ma vie a pris tout son sens
Depuis ta naissance

Les paroles font monter l'émotion en moi comme une rivière qui déborde de son lit. Les larmes se mettent à couler, mais pas de tristesse. Je suis bouleversée par ces mots si bien choisis, qui font écho à ce que je ressens pour ma fille, la promesse de mon amour éternel, garanti, inconditionnel, et que, toujours, je veillerai sur elle.

— Vous allez bien ? s'inquiète la serveuse, venue se poster à côté de moi.

J'ouvre les yeux, un peu honteuse de m'être fait surprendre par une inconnue dans un moment de vulnérabilité totale.

— Oui, oui... C'est cette chanson, elle me fait pleurer depuis que je suis enceinte. Ses paroles me touchent au plus profond. Excusez-moi, je suis ridicule.

— Pas du tout ! C'est normal de se laisser émouvoir, c'est un très beau morceau, qui vous parle. Et puis, si ça peut vous rassurer, sachez que je pleure à chaudes larmes chaque fois que je regarde le dessin animé *Là-haut*. La première scène, dans laquelle on voit se dérouler toute la vie du petit vieux, me transforme systématiquement en fontaine. Sans oublier le fameux moment où Jack coule, complètement gelé, dans *Titanic*... C'est déchirant. Et puis, mince, il y avait largement de la place pour deux sur cette foutue porte flottante !

Je ne peux m'empêcher de sourire devant son air offusqué.

— Voilà qui est mieux... Vous aviez besoin d'un petit remontant, on dirait, constate-t-elle en désignant mon festin du menton.

— C'est le cas de le dire.

— Je ne vous jette pas la pierre. C'est difficile, à cet âge-là, ajoute-t-elle en désignant Jade.

— Le mot est faible. Courir un marathon, c'est difficile. Être végétarien quand on habite dans le Périgord, c'est difficile... Mais le manque de sommeil, c'est bien pire. Chaque jour, je me lève en ayant l'impression qu'on m'a frappée à coups de pelle pendant la nuit. J'exagère à peine.

Ma comparaison un brin extrême a le mérite de faire rire Dorothy.

— Je sais ce que c'est, j'ai quatre enfants... Mais je vous promets que ça va s'arranger. Tout finit par passer. Et ne vous inquiétez pas, vous vous en sortez très bien.

— Si vous le dites...

— Mais oui, c'est évident, sinon vous ne seriez pas là.

— Comment ça ?

— Je veux dire, vous ne vous poseriez pas la question. Si vous étiez déjà convaincue de tout gérer parfaitement, ce serait inquiétant.

— Oh, c'est tout le contraire... J'ai l'impression d'improviser chaque jour et d'être complètement à côté de la plaque. Toutes les autres mères s'en sortent mieux que moi... Parfois, je me dis que mon pauvre bébé n'a pas eu de chance d'être tombé sur moi à la loterie des familles.

— Vous en êtes sûre ?

— De quoi ?

— Que toutes les autres mamans s'en sortent mieux que vous ? Qui vous dit qu'elles ne sont pas aussi perdues que vous ? Si ça se trouve, elles sont tout aussi démunies.

— J'en doute fort.

— Vous vous laissez avoir par les apparences. On veut tous donner une image positive de nous-même, sans jamais dévoiler nos faiblesses, quitte à enjoliver la réalité. C'est encore pire depuis que les réseaux sociaux existent. Je suis si contente que ce cirque n'existait pas quand j'ai eu mes enfants. C'est très déprimant de se comparer aux autres, et encore plus à des chimères. Enfin, ce que j'essaie de vous dire, c'est que la couverture ne fait pas le livre. Écrivez votre histoire sans vous soucier des autres, si je peux me permettre de vous donner un conseil.

— Vous avez raison..., fais-je, reconnaissante, en avalant un autre morceau de gâteau. En parlant de roman, qu'est-ce que vous lisez ?

— *Cinquante nuances de Grey*, vous connaissez ?

— Euh, oui, de nom, réponds-je, étonnée.

— Ce n'est pas de la grande littérature, mais ça divertit. Et puis, à 3 heures du matin, je ne vais pas lire Zola, n'est-ce pas ?

— C'est sûr !

— Je m'appelle Charlotte, et vous ? se présente la femme en me tendant la main.

— Juliette. Enchantée.

Quand nos doigts se rencontrent, je ressens une décharge qui me fait sursauter.

— On dirait que le courant passe entre nous, fait Charlotte en éclatant de rire.

— Au sens propre du terme.

Notre conversation est interrompue par le tintement de la clochette de la porte qui s'ouvre. Je suis tellement surprise en découvrant le visage de la cliente qui vient d'entrer que j'en lâche ma fourchette.

4

3 h 02

— Laura ? Mais... qu'est-ce que tu fabriques ici ?

Mon amie du cours de bébé-yoga, vêtue d'une tenue de sport qui galbe ses formes parfaites, vient de faire son apparition. La transpiration imprègne son tee-shirt par endroits et fait briller son front. Toutefois, elle reste belle au naturel, les joues rougies par l'effort et les cheveux tirés en un chignon de danseuse. Même après une traversée du désert en pleine tempête de sable et vêtue d'un sac de jute, Laura aurait toujours l'air jolie et chic.

— Moi ? Je faisais un footing matinal, comme tous les jours. Et toi ?

— À cette heure-ci ?

— Je sais, c'est tôt – ou tard selon le point de vue... Je pars en déplacement à Lisbonne tout à l'heure pour deux jours, et je voulais me dépenser avant.

— Quelle détermination...

— Je n'ai aucun mérite, j'adore courir, je me sens toujours en pleine forme après une bonne séance.

Et puis je compte me récompenser avec un thé matcha, je l'ai bien mérité. C'est fabuleux de trouver un café ouvert à cette heure, et pratique pour les insomniaques !

Beurk, courir et boire cette mixture verdâtre qui sent l'herbe, on n'a vraiment pas la même définition du plaisir !

J'avale une autre bouchée de gâteau et dis :

— Zoé est avec Johanna ? Je parie qu'elles dorment profondément, elles.

— Oui, elles sont à la maison. Tu sais comment est Jo, pas sportive pour un sou. Elle traîne avec la petite. Comme d'habitude...

Je crois déceler une pointe d'amertume dans sa voix. Pourtant, je dois me tromper... Laura et sa femme, Johanna, filent un bonheur parfait depuis que leur petite Zoé est née six mois plus tôt. C'est Jo qui l'a portée, Laura n'ayant pas souhaité tomber enceinte. Contrairement à moi, qui aie cumulé nausées de l'enfer, douleurs pelviennes, mal de dos, saignements de gencives et autres réjouissances. Johanna a eu une grossesse si sereine et joyeuse qu'elle parle déjà d'avoir un autre bébé.

Toutes deux partagent leur quotidien de mamans modernes sur Instagram, le compte est principalement tenu par Johanna et suivi par plus de soixante mille personnes. Cette dernière a pu quitter son travail afin de se consacrer pleinement à ses nouveaux rôles d'influenceuse et de maman, tandis que Laura gère d'une main de maître le service marketing d'une marque très connue de sous-vêtements de luxe. Un vrai « power couple », qui force l'admiration.

Laura pourrait être intimidante, pourtant elle est simple, sympathique, accessible. Le moins que l'on puisse dire, c'est que le succès ne lui est pas monté à la tête. Malgré sa gentillesse, son côté superwoman et son élégance un chouïa guindée me font me sentir toute petite, ce qui crée une distance. Nous faisons partie du même groupe de copines, pourtant il me semble que nous venons de deux planètes différentes.

Elle commande son thé matcha à emporter et s'assied à ma table le temps que la serveuse le lui apporte. Un silence gêné s'installe quelques instants. Heureusement, il est rompu par Jade et son fameux « eu-eu ».

— Elle a faim, dis-je, constatant l'évidence.

Je peste intérieurement contre ma timidité, qui me fait dire des trucs creux. Je sors ma fille de sa poussette et me tortille pour me déshabiller sans perdre toute dignité. Si j'adore allaiter chez moi, dans l'intimité, en public c'est une autre histoire. J'ai souvent peur du regard des autres et redoute qu'on me reproche ce sein qu'on ne saurait voir, qu'on me dise de me couvrir mieux... Mais voilà, si ma fille le réclame, je dois la nourrir, et puis c'est tout. Ainsi je brave mes craintes et allaite quand il le faut. Au moins, je suis fière de résister à cette pression-là.

Je tente tout de même de me couvrir d'une flanelle, en vain. Elle glisse, et Jade s'impatiente donc je laisse tomber. Je ne peux m'empêcher de penser aux seins fermes et rebondis de Laura, qui semblent me narguer dans leur brassière de sport. Son regard se pose sur moi une seconde et se détourne, j'ai soudain envie de lui crier : « OUI, J'AI LES SEINS EN GANTS DE TOILETTE, ET ALORS ? » À la place je lui offre un sourire crispé et avale une gorgée de mon chocolat, qui a déjà un peu tiédi.

— Tu vois, si j'avais un regret, ce serait celui-là... De ne pas avoir allaité Zoé.

— Ah bon ? fais-je, plus étonnée que si elle m'avait annoncé s'être inscrite à un concours de hot-dogs.

— Oui. Je trouve ça si beau. C'est un moment privilégié entre une maman et son bébé. J'aurais tant aimé...

Je crois voir passer une ombre sur son visage de poupée de porcelaine, qui disparaît quand la serveuse lui apporte sa boisson. Elle la remercie et se lève, prenant congé.

— Bon, je file... On se voit bientôt avec les filles. Je ne te fais pas la bise, j'ai transpiré !

— Pas de problème. À bientôt !

— Ciao.

Sur ces paroles, elle tourne les talons et percute de plein fouet une cliente que je n'avais pas entendue entrer, qui pousse un cri strident.

Bizarre... Cette voix me dit quelque chose...

— Ma parole, vous ne pouvez pas faire attention ! Oh... Laura ?

Contre toute attente, la femme, dont le blazer impeccable est à présent maculé d'une tache couleur pelouse du Stade de France, n'est autre que... Ranvir !

Décidément, cette nuit est de plus en plus surréaliste...

5

3 h 45

— Mais... qu'est-ce tu fais, là, Ranvir ?

— Les filles ! Ça alors, c'est dingue de tomber sur vous, ici et maintenant ! Je rentre d'une soirée, ma première depuis la naissance des jumeaux... J'ai l'impression d'avoir rajeuni de dix ans. J'ai dansé, j'ai bu comme un trou, je me suis même fait draguer, et par un mec plus jeune en plus ! Je dirais qu'il avait, hmm, vingt-cinq ans à tout casser... C'est officiel, je suis une milf !

En temps normal, Ranvir a le débit d'une pompe à Guinness dans un pub irlandais, mais avec l'euphorie et les restes d'alcool, son énergie est décuplée. J'aime plus que tout sa personnalité solaire, son côté force de la nature que rien n'arrête : elle est entière, généreuse, charismatique. Son énergie est si communicative que, en sa compagnie, on se sent capable de déplacer des montagnes. Sa simple présence me remotive, je suis heureuse qu'elle ait déboulé comme un chiot dans un jeu de quilles.

Ce soir, elle porte une robe noire à paillettes fabuleuse dont le décolleté flatte sa poitrine généreuse et des talons vertigineux qui allongent ses jambes charnues. Son *smokey eye* a coulé autour de ses yeux de princesse indienne, et ses cheveux de jais cascadent sur ses épaules. « Sexy » est le premier mot qui me vient à l'esprit quand je la vois.

— Au fait, je suis avec Séverine ! Elle arrive, elle a oublié un truc dans la voiture. On a vu cet endroit et on s'est dit qu'on allait prendre un dernier verre avant de rentrer, on a cru que c'était un bar. Vous pensez qu'ils servent du vin, ici ? Hmm, ça m'étonnerait. Mais attendez une seconde... Qu'est-ce que *vous* faites là ? Vous vous fixez des rendez-vous clandestins en pleine nuit ? Est-ce que vos moitiés ont du souci à se faire ? plaisante-t-elle.

— Pas du tout, on s'est retrouvées ici complètement par hasard. Laura était partie courir, et moi... euh... je n'arrivais pas à dormir, et Jade non plus, réponds-je en bredouillant.

L'arrivée de Séverine me sauve la mise, je n'ai pas à justifier mon escapade nocturne. Je parie que les filles s'imaginent que je me suis disputée avec Thomas ou quelque chose du genre. Après tout, il n'y a pas mille et une raisons pour lesquelles j'aurais pu faire le mur en pleine nuit avec Jade. Et pourtant... ça m'ennuierait qu'elles s'imaginent des choses négatives sur mon mari ou sur mon couple, mais c'est mieux que de leur avouer mon incapacité à garder mon sang-froid quand ma fille décide de faire la grève du marchand de sable. Justement, elle vient de s'endormir dans mes bras, la bouche grande ouverte et les deux bras en l'air. Je la pose dans sa poussette plus délicatement que si elle était faite de cristal Baccarat et pousse un soupir de soulagement quand elle laisse échapper un petit ronflement satisfait. Je retourne à mon chocolat tiédi et à mon gâteau.

— Oh, mais ça alors ! Qu'est-ce que vous faites ici, toutes les deux ? demande Séverine, tel un mari trompé, les yeux rétrécis en une fente suspicieuse.

Nous lui racontons brièvement le pourquoi du comment, et nos explications semblent la satisfaire car son visage se détend. J'ai remarqué que Séverine pouvait se montrer un peu possessive ; elle n'aime pas être mise de côté et boude comme une gamine s'il nous arrive de nous retrouver sans elle – même si elle est toujours invitée mais pas forcément disponible, et qu'elle-même ne se gêne pas pour voir les membres du groupe séparément. Je mets son attitude sur le compte de la différence d'âge : c'est la plus jeune du quatuor, vingt-sept ans et un front lisse, tandis que nous autres avons dépassé la trentaine depuis quelques années.

Nous sommes un peu coupables de la materner malgré nous, alors qu'elle aussi est maman, et une sacrée maman. Comble de l'ironie : elle a beaucoup plus d'expérience que moi en la matière. Freddie, son petit dernier, est le cadet d'une fratrie de quatre enfants. Elle a eu Martin, son aîné, avec son amour de jeunesse. Elle n'avait que dix-sept ans quand elle est tombée enceinte pour la première fois. Malheureusement, la relation a tourné au vinaigre, et elle s'est retrouvée seule pour élever son enfant. Je lui voue pour cela une admiration sans borne. Comment a-t-elle fait pour affronter seule l'épuisement des premiers mois ? Pour ne pas craquer quand son fils faisait des pleurs de décharge, quand il avait des coliques, quand il tombait malade ? Comment est-elle parvenue à tout gérer seule, alors que moi, même avec l'aide de Thomas, j'ai l'impression de me noyer chaque jour dans un verre d'eau ?

Ce petit bout de femme d'un mètre cinquante force le respect. Heureusement, la chance a tourné pour elle : deux ans après, elle a rencontré Mathias, son mari, qui est tombé amoureux de Martin en même temps que de sa mère, et l'a élevé comme son propre fils. Le couple a depuis eu trois autres enfants, que des garçons – dont Freddie, deux mois, qui fait déjà ses nuits. Je suis si jalouse ! Elle dort dix heures par nuit alors que je me demande si je retrouverai un jour un sommeil normal… Mon cœur se serre en pensant à ces grasses matinées perdues.

Mon portable, qui se met à biper, m'arrache à mes pensées nostalgiques. Je n'ai que le temps d'apercevoir un texto angoissé de Thomas avant que l'appareil rende l'âme. Je constate, étonnée et un peu coupable, que mon mari a essayé de me joindre une bonne dizaine de fois sans que j'entende mon téléphone sonner.

— Mince, Thomas est en panique, et ma batterie vient de me lâcher. Je dois y aller avant qu'il aille faire une déclaration de disparition à la police ! fais-je en avalant en vitesse les restes de mon gâteau – pas de gâchis.

— Moi aussi, je vais y aller. Je venais juste acheter un matcha en coup de vent, et je suis déjà en retard.

— Pff, vous n'allez pas partir si vite, les filles ! Restez prendre un verre ! Je vais envoyer un message à ton mec pour lui dire de ne pas s'inquiéter, OK ?

— Mais...

Je n'ai pas le temps de protester que Ranvir a déjà pianoté un texto à Thomas. Ce que Ranvir veut, Ranvir l'obtient, mais avec tant de bonne humeur qu'il est impossible de lui en vouloir.

— Voilà ! Tu vois, c'est réglé, tu peux te détendre.

— Je suis désolée, mais moi, je dois y aller pour de bon, j'ai un avion dans quelques heures et je dois absolument prendre une douche avant. Hors de question que j'arrive en classe affaire en empestant la transpiration !

— Allez, Laura, pour une fois qu'on est toutes ensemble ! C'est si rare avec les enfants ! J'ai l'impression de ne plus jamais vous voir depuis que les cours de yoga se sont arrêtés. Profitons-en ! Juste un petit verre, supplie Ranvir avec les yeux du Chat Botté.

— Elle a raison, juste un petit verre, renchérit Séverine. « Yolo » comme on dit !

— Mais..., répété-je.

— Rasseyez-vous, je vais appeler la serveuse. Madame, s'il vous plaît, c'est possible de commander ?

— Bien sûr, j'arrive tout de suite.

Laura et moi sommes bien obligées de nous avouer vaincues devant la détermination de Séverine.

— Juste un verre. Enfin un thé, précisé-je.

— Idem pour moi, je finis mon matcha et je file. J'ai un meeting à Lisbonne à 13 heures. Si je loupe mon avion, il va falloir tout décaler. Ce serait une galère sans nom.

— Ah, les problèmes de working girl... Hmm, je suis bien contente de ne plus bosser ! Je sais que ça ne fait pas très moderne, mais quand Shahid m'a proposé de quitter mon travail l'année dernière, j'ai sauté sur l'occasion. Bon, il s'imagine que c'était son idée alors que j'avais planté la graine bien avant... Je l'avoue, je n'ai jamais aimé bosser, alors j'ai tout fait pour qu'il me propose de subvenir seul à nos besoins. Le secret, les filles, c'est de toujours faire croire à votre chéri que l'idée vient de lui, fait Ranvir en éclatant d'un rire presque diabolique. Ou *d'elle*, évidemment.

— Pour moi, c'est différent, j'adore mon job, dit Laura. Je ne voudrais le quitter pour rien au monde.

Notre conversation est interrompue par Charlotte, qui arrive avec un plateau chargé.

— Excusez-moi, nous n'avons rien commandé pour le moment, lui fait remarquer Séverine.

— Je suppose que vous ne servez pas d'alcool ? intervient Ranvir, qui n'a pas dit son dernier mot.

— Non, je suis désolée, nous ne servons que des boissons sans alcool. En fait je viens de réaliser ce mélange et envisage de l'ajouter à la carte. C'est un thé au jasmin parfumé à la canneberge et à la vanille de Madagascar. J'aime avoir l'avis de mes clients avant de me lancer, donc si vous voulez bien me servir de cobayes... Évidemment, c'est offert, dit-elle en disposant une théière en porcelaine fleurie et quatre tasses assorties devant nous. Et pour aller avec, je vous ai ajouté des biscuits à la rose et à la lavande.

— Oh, on accepte ! lance Ranvir joyeusement.

— C'est exactement ce qu'il me faut... Avec un peu de chance, la lavande va m'aider à dormir, je renchéris.

— Je l'espère, me répond la serveuse en déposant devant moi une tasse fumante qui sent divinement bon.

— « Vérithé ». Vous êtes experte en jeux de mots, remarque Séverine avec un soupçon d'ironie tout en déchiffrant la petite étiquette attachée au sachet qui trempe dans la théière.

— Ce n'est pas exactement du bordeaux, mais ça se laisse boire, commente Ranvir avec son honnêteté habituelle.

Elle fait rouler le liquide sous sa langue comme si elle dégustait un grand cru.

— J'aime beaucoup. On sent bien le goût de la canneberge et de la vanille, c'est moins herbacé que les thés habituels, analyse Laura.

Prenant mon rôle de testeuse au sérieux, je goûte à mon tour le breuvage. Il est en effet fruité et vanillé, son parfum est gourmand tout en étant subtil. Une douce chaleur se répand dans mon ventre puis se propage dans tout mon corps, comme si j'avais bu un alcool fort. La sensation s'accompagne de la même langueur que si j'avais sifflé un *whisky on the rocks* cul sec. Très étrange, mais agréable.

— Vous êtes sûre que c'est du thé ? Je me sens bizarrement détendue, m'enquis-je en ne plaisantant qu'à moitié. Vous n'y avez pas ajouté un ingrédient « spécial » ? Du CBD ou que sais-je ?

— Sûre et certaine. Je ne me serais jamais permis de vous faire consommer quoi que ce soit d'illicite sans vous avertir, surtout que vous allaitez. Juré, craché, c'est du thé, rien que du thé.

— Il est délicieux. Je vote pour qu'il soit inscrit à la carte, approuvé-je.

— Merveilleux ! Merci à toutes pour vos commentaires, je vous laisse déguster le tout tranquillement. N'hésitez pas si vous souhaitez commander autre chose, fait Charlotte avant de retourner lire derrière son comptoir.

— On en était où ? poursuit Ranvir en croquant dans un biscuit.

— Tu étais en train de te vanter de ta vie parfaite et de ton mari si bien dressé…

Mais… qu'est-ce qui m'a pris ?

Ma langue a fourché sans même que mon cerveau ait eu le temps d'intervenir. Les mots ont jailli de ma bouche, comme si quelqu'un d'autre avait pris le contrôle de mon corps. Je me ratatine sur ma banquette, honteuse et appréhendant le retour de bâton.

6

4 h 12

— Au moins, ça a le mérite d'être clair, fait Ranvir d'un ton plat en époussetant les miettes tombées sur sa robe.

— Pardon, je suis vraiment désolée… Ce n'est pas du tout ce que je voulais dire ! croassé-je, mortifiée.

— Ne lui en veux pas, elle est fatiguée. Tu sais ce que c'est… Elle est à fleur de peau, me défend Laura.

— Qui parle de lui en vouloir ? Tu me connais, je ne suis pas susceptible. Ça me surprend juste que tu penses ça, Juliette… Je n'ai jamais dit que ma vie était parfaite, et mon mari non plus. Même si, en toute modestie, il est assez exceptionnel.

— Un peu quand même, ose remarquer Laura.

— T'es gonflée, madame l'instagrammeuse business girl au planning de ministre ! riposte Séverine.

Oh, mon Dieu, j'ai déclenché une guerre…

Je regarde le contenu de ma tasse, suspicieuse.

— Sérieusement, il y a quoi dans ce thé ? demandé-je.

— Qu'est-ce qui se passe, les filles ? On était là à passer un bon moment, et soudain on se tire dans les pattes. Quelle mouche nous pique ? s'écrie Ranvir.

— Aucune. Mais franchement, Laura et toi vivez dans une pub Ricoré, parfois. Te concernant, Juliette, tout va toujours bien, tu es constamment de bonne humeur, souriante, toujours pomponnée. On dirait que le post-partum t'a à peine effleurée. Sans oublier que tu n'es pas passée par la case baby blues. Non pas que je te souhaite de souffrir... Mais bon, un petit effort quoi, me balance Sandrine tout de go avec un regard qui trahit un soupçon d'envie.

Moi, « toujours de bonne humeur et pomponnée » ? On ne doit pas parler de la même personne...

— Tu plaisantes ? Ton bébé vient à peine de naître, tu as trois autres gosses et tu peux te permettre de sortir faire la fête ! Moi, certes, j'essaie d'être agréable, présentable et de m'habiller décemment chaque jour... Sinon je sombrerais. Je ne dors plus et je passe ma journée clouée sur mon canapé avec Jade dans les bras, je me sens comme un chien abandonné attaché à un poteau. Si je ne me faisais pas violence pour faire bonne figure, je pense que ce ne serait plus un post-partum qui m'attendrait mais une dépression carabinée.

Ma propre franchise me surprend, mais je dois avouer que je ressens un certain soulagement à parler à cœur ouvert. Vider son sac, ça fait du bien, je me sens plus légère, comme si je m'étais délestée d'un poids.

— Oh, ma pauvre… Pourquoi tu ne nous as rien dit ? On aurait pu te rassurer, te consoler, fait Laura en posant une main réconfortante sur mon bras.

— Je ne sais pas… Je suppose que j'avais honte.

— Honte de quoi ? C'est tout à fait normal de se sentir dépassée et perdue, surtout quand on est maman pour la première fois. J'ai quatre mômes, alors forcément je suis plus détendue pour le dernier que pour le premier… Pour autant, je sais ce que c'est. Et je peux te jurer que ça passera, que tu retrouveras ton indépendance. Je ne vais pas te mentir, ça ne sera pas comme avant, et ça n'arrivera pas tout de suite… Mais ça viendra. Je te le promets ! Croix de bois, croix de fer, si je mens, je vais en enfer, fait une Séverine radoucie.

— Elle a raison, renchérit Ranvir. Tout passe, c'est comme la houle. Il faut s'accrocher à son radeau et attendre que ça s'apaise… jusqu'à la prochaine vague.

— Vous avez sans doute raison… Merci pour votre soutien… Mais n'oubliez pas qu'on a des vies et des tempéraments différents. Toi, Ranvir, on dirait que jamais rien ne t'ébranle, tu obtiens toujours ce que tu veux, tout te réussit. Même ton mari, qui a pourtant tant de responsabilités, a accepté de faire une pause pour élever vos enfants…

— Elle n'a pas tort…, constate Laura.

— Mon Dieu, ce que vous êtes naïves ! fait Ranvir en levant les yeux au ciel. Vous croyez vraiment qu'un chef d'entreprise peut tout laisser tomber du jour au lendemain pour donner le biberon ? Ce serait le rêve ! Shahid est à la maison, certes, mais il a son portable greffé à l'oreille quatre-vingts pour cent du temps, et il passe la plupart de ses journées – de ses soirées même – enfermé dans son bureau. Et je ne vous dis pas à quelle vitesse il disparaît quand une couche a besoin d'être changée. Pouf, tel un génie qui rentre dans sa lampe !

— Ah bon ?

— Ranvir, je ne comprends pas… Tu es toujours en train de dire que tout est formidable, que tu es comblée sur tous les plans… Pourquoi mentir ?

— Voyons, Séverine, je ne mens pas. C'est juste que la vie m'a appris à voir le verre à moitié plein. Je n'en parle pas souvent, car je n'aime pas qu'on s'apitoie sur mon sort, mais j'ai connu la pauvreté. J'ai grandi dans un appartement de seulement trois chambres où nous vivions avec mes parents, mes quatre frères et sœurs et ma grand-mère. Certes mon père était médecin, mais il était le seul à ramener un salaire à la maison. Je n'ai jamais eu aucun vêtement ou jouet neuf, je récupérais toujours les affaires des autres. Pourtant, j'étais heureuse… Alors imagine aujourd'hui ! Je remercie le ciel chaque jour d'avoir de beaux enfants en bonne santé, un mari attentionné qui, même s'il n'est pas irréprochable, fait tout ce qu'il peut pour me rendre heureuse. Je serais folle et ridicule de me plaindre. Et je pense que vous n'avez aucune raison de me jalouser, puisque vous avez tout pour vous… Toi, Laura, tu as le beurre et l'argent du beurre : tu fais le boulot de tes rêves, tu voyages pendant que ta femme s'occupe de votre enfant, tu as un adorable poupon…

— Je t'arrête tout de suite, je suis tout à fait consciente de mon bonheur. Mais le quotidien n'est pas toujours rose non plus.

— Oh, arrête ! On te suit sur Insta, fait Séverine avec une pointe d'amertume. Tu es quand même très privilégiée, tu as une vie de rêve.

— Parce que vous croyez qu'Instagram est le lieu approprié pour évoquer ses problèmes personnels ? Réfléchissez ! C'est une vitrine, on y montre que ce qu'on veut, et de préférence le meilleur. Je ne vais pas aller étaler mon linge sale sur les réseaux et avouer que je suis la pièce rapportée du trio !

— Qu'est-ce que tu racontes ?

— C'est vrai, malheureusement. Zoé et Jo sont si fusionnelles… J'ai du mal à trouver ma place, je l'admets. Parfois elles sont dans leur bulle d'amour, et moi, je suis en dehors, à ne pas savoir comment me comporter. Je me sens exclue. Je crains de manquer le coche et que ça impacte ma relation avec ma fille plus tard. Et si je restais pour toujours une outsider ?

Mon cœur se serre pour Laura. Je n'aurais jamais imaginé qu'elle puisse ressentir ça. Cette soirée hors du commun me fait prendre conscience que, depuis la naissance de Jade, j'ai l'impression de tout faire de travers, que je ne maîtrise rien et que mes copines gèrent mille fois mieux que moi. Je réalise que nous faisons toutes face à nos propres challenges, que la maternité n'est facile pour personne, qu'on ait un, deux, trois ou dix enfants, qu'on les ait portés ou pas.

Je prends aussi conscience de la chance immense que j'ai d'avoir eu cette connexion instantanée avec ma fille, que c'est un privilège qui n'est pas donné à tout le monde. Dès qu'on l'a posée sur ma poitrine à sa naissance, à l'instant où mon regard a croisé le sien, j'ai été submergée par une vague d'amour. C'était une évidence. Je n'aurais jamais pensé qu'il puisse en être autrement. Je me sens un peu honteuse de ma propre ignorance.

— Laura, ça n'arrivera pas, ma belle... C'est normal, tu sais, que ça prenne du temps. Parfois le lien se tisse immédiatement, parfois non, mais ça ne veut pas dire que ça n'arrivera jamais, la rassure Ranvir, compatissante.

— Je ne sais pas... Jo l'a portée, il y aura toujours entre elles ce lien particulier et tellement fort...

— Le fait d'avoir porté son bébé n'est pas une garantie. Moi, j'ai porté tous mes enfants, pourtant il m'a fallu quelques semaines pour apprivoiser Martin. Ce n'est pas venu tout de suite. Je me suis retrouvée avec ce nourrisson inconnu, que j'observais. C'était effrayant de ne pas savoir quoi faire, de ne pas le comprendre. J'ai beaucoup pleuré pendant les semaines suivant sa naissance, j'étais complètement paumée. En plus j'étais toute seule, donc je te raconte pas. Mais petit à petit, à force de patience, le lien s'est renforcé. Chaque jour mon amour pour lui a grandi et n'a depuis cessé de grandir. Ne t'en fais pas. Fais-toi confiance, fais confiance à ta fille... Ça viendra, je te le promets, l'encourage Séverine.

Une larme émue vient rouler sur la joue de Laura pour finir sa course à la commissure de ses lèvres, qui s'étirent en un sourire. Je ne peux m'empêcher de me lever pour la prendre dans mes bras. Pour une fois, mon amie si pudique se laisse faire et me rend mon accolade.

— Merci pour vos paroles rassurantes. Ça fait un bien fou de parler... Je n'avais jamais osé me confier.

— Tu peux compter sur nous. Nous toutes, d'ailleurs, on ne devrait pas hésiter à se confier les unes aux autres, car aucune ne jugera, ajoute une Ranvir philosophe.

— C'est certain, approuvé-je.

N'était-ce pas ce que j'avais fait, pourtant ? Avoir des préjugés, me faire une opinion sans savoir ?

— Au final, aucune d'entre nous n'est parfaite... Et tant mieux.

— Essayer d'atteindre un idéal, c'est tout simplement impossible. C'est s'acharner à remplir une passoire avec de l'eau. On peut faire de son mieux pour aider nos enfants à pousser le plus droit possible et prier pour qu'ils deviennent des adultes responsables. Ras le bol de toute cette pression qu'on nous met, et qu'on se met ! Je propose que, à partir de ce soir, on promette de se lâcher la grappe. Trinquons à notre parfaite imperfection ! déclame Ranvir en levant son thé.

— À notre parfaite imperfection ! répétons-nous de concert en faisant tinter nos tasses contre la sienne.

Je termine ma boisson et ressens à nouveau cette sensation de chaleur et de bien-être. Je sais que, cette fois, elle vient du bonheur d'avoir baissé la garde et de savoir que, quoi qu'il arrive, je peux m'ouvrir à mes copines pour obtenir leur soutien. Les masques sont tombés, et ça fait un bien fou.

Eu-eu.

Les petits pieds de Jade s'agitent sous sa couverture et ses bras jaillissent hors de la poussette comme pour me dire : « Prends-moi dans tes bras, et plus vite que ça ! »

— Je crois que la poupette s'impatiente, remarque Laura.

— Oui... Ça fait des heures qu'on est dehors, il va falloir rentrer.

— Moi aussi, je dois vraiment partir maintenant si je veux avoir une chance d'arriver au Portugal un jour.

— Allons-y toutes, alors. Je vous dépose ? On est venues en voiture, propose Séverine.

— C'est gentil, merci, mais j'ai la poussette et je suis à seulement dix minutes. Je vais rentrer à pied.

— Moi, je veux bien, ça me fera gagner du temps, accepte Laura.

Nous nous levons pour enfiler nos vestes et cardigans. Je rhabille ma fille, elle gazouille et me lance un immense sourire qui illumine son visage de poupée comme mille soleils. Mon cœur explose d'amour et de joie. Alors que nous allons quitter le café, Charlotte nous rattrape pour nous glisser à chacune un petit paquet en papier.

— Ce sont les derniers sablés du jour. Je ne peux pas les servir demain, ils ne seraient plus assez frais. Je vous les offre.

— Merci beaucoup, c'est très gentil !

— Le service est impeccable, ici... On reviendra, assure Séverine, ravie.

Je range mon biscuit dans ma poche pour le savourer dans la journée tandis que Ranvir croque dans le sien à pleines dents. En effet, elle ne remet jamais à plus tard une occasion de se faire plaisir.

— Avec joie. Au revoir !

Nous prenons congé, et la généreuse propriétaire du *Café de Minuit* referme la porte derrière nous, puis retourne son écriteau pour signaler la fermeture de l'établissement. Les lumières s'éteignent, et je constate que, dehors, le jour commence à se lever. Il est 5 h 30, et je viens de vivre l'une des nuits les plus insolites de ma vie. Je ne suis même pas fatiguée.

— Bon, c'est ici qu'on se quitte... Du moins pour l'instant. Rentrez bien, les filles.

— Tu es sûre que tu ne veux pas qu'on te dépose ?

— Certaine, merci. L'air frais va me faire du bien.

— D'accord... À très vite, alors. On se fait un truc bientôt. Et n'oublie pas : on est là si tu as besoin.

— Merci, pareil pour vous.

— Allez, dans mes bras, vous trois ! lance Ranvir avant de m'attraper par le cou. Faisons-nous un câlin collectif comme les ados !

— Beurk, j'ai transpiré ! proteste Laura, qui se laisse pourtant enlacer.

— Rho, on s'en fiche, viens par ici !

Nous nous donnons une accolade chaleureuse, puis mes copines m'adressent un dernier signe avant de monter en voiture. Elles s'éloignent en klaxonnant et en faisant des coucous. Je leur réponds, puis me mets en chemin, le cœur léger et l'esprit serein.

7

5 h 47

Le bruit des roues de la poussette, qui font crisser le gravier, couvre le chant des oiseaux, eux aussi réveillés. À la lumière du jour, le parc des Jonquilliers n'a plus rien d'effrayant, bien au contraire. Le soleil reluit sur les toboggans, les sans-abri portés sur la boisson ont mis les voiles, les jeux attendent patiemment que des enfants viennent les escalader dans un joyeux boucan. Un jour, Jade marchera, et je l'emmènerai jouer ici.

Je me sens émue en imaginant mon tout petit bébé devenu une fillette intrépide crapahuter, se faire des copains, s'amuser, tomber... Et quand ça arrivera, je serai là pour embrasser le genou écorché ou frotter la petite paume dans laquelle se seront incrustés de vilains cailloux. Mais pour le moment, je compte bien profiter chaque jour de ces instants où elle ne veut pas quitter mes bras, car son univers entier se résume à moi, sa maman.

— Juliette ? appelle une voix que je reconnaîtrais entre mille.

Je me retourne et, derrière moi, se tient mon mari, les yeux cernés et la tignasse en bataille. Il n'a pas tant changé que cela depuis qu'on s'est rencontrés douze ans plus tôt sur les bancs de la fac. Quelques rides sont venues faire plisser le coin de ses yeux, ses cheveux bruns sont désormais poivre et sel, mais pour moi, il reste le jeune homme timide qui m'offrait des cappuccinos à cinquante centimes à la machine à café de l'université.

Il pousse un soupir de soulagement et court vers moi pour m'entourer de ses grands bras réconfortants. Je m'y love avec délice, le nez enfoui dans son cou.

Il paraît que l'amour dure trois ans... Moi, j'ai l'impression que trois vies aux côtés de Thomas ne me suffiraient pas. Mes sentiments pour lui sont comme un chêne puissant qui grandit chaque jour, les racines solidement ancrées dans la terre, prêt à braver toutes les tempêtes.

— Juliette, je n'ai jamais eu aussi peur de toute ma vie ! Quand j'ai trouvé la maison vide... et ce message bizarre que tu m'as laissé. En plus tu ne répondais pas au téléphone, j'étais fou d'inquiétude ! Ça fait des plombes que je tourne en rond à pied, je vous ai cherchées partout dans la ville. Tu vas bien ? Jade aussi ?

— Oh, je suis tellement désolée ! Je ne voulais pas te faire peur... Jade n'arrivait pas à dormir, et j'étais sur le point de m'écrouler de sommeil. Je ne voulais pas te réveiller alors je suis allée prendre l'air, puis j'ai fini par entrer dans ce café. Les filles du bébé-yoga sont arrivées peu après, c'était si bizarre... Enfin, bref, c'était une décision impulsive, je n'aurais pas dû...

— Mais pourquoi tu ne m'as pas réveillé ? Je me serais occupé de la petite, on se serait relayés pour que tu dormes...

— Je culpabilisais, tu travailles toute la semaine, et moi non. Je ne voulais pas...

— Toi, tu ne travailles pas ? Tu veux dire que tu as un nouveau job qui t'occupe vingt-quatre heures sur vingt-quatre plutôt ? Je termine le boulot à 19 heures, toi, même la nuit, Jade réclame toute ton attention... Tu as besoin de plus de temps pour toi, je ne m'en rendais pas compte car tu gères tout tellement bien... Tu sais quoi ? En rentrant tu vas prendre une bonne douche et ensuite tu pourras dormir toute la journée si tu le souhaites. Je m'occupe de Jade. Vendu ?

— Vendu.

— Parfait. Bon, rentrons à la maison. Et raconte-moi tout. C'est quoi cette histoire de café ?

Sur le chemin du retour, je lui fais le récit de ma nuit tandis qu'il manœuvre la poussette en m'écoutant d'une oreille curieuse.

— *Le Café de Minuit* ? Jamais entendu parler. Dire que pendant ce temps-là je dormais comme une souche... Tant mieux si tu as passé un bon moment avec tes copines, mais jure-moi que tu ne me referas plus jamais une peur pareille. Si l'envie te prend de refaire une promenade nocturne, réveille-moi et préviens-moi de vive voix, OK ?

— Promis.

Nous arrivons chez nous, et j'ai le réflexe de me précipiter sur Jade pour lui retirer sa combinaison. Cette fois-ci, je n'ai pas le temps de la déshabiller que Thomas est déjà sur le coup.

— Va te reposer… Je m'occupe de tout.

— Merci, réponds-je avec reconnaissance.

J'embrasse le front de ma poupée endormie dans les bras de son papa avant de filer à la salle de bains. Le jet d'eau chaude qui coule sur ma peau détend mes muscles, et tout mon corps s'abandonne enfin. Je me savonne avec une huile spéciale qui sent bon la lavande et se transforme en une mousse onctueuse au contact de ma peau mouillée. Je savoure ces quelques minutes de pure relaxation avant de sortir enfiler un pyjama propre et de me réfugier dans mon lit. À peine ma tête est-elle posée sur l'oreiller qu'une fatigue immense s'abat sur moi comme une chape de plomb. Je pousse un soupir d'aise et m'enroule dans la couverture, avant de sombrer dans un sommeil profond, rempli de rêves.

8

Le soleil est haut dans le ciel quand je me réveille. Je n'ai aucune idée de l'heure qu'il est, ni de combien de temps j'ai dormi. Je descends dans le salon et trouve Thomas et Jade en train de jouer sur son tapis d'activités. Jade rit aux éclats devant les grimaces que lui fait son papa. Il pousse un faux cri de douleur quand elle lui attrape le visage à pleines mains, ce qui l'amuse de plus belle. Ma petite fille est vêtue d'une robe rose, un bandeau rehaussé d'un gros nœud vient coiffer sa tête blondinette façon œuf de Pâques. Une bouffée d'amour m'envahit et du miel coule sur mon cœur.

C'est déjà l'après-midi, j'avale l'assiette de chili con carne que Thomas m'a mise de côté et nous partons tous les trois faire une promenade, afin de profiter du soleil. Il a pris sa journée à la dernière minute pour m'offrir ces quelques heures de repos. Je me sens complètement transformée, j'ai l'impression d'être redevenue un peu moi-même. C'est fou la différence que peuvent faire quelques heures d'un sommeil réparateur.

J'ai envie de montrer à mon mari le *Café de Minuit*. Nous retraçons ensemble mes pas de la veille, et il ne faut pas plus de dix minutes pour retrouver l'emplacement exact où il se tenait la veille.

— Mais... je ne comprends pas ! Il était juste ici !

À la place de l'établissement se trouve désormais un immeuble en travaux. J'interpelle un ouvrier en train de transporter un sac de ciment.

— Monsieur, excusez-moi ! Il a fermé le café ?

— Quel café ?

— Celui qui était juste ici, fais-je en pointant du doigt l'endroit où se dressait la vitrine.

— Y a jamais eu de café, madame. C'était un réparateur de vélos avant, mais ça fait trois mois qu'on rénove. Excusez-moi, c'est lourd, fait-il avant de jeter son sac dans une brouette.

— Comment ça, « jamais eu de café » ? J'y étais il y a à peine quelques heures ! Ça ne disparaît pas comme ça, un café...

L'ouvrier me regarde comme si j'avais complètement perdu la boule.

— Tu t'es peut-être trompée de rue ? suggère Thomas.

— Non, je suis certaine que c'était à cet endroit.

— Il doit y avoir une explication... On vérifiera sur Internet, OK ? On retrouvera l'adresse exacte. Bon, on continue ? J'aimerais passer au petit *Casino* acheter du lait avant que ça ferme.

— Mais...

— Allons-y.

Nous nous remettons en chemin, je suis un peu désorientée. Des bribes de la nuit passée me reviennent, je repense à Ranvir et sa robe à paillettes, aux larmes de Laura, à la fragilité hérissée d'épines de Séverine. C'est sûr, je n'ai pas rêvé. Pourtant, je suis prise d'un doute... Je me souviens du biscuit offert par Charlotte et vais pour fouiller ma poche, mais je ne porte pas le même gilet qu'hier soir. Jade pousse un petit cri dans sa poussette, que j'interprète comme sa façon de me signaler que je ne suis pas folle.

Je me penche pour dégager un peu la couverture, un peu trop près de son visage à mon goût, et ma fille me lance l'un de ces sourires dont elle seule a le secret, qui font fondre mon cœur comme un Schoko-Bon sous le ciel de Toscane en plein mois d'août.

Eu-eu.

À cet instant précis, alors que mon bébé est radieux et que mon mari lui gazouille des paroles qu'eux seuls comprennent, je goûte pleinement à ce bonheur tout neuf, j'apprécie la magie de ce moment si simple. Tandis que les yeux espiègles de ma fille s'accrochent aux miens, je lui adresse une promesse silencieuse. Celle de ne pas être une mère parfaite mais de faire de mon mieux. Et surtout, de toujours l'aimer de toutes mes forces.

Tous les canards ne sont pas sauvages

LISE SYVEN

1

— Allô, maman ?

— Cyrielle ? Non, désolé, c'est papa.

Cyrielle fronça les sourcils. D'ordinaire, Chantal s'occupait toujours de répondre, en particulier si le nom de sa benjamine s'affichait sur l'écran du téléphone.

— Qu'est-ce qui se passe ? s'inquiéta-t-elle aussitôt.

— Oh, trois fois rien... Tu connais ta mère.

Au contraire, Cyrielle avait toutes les raisons de s'alarmer : Chantal, soixante-deux ans, particulièrement entêtée, se montrait très attachée à certaines habitudes. À cette heure un dimanche soir, elle bouquinait tranquillement en attendant l'appel de sa fille. Ensuite, elles papotaient jusqu'à ce qu'elles aient fait le tour de ce qui leur était arrivé dans la semaine. Et s'il n'y avait rien d'excitant à se raconter, elles se rabattaient sur l'actualité et les stars.

— Tu as fait quelque chose ? soupçonna-t-elle immédiatement son père. Où est-elle ?

— Évidemment, ça va être ma faute ! grommela Yves. Il y a que madame ne s'est pas vraiment expliquée. Elle a décidé de faire une retraite, sur un coup de tête.

Cyrielle secoua la tête. Elle avait dû comprendre de travers.

— Une *quoi* ? Mais vous êtes déjà en retraite !

Yves poussa un soupir aussi sonore qu'un amortisseur fatigué.

— Elle veut s'isoler, voyons ! Comme un ermite, si tu préfères. Elle m'a dit qu'elle avait besoin de réfléchir, et elle a pris la voiture pour se rendre dans la Brenne. Je suis obligé de me débrouiller à pied.

Trois ans auparavant, le couple avait hérité d'un terrain de loisir à la campagne, à proximité du parc naturel régional de la Brenne. Au lieu de vendre le lopin de terre, ils avaient installé dessus un mobile home d'occasion trouvé via une petite annonce. Une excellente affaire à les entendre, dont ils profitaient l'été dès que l'envie d'air frais les prenait.

— Mais, bégaya Cyrielle, elle est partie seule ? Sachant que je devais venir vous rendre visite le week-end prochain ?

Il y avait de quoi se vexer un peu, quand même. Elle s'était fait une joie de retrouver ses parents, de se faire dorloter et surtout, de mettre les pieds sous la table. Chantal était un véritable cordon-bleu. De son côté, si Yves nourrissait une formidable passion pour le ménage, le repassage et les lits au carré, il était périlleux de le laisser s'approcher des casseroles.

— Ça va, tu survis ? vérifia Cyrielle par acquit de conscience.

— Évidemment, je ne suis pas un enfant. Tu devrais plutôt poser la question à ta mère. À mon avis, elle ne doit pas avoir chaud, vu la vague de froid qui nous est tombée dessus cette semaine.

En ce mois d'avril, il faisait encore frais la nuit et, bien que raccordé à l'électricité, le mobile home n'était pas équipé de radiateurs très performants. De toute évidence, Yves avait raison.

— Je lui ai dit que c'était une mauvaise idée. Mais tu sais comment elle est, elle n'a pas voulu m'écouter...

— Tu aurais dû la retenir ! Et t'excuser !

— D'accord, mais de quoi, au juste ? T'es marrante, toi ! Je n'ai rien à me reprocher.

— Tu as bien dû faire une boulette.

Il avait dû se braquer, monter sur ses grands chevaux ou balancer une ânerie à coup sûr. Chantal n'était pas du genre à disparaître pour des broutilles, Cyrielle en était persuadée. Après une vie au service de la France, son père oubliait parfois qu'il avait quitté l'armée et que le reste du monde n'était pas à ses ordres.

Déterminée à avoir le fin mot de l'histoire, Cyrielle décida de lui tirer les vers du nez.

— Je veux que tu me racontes en détail ce qui s'est passé.

— C'était un matin ordinaire. J'avais préparé le café et je lui avais mis la page de jeux à côté de son bol, avec un stylo – elle n'aime pas commencer la journée par les mauvaises nouvelles. Je suis allé chercher le pain et, à mon retour, nous avons bavardé. Voilà. Une heure plus tard, elle m'a annoncé qu'elle partait faire une retraite.

« J'ai envie de faire le point, de méditer, etc. » Et hop, elle s'est envolée après le déjeuner.

À l'entendre, il n'avait pas le moindre début d'explication. Cyrielle, qui téléphonait debout, ressentit le besoin de s'asseoir. C'était pour le moins bizarre. Yves ne savait même pas combien de temps sa femme comptait passer là-bas.

— De quoi avez-vous discuté ? Tu t'en souviens, au moins ?

— Oui et non. On évoquait nos vieux jours, ce qu'il fallait prévoir...

Comme d'habitude, il avait parlé sans écouter, devina-t-elle, de plus en plus fâchée après lui.

— À un moment, elle a dit que j'étais insupportable. Mais je ne me suis pas inquiété, elle me le répète trois fois par jour en moyenne.

Sur ce point, Cyrielle ne jetait pas la pierre à sa mère. Le paternel pouvait rendre dingue n'importe qui.

— Papa, tu es sûr qu'elle ne t'a pas quitté pour de bon ?

— Pas du tout ! Elle veut seulement être tranquille pour réfléchir. Tu t'affoles pour rien, Cyrielle ! Elle reviendra dès qu'elle en aura assez d'être seule.

Il faisait son maximum pour minimiser « l'affaire », ce qui ne suffisait pas à rassurer la jeune femme. Pour en avoir le cœur net, autant s'adresser directement à la concernée, pensa-t-elle.

— Je vais appeler maman sur son portable.

— Bon courage pour la joindre, marmonna son père. Chaque fois que j'essaie, je tombe sur sa messagerie. C'est sûrement la faute au réseau, tu me diras.

— De mieux en mieux. Et elle est partie depuis quand, au juste ?

Elle manqua de s'étrangler en apprenant que Chantal avait pris la poudre d'escampette depuis le mardi précédent. Soit cinq jours !

— Est-ce que tu sais si elle est arrivée à bon port, au moins ? s'alarma-t-elle en imaginant le pire.

— Bien sûr ! Elle m'a passé un coup de fil avec le fixe de Fabienne, tu sais, la dame de la ferme voisine. Elle est gentille, cette dame. Elle m'a promis de la tenir à l'œil.

Au moins sa mère était vivante. Cyrielle raccrocha et, pleine d'espoir, composa son numéro. Malheureusement, son père avait dit juste : elle tomba aussitôt sur le répondeur.

« Ici Chantal. Laissez un message si ça vous amuse, il y a peu de chances pour que je l'écoute. »

Cyrielle contacta sa sœur aînée afin de lui expliquer la situation.

— Inutile de dramatiser, il lui faut un peu de temps, c'est tout, temporisa Marlène. Je te signale qu'elle est en retraite depuis moins de six mois, c'est normal qu'elle se pose des questions. Mets-toi à sa place !

— Tu as peut-être raison, bougonna Cyrielle avant de changer de sujet.

Elle se résigna à attendre et rongea son frein toute la semaine. Malgré tout, elle ne cessait de penser à sa mère, à la fois agacée et troublée par son silence. Bien qu'elle n'eût rien à se reprocher, elle avait l'impression d'être punie. Comme si on la tenait de force à l'écart. Par ailleurs, elle craignait aussi que sa mère ne leur cache un problème. Pas de santé, mais plutôt d'ordre dépressif.

Bref, elle s'inquiétait.

Chantal exagérait. Elle aurait au moins pu donner de ses nouvelles pour rassurer la famille !

En désespoir de cause, Cyrielle recontacta Marlène :

Si c'était moi qui disparaissais sans prévenir personne, elle débarquerait pour me secouer les puces ! Maman doit se douter que j'ai appelé dimanche et que tout le monde est au courant de son départ 💀 🔪 😲

Certes. Mais elle a dit à papa où elle se rendait, et on sait où la trouver. Elle n'a pas disparu de la circulation 😇 Allez, garde ton calme, sœurette. Je m'en vais nourrir tes neveux 😈 😈

— Super, grommela Cyrielle à voix haute. Bonjour le soutien...

Alors qu'elle se heurtait de nouveau au bla-bla horripilant du répondeur de sa mère, la jeune femme décida de passer un week-end prolongé à Saint-Michel-en-Brenne. Elle allait tirer au clair cette histoire.

2

Ayant pris le volant tôt le samedi matin, Cyrielle arriva avant midi dans les environs de Saint-Michel-en-Brenne. Sa petite Citroën mauve traversa le village et poursuivit le long de la départementale, en cahotant sur la chaussée défoncée par endroits. Autour d'elle, à perte de vue, des pâturages, des arbres et des étangs. Cyrielle s'y était préparée. Sa mère lui avait montré tant de photos du coin, en lui vantant la tranquillité des lieux, y compris en période estivale, qu'elle ne s'attendait pas à croiser foule.

— Tout de même, murmura-t-elle en tournant selon les indications du GPS. Qu'est-ce qu'elle fabrique ici toute seule ?

Soudain, elle pila. Un sanglier – *Oh, mon Dieu, cette bête est énorme !* – se dandina sur la voie, à deux pas devant le capot. Le souffle court, cramponnée à son volant, Cyrielle le suivit des yeux sans moufter. Si ce machin faisait demi-tour – *Oh, mon Dieu, pourquoi s'arrête-t-il ?* –, elle ne donnerait pas cher de son véhicule. Heureusement, l'animal paraissait plus attiré par les fourrés que par une vieille guimbarde rouillée. Il finit par disparaître derrière un talus.

Cyrielle soupira de soulagement.

Une fois le danger hors de vue, elle se secoua, au sens propre du terme, comme pour se débarrasser de l'effroi qui l'avait saisie. Elle redémarra et s'aperçut que son téléphone ne captait plus. En conséquence, le GPS déboussolé la poussa à faire des détours inutiles. Cela n'en finissait pas.

Agacée et fatiguée, Cyrielle se mit à transpirer et voulut se rafraîchir les idées. Elle commit alors l'erreur de baisser la vitre : le coin était truffé de moustiques au garde-à-vous ! Moins d'une minute plus tard, un de ces abominables suceurs du sang se posa sur son bras. Elle l'éclata d'un mouvement vif et, ce faisant, quitta la route des yeux une seconde. Un pneu dérapa dans la boue, le véhicule obliqua, et elle écrasa sa pédale de frein tout en hurlant parce qu'elle continuait de glisser en avant, droit vers un portail en bois.

Elle s'arrêta in extremis, le pare-chocs à moins de cinq centimètres du vantail.

Cyrielle se laissa retomber dans son siège, à bout de nerfs. Elle avait presque eu le temps de voir sa vie défiler.

— Vous êtes arrivée à destination ! pérora le GPS.

La jeune femme ne lui accorda pas un regard, trop occupée à reprendre ses esprits. Tout allait bien : la voiture n'avait rien, elle non plus, et elle n'avait pas enfoncé la porte. Qu'est-ce qui pouvait mal se passer, à présent ?

Avec prudence, elle se gara sur le bas-côté afin de ne pas gêner la circulation si, par le plus grand des hasards, des gens se perdaient jusqu'ici.

Ces dernières péripéties l'avaient empêchée de réfléchir au motif de sa visite. Chantal ne lui ferait peut-être pas bon accueil... Après tout, Cyrielle débarquait sans avoir été invitée.

Tout en descendant de voiture, elle chassa ses angoisses et poussa le portail, coincé entre des haies épaisses. Au-delà, une allée de pas japonais traversait le jardin, si on pouvait l'appeler ainsi. Il correspondait aux descriptions qu'on lui avait faites : sauvage, désordonné, envahi par les rosiers et les arbres fruitiers.

Des oiseaux s'envolèrent au passage de la jeune femme, qui n'avait d'yeux que pour le mobile home au bout du chemin. Datant de la fin des années 1990, il avait une touche vintage avec son toit plat, ses flancs vert pastel et la ligne maronnasse qui soulignait sa silhouette massive. Chantal faisait ses mots croisés sur la terrasse en bois, qui était protégée par un auvent en plastique digne d'un camping quatre étoiles.

— Maman ! s'exclama Cyrielle en lâchant son sac de voyage.

— Ma petite chérie ! renchérit l'interpellée en bondissant sur ses pieds.

Les appréhensions de Cyrielle s'évanouirent, et elle tomba dans les bras de sa mère.

— Qu'est-ce que tu fiches ici ? l'interrogea Chantal après leurs embrassades.

— Je te retourne la question ! On devait se voir à la maison, à Rennes !

Cyrielle ne put s'empêcher de froncer les sourcils. L'autre feignit l'innocence.

— Ah bon ? Mais, c'est déjà le week-end ?

Avec un rire nerveux, Chantal s'éventa, comme prise d'une bouffée de chaleur.

— Je vis tellement hors du temps, ici, que j'ai complètement oublié ! Et puis tu sais, avec la ménopause, la mémoire marche moins bien.

C'était de la mauvaise foi manifeste, évidemment.

— Tu aurais dû me prévenir, reprit-elle en entraînant sa fille à sa suite. J'aurais fait des courses !

— J'ai essayé, mais ton téléphone ne répond pas.

— On ne capte pas, ici. Je ne sais même pas s'il est chargé, pour être honnête. Tu me connais, je suis si distraite...

Cyrielle leva les yeux au ciel, persuadée que cet « oubli » était tout sauf accidentel.

— Il faut que tu le recharges, décréta-t-elle. Tu ne peux pas rester seule dans un endroit aussi reculé sans possibilité de joindre les secours en cas de pépin. Tu n'imagines pas le souci qu'on s'est fait avec Marlène...

Chantal minimisa de nouveau le problème.

— Tu exagères, il y a la ferme de Fabienne à trois cents mètres.

— Je te vois bien clopiner sur une distance pareille avec une jambe cassée, par exemple...

— Vilaine ! Ne te moque pas de ta mère. Tu as mangé ? Tu veux boire quelque chose ?

La jeune femme sourit, certaine d'avoir gagné la manche qui venait de se jouer. Elle n'avait pas envie d'asticoter plus longtemps sa chère maman. Après tout, les retrouvailles s'étaient bien passées, et Chantal paraissait en forme. Cyrielle passerait à l'attaque plus tard. D'autant qu'elle mourait de faim.

— Pour les courses, pas d'inquiétude, indiqua-t-elle. Mon coffre est plein !

Chantal s'occupait de ranger les provisions dans les placards, très intéressée par les bouteilles que sa fille avait apportées : en plus du vin, il y avait deux packs de thé glacé.

— Tu sais, fit-elle, malicieuse, que c'est meilleur si on le fait soi-même.

— Certes. Mais j'ai la flemme. Et puis, je suis en vacances. Pas toi ?

— Si, tout à fait. À ce propos, tu repars quand ?

Elle se tourna vers Cyrielle, les poings sur les hanches, un sourire faussement détaché sur le visage.

— Je ne sais pas trop, répliqua cette dernière. Il y a une autre chambre en plus de la tienne, non ?

— Oui, avec deux petits lits de soixante-dix centimètres de large. Tu vas mal dormir.

Cyrielle jeta un rapide coup d'œil à la pièce. Les couchettes placées de part et d'autre de la fenêtre se révélaient aussi étroites qu'annoncé. D'autant qu'un tas de bazar les encombrait, essentiellement du linge et du matériel d'observation des oiseaux. Le reste du mobile home était conforme à ce qu'on trouvait dans ce type de logement : un minuscule salon, une table à manger étriquée et un semblant de cuisine. Chantal avait changé les coussins de la banquette pour lui redonner une nouvelle jeunesse, mais cela ne suffisait pas à effacer le côté vieillot du mobilier.

— Je peux sûrement superposer les matelas pour que ce soit plus confortable, non ? proposa Cyrielle. Je rassemblerai tes affaires en pile dans un coin.

— Si tu veux.

Se désintéressant du sujet, Chantal mit de l'eau à bouillir pour préparer des pâtes.

3

Le repas fut simple, néanmoins délicieux pour un estomac affamé. Sous le regard amusé de sa mère, Cyrielle se resservit, versant une quantité abondante de pesto et de parmesan sur ses pâtes.

— Et si tu me disais ce qui t'amène ici ? s'enquit-elle, désireuse de crever l'abcès.

Cyrielle faillit éclater de rire.

— C'est exactement la question que je me pose à ton sujet.

— Ton père t'a sûrement dit que je faisais une retraite.

— En effet. J'ignorais que tu avais l'âme d'une bénédictine.

Aussi loin que Cyrielle pouvait se souvenir, sa mère avait toujours eu des tas d'amis. Combien de fois, en rentrant des cours, l'avait-elle trouvée avec une copine venue partager un café et des ragots ? Chantal était un animal sociable, beaucoup plus que son râleur de mari. D'ailleurs, même ici, au fin fond de la Brenne, elle avait réussi à se lier d'amitié avec Fabienne, l'unique voisine à proximité.

— J'ai besoin de solitude pour réfléchir, déclara-t-elle sans ambages.

— D'accord, mais à quoi ? s'étonna Cyrielle. À papa et toi ?

— Pourquoi cela serait-il forcément en rapport avec ton père ? J'aime ton père, et tout va très bien avec lui. Il s'agit de moi pour une fois. Toute ma vie, j'ai fait passer ma famille avant le reste. J'ai suivi mon mari au gré de ses affectations aux quatre coins de la France, j'ai sacrifié mes propres ambitions pour m'assurer que ta sœur et toi étiez heureuses et maintenant que j'ai soixante-deux ans, tu vas me reprocher de prendre un peu de temps pour penser à moi ?

— Pas du tout... Néanmoins, reconnais que c'est pour le moins étrange, ce besoin de s'isoler. J'aimerais comprendre.

— C'est pourtant simple. Si je fais part de mes réflexions à quelqu'un, que ce soit toi, ton père, Marlène ou n'importe qui, vous vous sentirez obligés de me donner votre avis et de m'assommer avec vos conseils. Alors que ce que je souhaite, du plus profond de mon cœur, c'est trouver les réponses par moi-même.

Cyrielle était dévorée par la curiosité tant sa mère faisait de mystères.

— Pourtant, quand on se pose des questions, fit-elle, en discuter avec des proches aide souvent à y voir plus clair.

— Tu es pénible d'insister, s'agaça Chantal. J'ai encore le droit de faire ce qui me chante sans avoir à me justifier ! Et si mon mari est capable de respecter mes décisions, mes filles peuvent en faire autant !

Prudente, Cyrielle évita de répondre. Sa mère lui avait adressé un regard noir, celui qui, immanquablement, la calmait quand elle était ado. Si elle voulait éviter de se faire congédier trop vite, elle avait intérêt à faire profil bas.

L'après-midi, elles se promenèrent, bras dessus, bras dessous, dans les marais. Régulièrement, elles poussaient des cris d'exclamation et photographiaient les orchidées qui pointaient le bout de leur nez avec le printemps. Mais chacune pensait à leur conversation du déjeuner.

Si d'aventure Chantal se perdait dans ses pensées, Cyrielle posait sa tête sur son épaule, tout en respectant son mutisme. Un jour, sa mère lui avait dit : « Pour savoir si tu te sens bien avec quelqu'un, ne dis rien. La qualité d'une relation se mesurera à celle de ses silences. »

Cyrielle faisait donc son possible pour instiller de l'amour dans son silence. Les mots de Chantal l'avaient bouleversée. Bien sûr, elle n'ignorait pas les sacrifices que celle-ci avait dû faire pour les élever, Marlène et elle. Être mariée à un officier de la marine n'était ni simple ni facile. À celles et ceux qui lui rappelaient qu'elle l'avait choisi, Chantal rétorquait que cela n'empêchait pas sa vie d'être plus compliquée que la moyenne.

Cyrielle se souvenait de la joie ressentie chaque fois que leur père revenait à terre pour plusieurs semaines, parfois quelques mois. Il y avait aussi ces départs, tristes et solennels, dont leur mère atténuait la douleur en organisant une sortie au parc, une visite chez les grands-parents, n'importe quoi susceptible de les distraire assez longtemps pour que les sourires reviennent…

Un jour – c'était en décembre –, Cyrielle avait onze ans et le cœur gros parce que son papa serait absent pour Noël. Alors sa mère avait décidé de monter une cabane dans le salon, à grand renfort de draps et de couettes, et de passer le week-end en pyjama, à dormir là, ensemble, à trois. En pleine nuit, l'installation à base de ficelles et de pinces à linge s'était écroulée sur elles, ce qui les avait réveillées en sursaut. Mis à part une minute de panique, Cyrielle en gardait un merveilleux souvenir.

Voilà à quoi elle songeait au bras de sa mère, aux instants magiques que cette femme merveilleuse avait créés tout au long de leur enfance, que ce soit en dînant exclusivement de gaufres ou en faisant l'école buissonnière pour aller au cinéma. Que disait-elle, déjà ?

— Chaque jour devrait être une fête, souffla Cyrielle à voix haute.

Chantal hocha la tête et tapota sa main.

Au bout d'un moment, un vent glacial se leva. Les roseaux allaient et venaient dans un bruit de froissement, secoués par les bourrasques froides venues du nord. L'hiver n'était pas si loin que ça. Les deux femmes se hâtèrent sur le chemin du retour, en parlant de chocolat chaud et de thé fumant.

Tout à coup, Cyrielle trébucha sur une boule de plumes blanches qui cancana avec indignation.

— Il sort d'où, ce canard ?

— On est au bord d'un étang, il y a plein de bestioles, ici, ma chérie, dit Chantal en se penchant pour examiner le palmipède.

— Oui, mais ce n'est pas un animal sauvage ! Il n'a pas peur de nous.

En effet, il ne paraissait pas troublé par leur présence. Il passa son bec jaune dans son plumage, ôtant un peu de crasse ici et là, avant de ramasser ses ailes.

Le volatile, tout crotté, n'avait pas l'air en forme. Certaines de ses plumes étaient très abîmées. Peut-être qu'il ne s'enfuyait pas tout bêtement parce qu'il en était incapable. Chantal s'accroupit près de lui et le caressa. Malgré un léger mouvement de recul, le volatile se laissa faire.

— Pauvre pépère... Tu as raison, on dirait un canard d'ornement. Il a dû s'échapper d'un jardin. Ou bien, quelqu'un l'a abandonné ici.

Elles se trouvaient au beau milieu d'une zone naturelle. Les premières maisons étaient loin. Le canard cacha sa tête sous une aile. Il avait l'air vraiment fatigué.

— Allez, on l'emmène chez le vétérinaire, décréta Chantal. Là-bas, on nous dira quoi en faire.

Sauf que le palmipède – qu'elles décidèrent de baptiser Robert – ne l'entendit pas de la même oreille. Lorsque Cyrielle se saisit de lui, il se débattit vigoureusement, fouettant le visage de sa sauveuse au passage, et projetant de la boue tout autour de lui.

— J'ai une idée ! s'exclama Chantal en dénouant son écharpe, on va l'enrouler là-de...

Une giclée de terre en pleine figure l'interrompit. Elle en recracha, aussi surprise que dégoûtée. La voyant ainsi barbouillée, Cyrielle ne put s'empêcher de rire et commit l'erreur de lâcher l'animal. Ni une ni deux, il se réfugia dans une épaisse touffe de roseaux.

— C'est malin, grommela Chantal en s'essuyant le front et le menton. On ne va pas pouvoir le récupérer. Et vise-moi un peu ce carnage !

Leurs manteaux étaient dans un triste état, constellés de projections douteuses. Cyrielle n'y prêta pas attention.

— On ne peut pas abandonner Robert. Il va se faire dévorer par les renards s'il reste là.

— Je t'en prie, se moqua Chantal. Explique-lui !

Le palmipède les surveillait d'un œil noir. Si jamais il décidait de se mettre à l'eau, ce serait fini, elles ne pourraient plus le sauver.

— OK, prête-moi ton écharpe, déclara Cyrielle, très motivée.

De toute façon, étant donné qu'elle était déjà sale, elle n'avait plus grand-chose à perdre. Elle se mit à écarter les herbes tout doucement en claquant de la langue. Le sol était particulièrement spongieux sous ses pieds, aussi avança-t-elle avec précaution.

— Ne crains rien, Robert, tata Cyrielle vient te chercher. On va retrouver ta maison, d'accord ?

— Surtout, pas de geste brusque, l'encouragea Chantal.

Sa fille acquiesça. Ce faisant, elle se rapprocha du canard, qui rentrait le cou entre ses ailes comme s'il essayait de le faire disparaître. Il avait peur. Elle y était presque... Encore un pas... Voilà, elle n'avait plus qu'à se pencher pour le ramasser. Elle déplia l'étole sans cesser de murmurer à Robert de ne pas s'inquiéter, que tout irait bien... Il tourna légèrement sa tête vers elle ; elle s'immobilisa, le souffle court, en notant un léger trémoussement du volatile, signe qu'il se préparait à se lancer. Tous deux s'observèrent ainsi durant une seconde. Puis Robert se jeta en avant.

Par réflexe, Cyrielle plongea afin de le piéger dans la pièce de tissu et... Plaf ! Elle s'étala de tout son long dans la vasière.

— Maman ! hurla-t-elle alors qu'elle se débattait dans la gadoue. Vas-tu m'aider ?

De son côté, Chantal éclata de rire, incapable de retenir son hilarité plus longtemps.

— Maman ! Arrête de rigoler et donne-moi un coup de main !

— Pardon, mais tu aurais vu ce vol plané ! C'était merveilleux !

Elle repartit dans une crise de rire, des larmes dans les yeux.

— Est-ce que tu as la bestiole, au moins ? demanda-t-elle en se tamponnant les joues.

— Évidemment ! Viens la prendre, que je puisse me relever !

Tout en pouffant, Chantal récupéra le palmipède, qui usa de sa voix pour signifier son mécontentement. Elle tendit même une main secourable à sa fille, qui venait de s'enfoncer dans la boue jusqu'à l'épaule en essayant de se redresser. Cyrielle accepta son soutien non sans un grommellement.

— Tu as de la chance de tenir Robert, parce que, sinon, tu me rejoignais dans la mélasse !

— Tu n'oserais pas faire ça à ta vieille mère !

Elles s'extirpèrent du bourbier en se serrant les coudes au sens propre du terme. Cyrielle, qui avait l'impression que la Brenne avait une dent contre elle, loua le ciel d'avoir bien noué ses lacets. À chacun de ses pas, la vase s'agrippait à ses baskets comme pour les lui arracher. C'était un miracle qu'elles soient toujours à ses pieds !

Quand elles atteignirent la terre ferme, elles poussèrent un soupir de soulagement.

— Il faut que j'immortalise le moment, fit Cyrielle en contemplant sa mère, tout aussi recouverte de boue qu'elle-même.

Par bonheur, son téléphone, rangé à l'abri dans une poche intérieure de sa veste, avait été épargné par la catastrophe. Elle s'essuya les mains avant de le brandir au-dessus de leurs têtes. Pas rancunier, Robert fit lui aussi l'effort de poser convenablement pour le selfie.

4

Après s'être intégralement changées, Chantal et Cyrielle filèrent à la clinique vétérinaire la plus proche, où par bonheur, on les reçut assez rapidement. M. Kumar, un homme au physique avenant et à l'expression chaleureuse, examina le palmipède avec des gestes doux. Cyrielle lui trouvait une ressemblance avec Dev Patel, l'acteur de *Slumdog Millionnaire*, à cause de l'arc de ses sourcils et de sa dentition parfaite.

— Rien de cassé, pas de plaie, il est plutôt en bonne santé, annonça-t-il à ces dames. Il s'agit d'un canard de Pékin américain. Son plumage est un peu abîmé, il a besoin de vitamines. Mais rassurez-vous, ce n'est pas un début de maladie de la plume et, avec une alimentation correcte, tout rentrera dans l'ordre.

Elles se réjouirent de cette excellente nouvelle.

— C'est une femelle qui a dû s'échapper d'un élevage, ajouta-t-il avec un sourire éclatant. Elle pondra, jusqu'à un œuf par jour, une fois qu'elle ne sera plus aussi stressée.

Cyrielle écouta la suite d'une oreille distraite. Il lui plaisait. Ce qu'il était beau, avec ses épaules carrées, sa peau mate et sa chevelure brillante dans laquelle elle aurait adoré passer sa main...

— Monsieur Kumar, commença-t-elle, un peu perturbée par ce constat. Pardon, je voulais dire docteur Kumar...

— Je ne suis pas à cheval sur le titre, affirma-t-il, embarrassé.

— Enfin, vous sauvez des vies, quand même ! intervint Chantal, également sensible à son charme.

Il rougit.

— Je me demandais comment faire pour joindre ses propriétaires ou le faire adopter, reprit Cyrielle. On n'a pas ce qu'il faut pour accueillir cette bête chez nous.

Chantal expliqua la situation de son mobile home.

— Je n'ai pas de mare ou de poulailler à proposer à Roberta.

M. Kumar secoua la tête, sincèrement désolé.

— Malheureusement, je n'ai plus de cage disponible. Je peux demander à mon assistante de contacter certains de nos clients qui possèdent des canards d'ornement, mais il faudrait que vous la gardiez le temps de trouver quelqu'un qui en voudrait. Je vais prendre votre numéro de téléphone, si vous le permettez ?

Chantal flanqua un coup de coude à sa fille, qui se fit un plaisir de donner le sien.

— J'aurais bien aimé être à la place du canard, soupira Cyrielle une fois qu'elles furent sur le parking.

— Je m'en doute ! ricana sa mère, qui tenait Roberta sagement enroulée dans son écharpe. Tu lui faisais des yeux de merlan frit, on aurait dit un chat devant l'étal d'un poissonnier...

— Tu exagères !

— À peine. Mais je te rassure, vu la moyenne d'âge dans le patelin, il devait être tout content d'avoir une cliente de moins de soixante ans !

Cyrielle se plut à imaginer que sa mère disait vrai et ne put s'empêcher de glousser.

— Tu n'as personne en ce moment, non ? poursuivit sa mère sur un ton faussement innocent. Parce qu'il a prévu de t'appeler...

— Pour Roberta ! Pas pour m'inviter à sortir. Je te rappelle que je n'étais pas au top du glamour !

Elle avait eu beau changer de pantalon et enfiler une polaire en guise de manteau, elle ne se sentait pas séduisante dans ses chaussures crottées. Sans oublier que le vent avait transformé ses cheveux en botte de foin et qu'elle ne s'était pas maquillée.

— Au moins, tu es naturelle, la consola sa mère. Tu es toujours belle, avec ou sans maquillage.

— Je sais, maman.

Sa mère l'aurait trouvée tout aussi ravissante si elle avait été vêtue d'un sac-poubelle. C'était rassurant, quelque part. Comme beaucoup de gens, Cyrielle se montrait très critique vis-à-vis de son reflet. Sûrement à cause des femmes parfaites qu'elle croisait, affichées sur des abribus, dans les pubs, sur les réseaux... Cependant, comme le rappelait sa sœur Marlène à qui voulait l'entendre, même la vraie Beyoncé ne ressemblait pas à la Beyoncé des magazines.

Elles firent un crochet par un petit magasin de fleurs qui vendait également de l'alimentation pour animaux de basse-cour. Quand elles arrivèrent au mobile home, elles étaient fourbues. Elles lâchèrent Roberta dans le jardin tout en lui mettant des graines et de l'eau à disposition dans une bassine.

Pendant que sa mère se douchait, Cyrielle surveilla l'animal. Tout à coup, elle reçut une salve de notifications : SMS de son père, messages de Marlène... Toute la famille se demandait si elle avait atteint sa destination sans encombre. Elle se dépêcha de taper une réponse avant de perdre de nouveau la 4G.

`Je suis sur place. Maman va bien. Je ne sais pas encore ce qui lui arrive, mais on a sauvé un canard !` 🦆🦆🦆

Elle leva son téléphone à bout de bras pour parvenir à émettre. Quand ce fut fait, elle s'aperçut que sa mère observait son manège depuis la terrasse.

— Alors ? fit celle-ci, soupçonneuse, en la voyant revenir. Que se passe-t-il ?

— Bah, rien. J'ai juste donné de mes nouvelles pour que personne ne s'inquiète...

Elle ponctua cette pique sournoise d'un sourire innocent. Elle n'avait pas pu s'en empêcher... Elle changea ensuite de sujet :

— Il faudrait qu'on creuse une mare à Roberta et qu'on lui trouve des copains. Ou alors, je me suis dit que la voisine, Fabienne, pourrait la prendre dans sa ferme.

— Mauvaise idée, souffla Chantal en s'épongeant les cheveux. Roberta risquerait de passer à la casserole.

Cyrielle grimaça et prit possession de la salle de bains exiguë. La cabine en plastique couina à chacun de ses mouvements, mais elle put se délasser sous un jet d'eau chaude. Elle avait l'impression d'être debout depuis une éternité. Il lui était arrivé tant d'aventures en l'espace de quelques heures... La Brenne se révélait beaucoup plus dangereuse que ce qu'elle avait pu imaginer. Elle sortit de la douche à regret, avec des picotements sous les paupières.

Un « plop » l'informa qu'une bouteille avait été débouchée. Puis la porte grinça et Chantal se mit à appeler Roberta. Cyrielle se dépêcha de s'habiller pour assister au spectacle : sa mère, un verre de vin dans une main, essayait de ramener la cane au mobile home en la guidant avec des épluchures de carotte, qu'elle tenait dans l'autre.

Contre toute attente, l'astuce fonctionna à merveille.

5

Roberta dormait, sa tête enfouie sous son aile, pelotonnée au fond d'une niche improvisée à l'aide d'un carton. Cyrielle y avait découpé une porte afin que le palmipède puisse en sortir au besoin. Les deux femmes l'observaient avec tendresse.

— Elle va semer des fientes partout dès qu'elle sera réveillée, lâcha Chantal d'une voix grave. Ça me fait un peu chier de la garder à l'intérieur.

— Maman, ton langage ! Tu vas devoir mettre une pièce dans la jarre à gros mots.

— Il y a bien longtemps que j'ai bazardé ce truc-là. J'ai tenu quoi, deux mois ?

— Deux semaines, ricana Cyrielle.

— Au moins, ça m'a payé une bonne bouteille.

— Hein ? Tu devais donner l'argent aux nécessiteux !

— J'ai pensé : « Pauvre de moi, seule avec mes gosses pendant que mon mari admire des aurores boréales en Arctique... » Je t'assure que je n'avais pas démérité.

Cyrielle la croyait sur parole. À cette époque, Yves voguait quelque part dans l'hémisphère Nord. Ce souvenir leur fit remarquer qu'il faisait un froid polaire dans le mobile home. La température avait sérieusement baissé à la tombée de la nuit.

Chantal mit en marche un petit poêle à pétrole, dont l'odeur abominable irritait les narines.

— Ce n'est pas dangereux, au moins ? s'inquiéta Cyrielle, qui s'imagina aussitôt périr d'asphyxie.

— C'est ça, ou se geler... Tu devrais peut-être dormir avec moi, ce soir. Les couvertures de la petite chambre sont minces, et je n'ai apporté qu'une couette.

Cyrielle garda le silence, songeant qu'elles n'avaient pas partagé un lit depuis des années. Elle ignorait à quand cela remontait. Mais Chantal n'avait pas oublié.

— Tu te rappelles la fois où nous sommes restées au camping alors que ton père partait en mer ?

— Oui, il était paniqué ! Il avait peur que tu ne réussisses pas à replier la tente...

Mais Chantal avait insisté, et les vacances avaient duré une semaine de plus que prévu. Bien sûr, elle avait géré la suite du séjour sans problème.

Elle se versa du vin et prit le ton d'un vieux matelot qui a vu mille tempêtes :

— Jusqu'à ce qu'il y ait l'orage. Honnêtement, j'aurais aimé que ton père soit là.

Elle avait fait de son mieux, une gamine sous chaque bras, à espérer que le grain passerait vite. Cyrielle s'en souvenait comme si c'était hier : le tonnerre, l'averse, la fatigue, sa mère qui chantonnait pour les calmer. Elle s'était rendormie... Puis le toit de la tente s'était déchiré sous l'effet d'une énorme poche d'eau qui s'était déversée sur elles. La douche froide les avait poussées à se réfugier dans la voiture.

Plus Cyrielle y réfléchissait, plus elle trouvait que sa mère avait tout d'une superwoman.

— Tu parles d'une nuit ! fit Chantal. On est rentrées le lendemain, et je n'ai plus jamais voulu camper.

— C'est à partir de là qu'on a commencé à louer des mobile homes.

C'était amusant d'évoquer ces souvenirs... Il ne manquait que Marlène pour compléter le tableau. Cependant, Cyrielle était contente d'avoir sa mère pour elle seule pour une fois, de ne la partager avec personne. Avec le recul, elle devinait que le sauvetage de Roberta resterait dans les annales.

Lorsqu'elles se couchèrent plus tard dans la soirée, frigorifiées, Cyrielle se dit que, dès le lundi suivant, elle irait acheter de nouveaux radiateurs, avec ou sans permission. Sa mère ne pouvait pas continuer à se geler ainsi, elle risquait d'attraper la mort.

— Ne prends pas toute la couette ! ronchonna Chantal en tapotant son oreiller.

— Promets-moi de ne pas ronfler, rétorqua Cyrielle d'un ton taquin en se glissant au chaud.

— Je ne ronfle pas !

— Mais bien sûr... Tu fais un bruit de sonneur !

— Tu dois confondre avec ton père.

— Quelle mauvaise foi...

— Éteins la lumière.

Cyrielle tira sur la petite ficelle qui servait d'interrupteur. Le noir survint, lui arrachant un bâillement.

— Avoue que c'est marrant, dit-elle en se tournant du côté de sa mère. J'ai l'impression de retomber en enfance !

Elles ne se voyaient pas, mais malgré tout, elles sentirent chacune que l'autre se réjouissait de ce moment d'intimité. À croire que les sourires ont leur propre silence. Chantal posa sa main fraîche sur celle de sa fille.

— À ton avis, qu'est-ce que l'enfant que tu étais penserait de toi ?

— C'est-à-dire ?

— Eh bien, que penserait celle que tu étais jadis de sa vie d'aujourd'hui ? insista sa mère. De l'adulte qu'elle est devenue ?

La question paraissait saugrenue. Cyrielle se creusa la cervelle.

— Je serais un peu déçue de ne pas avoir le cheval dont je rêvais.

— Tu m'as longtemps cassé les pieds pour en avoir un, en effet. À part ça ?

La jeune femme réfléchit.

— J'ai fait les études que je voulais, je gagne ma vie... Je me suis payé un voyage l'année dernière... Évidemment, j'ai du stress au boulot, comme tout le monde, mais à part ça, ma vie me paraît plutôt cool.

— Es-tu heureuse ?

— Je crois.

Cyrielle n'était pas d'un tempérament pessimiste. Elle s'était toujours accrochée au présent, et là où certaines personnes avaient leur journée gâchée à la première contrariété, elle n'avait besoin que d'un bon moment pour sauver la sienne. Maligne, elle sauta sur l'occasion d'interroger sa mère à son tour.

— Et toi ? Es-tu satisfaite de ta situation ? Est-ce là-dessus que tu t'interroges ?

Il y eut un soupir dans l'obscurité.

— Avec ton père, tout se passe bien. Il a un sale caractère, mais j'ai l'habitude. Et puis, il respecte mon indépendance... Je pensais que je serais plus sereine une fois que vous auriez pris votre envol, et j'ai eu du mal à gérer votre départ pendant un temps, mais je m'en suis remise. Nous avons trouvé nos marques à deux, sans enfants et sans séparation.

— Et le fait que tu n'aies plus à travailler ?

— J'en suis ravie. J'étais fatiguée de me lever tous les matins à l'aube. Surtout que ton père, lui, est à la retraite depuis presque dix ans. J'avais hâte de me la couler douce, moi aussi.

Cyrielle se renfrogna. Sa mère venait de lui fournir une réponse facile, à la limite prémâchée... Chantal ne voulait pas aller au fond du problème et mettre des mots sur ce qui l'avait conduite à s'isoler dans ce mobile home.

— Tu vois, déclara-t-elle, c'est durant ce genre de discussion que je me rends compte que je vieillis. Avant je ne songeais qu'à demain. Désormais, je pense à hier...

— Justement, reprit Cyrielle, j'ai l'impression que quelque chose te manque. Est-ce que je me trompe ?

— Décidément, tu n'abandonnes jamais. Mais ce n'est pas ce que tu crois. J'ai bien l'intention de laisser le passé où il est et de me réinventer, en quelque sorte. Plus tu prendras de l'âge, plus tu comprendras combien le présent est important. Je ne veux pas gâcher le temps qu'il me reste, je compte en profiter au maximum.

— Cela me paraît plutôt sage, commenta Cyrielle, songeuse.

— Allez, il faut dormir maintenant. Bonne nuit, ma chérie.

— Bonne nuit, maman.

6

Le dimanche matin, Cyrielle se réveilla à moitié congelée dans les bras de sa mère. Elle s'extirpa du lit en prenant ses précautions pour ne pas la réveiller. La chaleur du poêle s'était évanouie depuis longtemps dans la pièce principale. Cyrielle s'habilla et enfila une polaire supplémentaire par-dessus son pull. Roberta s'agita dans sa boîte avant d'en sortir la tête. Elle examina la gigantesque humaine d'un œil rond et finit par se diriger vers elle, en secouant son popotin avec entrain.

Cyrielle lui ouvrit la porte et lui donna un peu de nourriture. La cane partit ensuite en exploration parmi les herbes hautes comme si elle avait habité là toute sa vie.

— Sacrée bestiole, murmura la jeune femme.

Elle prépara le café et se mit en quête du réseau. Comme elle ne captait pas, elle décida d'aller à Saint-Michel-en-Brenne chercher des croissants et d'en profiter pour passer un coup de fil à la famille. Tandis qu'elle s'installait au volant, elle ne put s'empêcher d'éprouver un sentiment de trahison. Elle ne faisait rien de mal, pourtant !

Bref, après son passage à la boulangerie, elle se posa sur un banc, face à l'église, sa baguette et ses viennoiseries sous le bras.

— Allô, Cyrielle ? s'enquit son père en décrochant.

D'habitude, il n'était pas aussi rapide.

— Chef, oui, chef !

— Arrête tes bêtises, tu sais que ça ne me fait pas rire.

Bon, il était de sale humeur. Ça commençait bien.

— Détends-toi, papa, tout va bien.

— Alors, elle m'en veut, ou pas ?

— Non, tu avais raison. Elle traverse une crise existentielle. C'est probablement lié à son départ en retraite.

Son père parut soulagé et proposa de les rejoindre, ce que Cyrielle lui déconseilla.

— Maman a besoin de temps pour réfléchir.

Elle lui promit de faire son maximum pour éclaircir la situation. Elle avait l'intuition d'être capable d'aider sa mère. Mieux, elle décida que ce serait sa nouvelle mission. Elle lui devait tant ! Alors, pour une fois, à son tour de lui apporter son soutien.

— Ne t'enflamme pas trop, ma chérie, temporisa Yves, que son enthousiasme inquiétait.

— N'aie aucune crainte, je sais ce que je fais.

— Espérons-le. Au fait, tu m'expliques ton histoire de canard ?

— On l'a sauvé au cours d'une promenade.

— Ta mère veut le garder ?

— Heu, oui, en attendant que le vétérinaire lui trouve une famille. Ne stresse pas, c'est l'affaire de quelques jours. Tiens, quand on parle du loup... Je te rappelle !

En effet, le charmant M. Kumar venait de sortir de la boulangerie. Elle lui fit de grands signes, et il vint la saluer. Cyrielle était aux anges.

— Vous ne m'avez pas appelée, hier soir ? le taquina-t-elle, avec un sourire effronté.

Surpris, il fit une drôle de tête.

— À propos de Roberta, je veux dire, se hâta-t-elle de préciser. Vous n'avez pas encore contacté vos clients, j'imagine ?

— Malheureusement, non. J'ai eu une urgence peu après votre départ. Un chien qui avait été heurté par une voiture.

— Oh, non ! s'exclama la jeune femme, posant sa main sur le bras du vétérinaire. Il n'est pas mort, au moins ?

— Il s'en est tiré sans trop de bobos, juste une patte cassée.

— Quand même ! Pauvre loulou...

— Oui, je dois le voir tout à l'heure à la clinique. J'en profiterai pour consulter notre fichier au calme.

Elle était navrée de le faire travailler un dimanche, aussi s'excusa-t-elle. Néanmoins, elle était incapable de se retenir de sourire jusqu'aux oreilles.

— Vous êtes vraiment joyeuse, aujourd'hui, non ? remarqua-t-il, troublé. Sans vouloir me montrer indiscret, naturellement...

— Oh, c'est mon état naturel ! pouffa Cyrielle. Hier, j'étais tombée dans une flaque de boue pour sauver Roberta. Je n'étais pas tout à fait dans mon assiette, vous comprenez.

Malgré cet aveu, il ne paraissait pas pressé de fuir.

— Quand repartez-vous ? s'enquit-il, l'air de rien. Je vous le demande par égard pour Roberta, évidemment.

— Bien entendu, minauda-t-elle.

Ils discutèrent durant une dizaine de minutes. Tout ce temps-là, elle fit son maximum pour ne pas le dévorer du regard... Comment ne pas succomber à son charme ?

— Je ne vais pas vous retenir plus longtemps, fit-il en penchant la tête, avec une pointe de regret dans la voix. Votre mère va s'inquiéter.

— Pensez-vous, elle doit toujours ronfler à l'heure qu'il est...

Il ne put s'empêcher de rire. Cependant, il prit congé, et Cyrielle le laissa s'échapper.

— N'oubliez pas de m'appeler, lança-t-elle alors qu'il traversait la route. Pour Roberta, je veux dire.

— Bien sûr, pour Roberta !

Il lui adressa un clin d'œil complice.

À son retour au mobile home, elle trouva Chantal assise en tailleur sur un coussin au milieu de sa terrasse, les yeux fermés, les mains posées sur ses cuisses.

— Salut, maman ! Tu as passé une bonne nuit ? Qu'est-ce que tu fabriques ?

— Chut ! Voyons, Cyrielle... Je médite !

— C'est nouveau, ça. Pourquoi t'es-tu lancée là-dedans ?

— Veux-tu bien me laisser tranquille pendant un quart d'heure ?

— Mais tu as déjeuné, au moins ? Parce que je t'ai acheté des croissants !

— Cyrielle !

La jeune femme tira une chaise en plastique pour s'installer, mais un regard noir la chassa jusque dans le mobile home. Elle était plutôt déçue de l'accueil. Surtout après la charmante rencontre qu'elle venait de faire et qu'elle brûlait de raconter à quelqu'un.

En désespoir de cause, elle dressa la table du petit déjeuner et se résolut à attendre. Impassible, Chantal tenait la position.

Cyrielle finit par se servir une tasse de café brûlant et par mordre dans une viennoiserie. Au final, quand sa mère la rejoignit, elle avait terminé de manger et s'était attaquée à la lecture d'un roman de Catherine Frøgh, *Le Sel sur mes blessures*.

— Qu'est-ce que tu lis ? demanda Chantal en notant l'expression de contrariété sur le visage de sa progéniture.

— Une histoire édifiante dans laquelle une héritière est trahie par sa famille et mariée à un odieux banquier afin de renflouer les caisses du domaine. Au bout de plusieurs années, elle décide de se venger en ruinant son époux et en saccageant tous les investissements de son père.

— Sympa.

— Je trouve aussi. Et ta méditation ?

— Un peu chaotique, j'ai eu du mal à m'apaiser. Ta présence m'a perturbée, sans vouloir t'offenser.

Cyrielle ne releva pas.

— Et pour me faire pardonner d'avoir boudé ton petit déjeuner, je t'invite au restaurant ce midi. Qu'en penses-tu ?

— Entrée, plat, dessert ? vérifia Cyrielle, méfiante.

— Tout à fait.

— Alors, ça marche !

7

L'Auberge de la Gabrière, une ravissante maison de caractère, longée d'une terrasse couverte, était située en lisière d'un étang. Depuis leur table, les deux femmes pouvaient observer des oiseaux amerrir et s'envoler. Elles sirotèrent une bière, la Bave du Luma, tout en guettant l'arrivée de leurs assiettes. Il n'y avait pas foule pour un dimanche midi.

— Pourquoi est-ce que tu médites ? interrogea Cyrielle en croquant une cacahuète. Quels en sont les bienfaits, je veux dire ?

— Pour me libérer de mes angoisses et de mes pensées. C'est une pratique relaxante, excellente pour le corps et l'esprit.

— Je vois... Qu'est-ce qui te stresse, exactement ?

Chantal poussa un soupir.

— Décidément, tu ne lâches pas l'affaire...

— Si je suis là, c'est pour découvrir ce qui t'arrive. Si j'avais des problèmes, tu volerais à mon secours, n'est-ce pas ?

— C'est ce que font les mères pour leurs filles.

— Et inversement ! Je t'aime, maman. Je ne t'abandonnerai pas au moment où, pour une fois, c'est toi qui as besoin d'aide.

Chantal lui serra la main, émue par sa déclaration candide.

— Moi aussi, je t'aime, ma chérie.

— Alors, raconte. Je sais que papa a dit un truc qui t'a bouleversée. Qu'est-ce que c'était ?

— Il... a parlé de l'Ehpad.

Cyrielle faillit en recracher sa gorgée de bière.

— Mais vous n'êtes pas si vieux !

— Tu le connais, il est prévoyant, donc il veut faire en sorte d'acquérir un appartement médicalisé ou d'épargner assez d'argent afin que notre situation ne pèse pas sur ta sœur et toi plus tard. C'est tout à fait raisonnable.

— Mais vous avez la soixantaine, maman ! C'est un peu tôt pour y penser ! Tu m'étonnes que ça t'ait déprimée !

Cyrielle avait l'habitude d'entendre ses parents dire que, en ce qui concernait les obsèques, tout était déjà réglé, et cela l'horripilait. Mais l'Ehpad, c'était bien la première fois qu'ils abordaient le sujet.

— Peu importe, répliqua sa mère. Je suis d'accord avec lui... Là n'est pas le problème.

— Ben, qu'est-ce que c'est, alors ?

Chantal détourna le regard vers l'eau miroitante sous un soleil pourtant timide.

— Yves a eu une parole sensée. On passe du bon temps, et sans crier gare, on se rend compte qu'on a pris un coup de vieux. La vie nous file entre les doigts.

Si on attend le dernier moment, on risque de passer à côté de notre chance. Il a raison, et l'expérience nous l'a déjà montré.

Cyrielle but une gorgée de bière, attentive, sans piper mot. Pour une fois que sa mère se livrait, il était hors de question de l'interrompre.

— Même si nous sommes encore fringants et bien portants (elle toucha le bois de la table en faisant un clin d'œil), la vieillesse ne nous fera pas de cadeau. Quand je serai une petite mamie toute rabougrie et fatiguée, je veux bien me contenter de faire des mots croisés dans un bon fauteuil en buvant du thé. Mais tant que j'ai la forme, il faut que j'en profite. La retraite m'offre une nouvelle jeunesse, sans responsabilité, sans contrainte... Je me rends compte que si j'ai des rêves à réaliser, il serait temps de m'y mettre.

— Quels rêves ?

L'expression de son visage changea et devint tout à coup plus tourmentée.

— Je ne sais pas justement. Voilà le souci.

Depuis qu'elles avaient eu cette discussion, Cyrielle était immensément soulagée. Sa mère avait enfin percé l'abcès. Il n'y avait pas de quoi en faire un drame. Toute la famille serait contente de l'apprendre. D'ailleurs, de sorte à accomplir sa mission et à assister Chantal dans sa quête, elle lui soumettait des propositions plus farfelues les unes que les autres.

— Pourquoi pas un tour du monde à la voile ?

— Je déteste les bateaux !

— Un saut en parachute ?

— Seigneur, tu veux me tuer !

— Un vol en parapente ? C'est moins flippant !

— Jamais !

— J'imagine que le saut en élastique, c'est non ?

— Grrr... C'est exactement pour ça que je voulais prendre le temps d'y réfléchir au calme, de mon côté. Ce n'est pas une activité que je cherche. Il s'agit d'un aboutissement, de quelque chose de plus grand qui donnerait du sens à ma vie.

— Je vois, acquiesça Cyrielle, extrêmement déçue que sa mère n'envisage pas une seconde de se jeter dans le vide depuis un avion.

Elle avait des tas d'idées, comme nager avec des requins ou faire du bénévolat dans une association qui récupérait les lamas en détresse...

Elle ne put s'empêcher de lancer une dernière proposition :

— J'ai aussi pensé à une baignade dans une source d'eau chaude en Finlande en plein hiver. Mais j'ai compris le message... Promis, je ne t'embête plus avec ça.

— Et tu n'en parles pas à ton père et à ta sœur.

— Maman ! protesta Cyrielle. Pourquoi les laisser se faire du mouron, alors qu'il ne t'arrive rien de grave ?

Chantal leva les yeux au ciel, chipotant le riz dans son assiette du bout de la fourchette.

— Franchement, personne ne vous a demandé de vous inquiéter. C'est vous qui vous mettez dans tous vos états sans raison. Je te rappelle que j'ai juste eu envie de passer quelques jours seule.

— Dans un frigo, sans réseau, à des kilomètres de la civilisation ! Évidemment qu'on a aussitôt déclenché le plan Orsec !

Cyrielle pointa un index accusateur.

— Je suis désolée mais, si je faisais de la psychologie de comptoir, je te dirais que ça ressemblait fort à un appel au secours.

Agacée, Chantal se tamponna le coin des lèvres. Sa fille, qui avait le sentiment d'avoir remporté une victoire, en soupira de soulagement. Il fallait que ça sorte. Le temps que la pression retombe, elle se rendit aux toilettes, d'où elle expédia des messages frénétiques à Marlène et Yves afin de les rassurer. C'était terriblement frustrant de les informer qu'elle avait découvert la vérité mais qu'elle ne pouvait pas en révéler plus.

Sa sœur lui envoya une bordée de smileys tous plus fâchés les uns que les autres. Quant à son père, il se contenta de répondre un « OK ».

Néanmoins, le déjeuner s'acheva sur un café gourmand très copieux. Leur estomac était si lourd qu'elles eurent à peine la force de se traîner sur les chemins de randonnée.

— Si, il faut marcher, insista Chantal. Sinon, je vais mettre des heures à digérer tout ce que j'ai avalé et je vais le payer cette nuit.

— Donc, moi aussi, si je comprends bien..., grommela sa fille, qui rêvait de s'allonger et de rediriger toute son énergie dans sa panse. Ce repas était délicieux, mais la petite mousse au chocolat était de trop.

Après une bonne promenade, elles se sentirent mieux et poussèrent l'expérience touristique en s'arrêtant à la

Maison de la Nature et de la Réserve. Là, il y avait un certain nombre de spécialités locales, dont une liqueur à base de lait de chèvre, qui laissa Chantal de marbre mais enthousiasma Cyrielle. La jeune femme en acheta une bouteille. Elle prit aussi tout un lot de cartes postales.

— Tu sais que j'adore en envoyer, déclara-t-elle. Et tu me feras le plaisir de les signer.

— Je suis ta mère, je ferai ce que je veux. Qu'est-ce que tu prévois de faire de cet immonde breuvage ?

— La liqueur ? Je la garde pour la prochaine fête d'Halloween. Les copains et moi, on organise toujours des tests de trucs bizarres, et il faut deviner ce que c'est. Ça sera nickel !

Chantal poussa un profond soupir. Sa fille avait de ces idées, parfois...

Sur ces entrefaites, elles rentrèrent au mobile home avec l'impression d'avoir déjà bien rempli leur dimanche. La soirée s'annonçait sous les meilleurs auspices, mais le moment de félicité ne dura, hélas, pas longtemps.

8

Cyrielle ne parvenait pas à se concentrer sur sa lecture. Elle rongeait son frein tandis que sa mère poursuivait tranquillement ses mots croisés. Est-ce que Chantal n'aurait pas dû être en train de méditer, ou tout du moins, de réfléchir ? Celle-ci leva le nez dans sa direction, et Cyrielle plongea aussitôt le sien entre les pages de son livre. En temps normal, elle aurait dû être complètement absorbée par son roman. En plus, elle adorait la plume de Catherine Frøgh...

Rien n'y faisait. Elle ne pensait qu'aux aspirations de sa mère, qui cherchait à donner un sens à sa vie. Évidemment, par un effet de miroir, la jeune femme s'interrogeait à son tour sur ce qui guidait ses propres pas. En toute honnêteté, elle ne se voyait pas se lancer des défis de nature à bouleverser le cours de son quotidien.

Nombre de projets tout à fait ordinaires attendaient de se concrétiser : ses prochaines vacances, l'achat d'un logement, une nouvelle voiture... Cela lui paraissait amplement suffisant pour le moment. Des besoins plutôt matériels, songea-t-elle, rien d'extravagant, du moins pour l'instant.

Son regard s'égara sur Roberta, qui se dandinait à travers la végétation. Elle avait pris un bain dans sa bassine et semblait parfaitement heureuse. En tout cas, d'un point de vue « humain ». Sans s'en apercevoir, Cyrielle se mit à taper nerveusement du pied.

Sa mère s'en agaça :

— Si tu t'ennuies, va faire du bruit ailleurs.

La jeune femme sortit dans le jardin, se lançant à la recherche du réseau. Comme elle n'y arrivait pas – à croire que ce terrain était le triangle des Bermudes de la Brenne – elle se mit à faire des photos de fleurs, valorisées par la lumière du soir.

Roberta la suivait partout en cancanant. Il était tout à fait certain qu'elle était habituée à interagir avec des êtres humains, puisqu'elle se laissait désormais caresser sans crainte. Naturellement, Cyrielle se mit à converser avec elle.

— Tu avais peur hier, n'est-ce pas ?

— Coin-coin, répondit Roberta en remuant son popotin.

— J'espère que tu ne t'ennuieras pas trop, le temps que tu resteras avec nous.

— Coin-coin.

Elles firent ainsi leur tour du propriétaire en discutant. Roberta s'avérait une compagne très agréable qui savait écouter sans couper la parole. Elle eut même l'obligeance de laisser Cyrielle seule quand son téléphone sonna.

— Ça, alors, Marlène ! s'exclama-t-elle, ravie. Donne-moi une minute, que je marque l'endroit où je capte avec un caillou !

Dès que cela fut fait, elle fit un nouveau compte rendu de la situation à sa sœur, laquelle avait décidé de lui tirer les vers du nez. Elle tempêta tant et si bien que Cyrielle finit par céder.

— On avait échappé à la crise de la quarantaine et à celle de la cinquantaine, commenta l'aînée. Pas étonnant qu'elle nous en fasse une à l'heure de la retraite.

— Je te trouve dure avec maman. Tu es jalouse parce que tu échangerais bien ta place avec elle pour te reposer quelques jours au calme.

Les enfants de Marlène, aussi espiègles que pleins d'énergie, avaient tendance à épuiser leurs parents.

— Pas faux, acquiesça la frangine. Désolée de m'être laissé emporter. Ce qui m'embête, c'est que papa est comme abandonné pendant ce temps-là.

— Oui, bah maman se retrouvait seule chaque fois qu'il partait en mer, et en plus, elle avait deux gosses sur les bras. Il n'en mourra pas.

Marlène dut convenir que la cadette avait raison et raccrocha pour voler au secours d'une casserole de pâtes sur le point de déborder.

Cyrielle se sentit soulagée. Un instant, elle avait craint de se faire bombarder de conseils, et elle comprenait mieux pourquoi sa mère avait ressenti le besoin de s'isoler.

À peine avait-elle raccroché qu'un numéro inconnu s'afficha sur l'écran. Après une courte hésitation, elle décrocha. Bien lui en prit, car la chaleureuse voix de M. Kumar résonna dans le combiné.

Aussitôt, Cyrielle se redressa, tout émoustillée. Son imagination fertile lui fit miroiter un rendez-vous dans un restaurant chauffé au lieu d'une soirée au coin d'un poêle à fioul dans un mobile home congelé.

— Bonjour, docteur !

— Vous pouvez m'appeler Vishal. Ce sera plus simple.

Cyrielle en frémit de joie.

— Avec plaisir, Vishal. Que puis-je pour vous ?

— Eh bien, j'ai trouvé une famille pour Roberta.

Le sourire de Cyrielle retomba ; il appelait pour le canard.

— Quelle bonne nouvelle, déclara-t-elle un peu moins enjouée tout à coup.

— Je me proposais de passer chez vous et de la conduire à son nouveau royaume.

— Ce soir ?

— Oui, d'ici une heure, si ça ne vous dérange pas.

— Pas du tout, au contraire !

Elle pourrait même se pomponner en attendant, histoire de se montrer à son avantage. Elle raccrocha, bien décidée à jouer la carte de la séduction.

— Tu entends ça, Roberta ? s'exclama-t-elle, d'excellente humeur. Roberta ?

Elle chercha autour d'elle et remarqua soudain un croupion blanc qui se trémoussait au pied de la haie. Le temps qu'elle comprenne ce qu'il se passait, le palmipède se fit la malle de l'autre côté. Cyrielle passa le bout du nez par-dessus le portail et vit Roberta détaler, toutes ailes écartées, sur un sentier de randonnée.

— Mamaaan ! cria-t-elle en déboulant dans la véranda. Mamaaan !

— Dieu, ça ne m'avait pas manqué, soupira sa mère. Tu poussais le même cri quand tu tombais sur une araignée...

— Roberta s'est échappée ! l'interrompit Cyrielle. Je l'ai vue se faufiler sous la haie ! Elle est partie sur les chemins ! Et le véto débarque dans moins d'une heure pour l'emmener ! Il faut que tu m'aides à la récupérer !

— Quoi, maintenant ? Mais la nuit est en train de tomber !

En effet, il faisait de plus en plus sombre, pour ne pas dire quasiment noir, à la faveur du crépuscule.

— Je vais prendre ma frontale, annonça Chantal sur un ton fataliste.

9

La lampe balayait le chemin devant les deux femmes, qui marchaient depuis un bon moment déjà, cramponnées l'une à l'autre. En assombrissant le monde, la nuit donnait aux arbres une allure de spectres échevelés. D'ailleurs, la campagne et les étangs étaient tout sauf silencieux. Les grenouilles coassaient, fidèles ambassadrices de la saison des amours qui démarrait, et une chouette hululait dans le lointain.

— Ma chérie, commença Chantal, est-ce que tu te rends compte que je ne me retrouve dans ce genre de situation que lorsque tu es là ?

— Je ne vois pas ce que tu veux dire.

— Oh si, tu sais très bien ! Tu es la reine des scénarios improbables. Même quand tu étais petite, tu arrivais à te fourrer dans le pétrin. Tiens, par exemple, à quatre ans, tu as balancé une boule de pétanque dans le regard de la fosse septique de grand-mamie.

— Ça ne me dit rien.

— Je te promets que je m'en souviens pour deux. J'ai passé trois heures sous la pluie avec ton oncle à tout faire pour la déloger. Il faisait nuit noire, justement. Et, à dix ans, tu avais décidé de faire le tour du quartier déguisée en Chewbacca. La voisine a cru qu'un ours attaquait son chat tellement il feulait, et tu es rentrée te planquer.

— Ah, ça, oui, je m'en souviens. Je croyais qu'elle voulait me punir.

— Et quand tu étais ado...

— Maman, la coupa Cyrielle, on a compris ! C'est bon, tu vas faire peur à Roberta !

— Quand tu étais ado, tu as fugué dans le cabanon du jardin parce que ta sœur braillait sur du Britney Spears. Résultat : encore deux heures à courir partout pour te mettre la main dessus.

— Ce n'était pas une fugue ! Je ne voulais plus partager ma chambre avec Marlène, c'est tout. Elle chantait tellement faux que mes oreilles saignaient !

Soudain, un frémissement parcourut les buissons à une dizaine de mètres. Il y avait une bestiole dedans. Cyrielle s'accroupit en claquant de la langue.

— Roberta ? Viens ici ! Je t'ai apporté des pelures de carotte.

De son côté, Chantal déplia doucement un vieux poncho en plastique qu'elle avait eu la présence d'esprit d'emporter. Elle était prête à se jeter sur le canard pour l'empêcher de leur faire une blague. Les végétaux s'agitèrent de façon caractéristique.

Cyrielle appela de nouveau pour inciter leur copine palmée à sortir.

Cependant, à la place d'un bec, ce fut un petit museau roux et pointu qui apparut. Le renardeau, adorable et minuscule boule de poils duveteux, quitta sa cachette. Mère et fille retinrent leur souffle en se donnant spontanément la main.

— Il n'est pas vieux, murmura Chantal. Il a quelques semaines.

— Tu crois qu'il est perdu ? s'inquiéta tout bas Cyrielle.

— Ses parents ne sont sûrement pas loin. Il vaut mieux ne pas s'en approcher.

La jeune femme acquiesça en reculant prudemment avec sa mère. Tout à coup, une succession de cris stridents retentit à proximité, propres à faire dresser les cheveux sur la tête de n'importe qui.

— C'était quoi, ça ? paniqua Cyrielle. Des dinosaures ? Des zombies ? Qu'est-ce qui peut bien faire autant de boucan ?

— Les parents ! répliqua Chantal. Ils ont dû nous entendre ou sentir notre odeur ! Ils croient leur petit en danger !

Les glapissements reprirent, plus furieux encore que précédemment. Non seulement ils étaient agressifs, mais leur volume ne cessait d'augmenter, signe qu'ils se rapprochaient.

— Ils arrivent ! Fuyons ! lança-t-elle à sa fille, qui ne se le fit pas dire deux fois.

Comme une seule femme, elles détalèrent dans la direction opposée. Elles coururent à perdre haleine sans oser se retourner tant les hurlements dans leur dos les effrayaient. Cyrielle volait presque, terrifiée à l'idée de se faire croquer les mollets par des bêtes sauvages et hystériques.

— C'est gros comment, un renard ? ahana-t-elle.

— Comme un chien ! Tais-toi et cours !

Une cinquantaine de mètres plus loin, une boule de plumes jaillit devant elles, à deux doigts de se jeter dans leurs pieds : Roberta ! La cane se mit à courir derrière elles en battant des ailes et en poussant des coin-coin révoltés.

N'écoutant que son courage, Chantal s'arrêta pour la ramasser et la caler sous son bras, certaine d'avoir vu des yeux brillants sur le chemin.

— Plus vite ! lui intima sa fille en la tirant par la main.

Toutes deux redoublèrent d'efforts, bifurquant au croisement suivant. Au bout de quelques minutes, Chantal fit une pause, trop essoufflée pour continuer à ce rythme effréné. Elle constata alors que les glapissements s'étaient assourdis et avaient changé de nature. Les renards avaient dû préférer rejoindre leur bébé plutôt que de les poursuivre.

— Par chance, on a retrouvé Roberta ! souligna Cyrielle, qui transpirait à grosses gouttes.

Ni l'une ni l'autre n'avaient le profil d'une joggeuse... La jeune femme s'épongea le front d'un revers de manche, puis regarda autour d'elle avec inquiétude. De son point de vue, tous les sentiers se ressemblaient, surtout dans le noir, et celui-ci n'avait pas grand-chose de différent avec le précédent.

— Rassure-moi, maman : tu sais où on est ?

— Ne t'en fais pas, je vais nous ramener au mobile home en un claquement de doigts. Suis-moi.

En vérité, elles marchèrent une bonne vingtaine de minutes sans rien reconnaître. Chantal fit de son mieux pour se remémorer le chemin qu'elles avaient parcouru. Il était bien entendu hors de question de repasser par là où elles avaient aperçu le renardeau.

— Normalement, si on prend la prochaine à droite, et encore à droite, on devrait retomber sur nos pattes.

— Tu es sûre ?

— Absolument pas. Mais ne t'inquiète pas, on va bien finir par rentrer.

Elles se remirent en marche. Cyrielle surveillait les buissons alentour, sursautant au moindre bruit. Elle repensait au sanglier qu'elle avait croisé la veille en voiture. Perdue dans ses pensées, sa mère les guidait avec sa lampe frontale, portant toujours dans ses bras le canard blanc, qui demeurait parfaitement calme. Beaucoup plus que Cyrielle.

— Tu penses à quoi ? demanda-t-elle pour tromper son stress.

— À un roman que j'écrivais pendant ma première grossesse.

Elle avait piqué la curiosité de Cyrielle, qui ouvrit de grands yeux.

— Ah oui ? Ça parlait de quoi ?

— De gens perdus dans une forêt, un groupe d'amis qui se rendait dans un gîte. Leur véhicule tombait en panne, alors ils décidaient de faire les kilomètres restant à pied, mais la situation dégénérait.

— Du genre... Film d'horreur avec un tueur parmi eux ?

— Non, c'était une histoire amusante.

— Pourquoi ne l'as-tu jamais terminée ?

— J'écrivais juste pour m'occuper quand j'étais enceinte et que je ne pouvais plus faire grand-chose. Après, j'ai eu mes bébés et j'ai abandonné. Ce n'était pas sérieux.

Cyrielle n'en croyait pas ses oreilles. Sa mère, une écrivaine ! Elle lui posa une quantité de questions à propos du texte. Chantal se souvenait de chaque détail. D'ailleurs, elle se mit à décrire précisément les protagonistes, leurs motivations, les éléments sur lesquels elle était restée bloquée...

— Si ce n'était pas important, tu ne t'en souviendrais pas aussi bien, lui fit remarquer sa fille.

— Peut-être. Mais c'était il y a longtemps, et écrire représente énormément de travail. Je ne suis pas une véritable auteure.

— Pas tant que tu n'auras pas achevé ton livre.

Chantal lui sourit, la lumière de la lampe éblouissant Cyrielle au passage.

— Tu es gentille, ma chérie, mais ce n'est pas à mon âge que je vais commencer une carrière dans ce domaine. Regarde : nous sommes arrivées !

En effet, Cyrielle reconnut le portail en bois. Une voiture était garée à côté, ses phares illuminant le chemin. Le vétérinaire en sortit, emmitouflé dans un anorak bleu.

— J'ai essayé de vous appeler, dit-il à Cyrielle, mais pas moyen de capter le réseau.

— Oui, c'est pénible, renchérit celle-ci. Quelle chance que vous ayez réussi à me joindre tout à l'heure !

Chantal remit Roberta à sa fille en lui faisant un clin d'œil appuyé.

— Je vous laisse, je dois filer aux toilettes.

Sa mère avait l'art de soigner ses sorties, songea Cyrielle, gênée, alors que la cane s'agitait dans ses bras. Vishal se dépêcha de sortir une cage de transport de son coffre. Ils y enfermèrent Roberta, qui se mit à pousser des coin-coin malheureux.

— Navrée, ma belle, souffla Cyrielle, mais tu seras bien plus heureuse avec des copains et copines, là où Vishal t'envoie.

À ces mots, il lui sourit, et il y eut un blanc, le temps qu'ils échangent un regard, les yeux dans les yeux. Vishal se détourna afin de charger la caisse dans son véhicule. Cyrielle en profita pour chercher un prétexte, une idée, n'importe quoi qui lui permettrait de prolonger la conversation. Vraiment, elle n'était pas douée pour ce genre de choses !

Il s'appuya contre son break, l'air faussement nonchalant.

— Qu'avez-vous prévu de faire demain ?

Cyrielle en eut une bouffée de chaleur.

— Eh bien, il faut que j'achète un radiateur digne de ce nom pour la glacière qui sert de mobile home à ma mère...

— Vous êtes bricoleuse ?

— En effet, affirma Cyrielle.

— Vous aurez sans doute la possibilité de vous libérer pour vous promener ? Je ne travaille pas le lundi et j'aimerais vous emmener voir les cistudes...

Cyrielle s'empressa d'accepter l'invitation. Ils se donnèrent rendez-vous sur la place du village, le lendemain après-midi. Quand la jeune femme rejoignit sa mère, elle flottait sur un nuage. Finalement, ce dimanche soir se terminait bien mieux qu'escompté.

10

Le lundi matin, Cyrielle se leva avec une énergie propre à soulever des montagnes. Elle s'en fit la promesse : c'était la dernière fois qu'elle déjeunait en anorak dans ce fichu mobile home. Et qu'elle passait la nuit dans le lit de sa mère, qui plus est. C'était marrant une fois ou deux, mais elle avait passé l'âge.

Prévoyante, elle laissa un post-it devant la cafetière :

Partie faire du shopping

Elle se rendit au magasin le plus proche pour acheter trois petits radiateurs aussi efficaces qu'économiques. Sur les conseils du vendeur, elle prit également un pistolet à joints, de sorte à boucher les trous au niveau des fenêtres. Avec ça, elle était persuadée de changer la donne.

Avant de rentrer, elle téléphona à son père afin de le tenir au courant de ses aventures et en profita pour lui poser des questions au sujet du fameux « roman ».

— Je m'en souviens parfaitement ! confirma-t-il. Elle me donnait ses chapitres à lire !

— C'était bien ?

— Et comment ! Elle m'avait harponné avec son histoire. Il y avait un certain suspens. Dommage qu'elle ait arrêté.

— C'est ce que je me dis aussi… Elle devrait le terminer. Et j'ai une idée pour l'y aider.

Cyrielle lui exposa son projet, auquel il adhéra sans réserve. Satisfaite, elle raccrocha, plus motivée que jamais. Il ne lui fallut pas longtemps pour expédier une nouvelle course, élément essentiel afin de mettre son plan à exécution.

Le temps de rentrer, elle tourna et retourna dans sa tête ce qu'elle allait dire à sa mère pour la convaincre de reprendre l'écriture. Il faudrait se montrer diplomate et éviter de la braquer surtout.

Quand Cyrielle arriva, chargée comme une mule avec ses radiateurs dans les bras, Chantal rangea précipitamment quelque chose dans sa poche avant de donner un coup de main à sa fille.

— Je vois que tu as trouvé le *Bricomarché* ! commenta-t-elle, surprise. Tu es sûre que tu vas savoir les installer ?

— Mais oui ! J'ai juste à enlever les anciens et à les remplacer avec les nouveaux.

Aussitôt dit, aussitôt fait. En effet, Cyrielle ne rencontra aucune résistance de la part du matériel. Ensuite, elle vérifia toutes les ouvertures et boucha les trous comme une véritable experte. Chantal s'avoua impressionnée.

— J'ignorais que tu étais douée en bricolage !

— Souviens-toi ! J'ai aidé Antoine et Léo l'été dernier à effectuer des travaux chez eux... Je t'avoue que j'aimerais bien retaper une maison.

— Je suis sûre que tu ferais des merveilles. Et pour ton rendez-vous avec Vishal cet après-midi, pas trop anxieuse ?

— Pas du tout. Qu'est-ce qui pourrait mal se passer ? Roberta ne peut plus nous jouer de mauvais tours !

Les deux femmes rirent, puis elles se préparèrent une bonne tasse de thé. Grâce au chauffage, l'atmosphère était déjà plus agréable dans le mobile home. Cyrielle, qui guettait le moment propice, décida de se jeter à l'eau.

— Attends-moi ici, j'ai une surprise pour toi.

— Là, tu m'intrigues. J'espère que tu n'as pas fait de folies.

Le sourire mystérieux de sa fille ne la rassura pas. Le carton que Cyrielle rapporta de sa voiture était de petite taille, mais Chantal ne devina pas immédiatement de quoi il s'agissait. Aussi, lorsqu'elle ouvrit la boîte, elle fut assez étonnée.

— Qu'est-ce que tu veux que je fasse avec un ordinateur ? Je ne suis pas une geek...

— Je croyais pourtant que ça te semblerait évident ! Écrire, bien sûr ! s'exclama Cyrielle, survoltée. Écoute, ce n'est pas compliqué : papa a toujours eu envie de lire la fin de ton histoire. Et depuis que tu m'en as parlé, je n'arrête pas d'y penser. Ce serait tellement chouette que tu t'y remettes ! Peut-être que tu as une vocation... Ça vaudrait le coup d'essayer.

Sa mère se tamponna les yeux.

— C'est adorable, mais j'écris sur du papier...

Elle tira un carnet de sa poche.

— J'ai pensé à mon roman, ce matin. J'ai même avancé de quelques pages.

— Pas de problème, puisqu'il faudra de toute façon que tu retapes tout dans un fichier pour qu'on puisse l'imprimer. Papa m'a dit que tu pouvais prendre le temps que tu voulais pour avancer, à la condition qu'il ait le droit de découvrir la suite. Il est ton plus grand fan, tu sais ?

Le visage de Chantal s'illumina. Elle tomba dans les bras de sa fille, également émue.

— Merci, ma chérie. C'est une excellente idée... et c'est vraiment très gentil.

Cyrielle savoura cet instant de plénitude partagée. Il semblait que les nuages s'étaient envolés et que sa chère maman était libérée d'un poids. Elle paraissait plus détendue, presque adoucie.

— Dis, tu crois que c'est cela, le fameux rêve que tu cherches ?

— L'avenir nous le dira, mais oui, j'en ai l'impression. Je me sens... ragaillardie !

Une étincelle s'était allumée dans son regard. Cyrielle en fut soulagée. Néanmoins, elle baissa la voix, car il y avait un dernier détail à régler.

— Est-ce que tu pourras appeler Marlène et papa pour le leur annoncer ?

— Oui, bien entendu.

Chantal baissa les yeux.

— Il est plus que temps. Et maintenant que j'ai des réponses, ce sera plus facile de leur parler.

— Je suis si contente pour toi ! s'enthousiasma Cyrielle. En plus, maintenant, tu peux clamer à qui veut l'entendre que le mobile home est ta résidence d'auteure. C'est la classe !

Chantal éclata de rire. Elles consacrèrent l'heure suivante à la prise en main de l'appareil. Puis Cyrielle photographia un certain nombre de fois sa mère en train de prendre la pose, les mains au-dessus du clavier.

Cyrielle posa une touche de rouge sur ses lèvres avant de vérifier son image dans le miroir. Satisfaite de son reflet, elle songea que si le rendez-vous avec le beau Vishal s'avérait concluant, elle reviendrait vite en Brenne. Bien que la faune locale l'ait d'abord effrayée, elle commençait à prendre goût à l'aventure.

Un coup d'œil à sa montre la poussa à se presser. Elle n'avait pas l'intention d'arriver en retard.

Très motivée, Chantal avait ouvert son carnet et s'était mise au travail sur la terrasse, lunettes sur le nez, boisson chaude et chocolats à portée de main. Tout ceci était exaltant, et Cyrielle se réjouissait de s'être montrée utile. Sans sa visite et les vieux souvenirs qu'elles avaient fait remonter à la surface, sa mère n'aurait peut-être pas repensé à son roman... Mais la plus belle des victoires, qu'elle mesurait en cet instant, c'était de la voir extraordinairement heureuse.

— J'y vais, maman !

— Va, ma chérie. Et rentre avant la nuit, sinon, je vais me faire du mouron.

Elles échangèrent un regard complice. Même si le temps passait, au final, certaines choses ne changeraient jamais.

Une fois au volant de sa voiture, Cyrielle vérifia de nouveau son maquillage dans le rétroviseur, en particulier qu'elle n'avait pas de rouge sur les dents. Satisfaite, elle démarra... et pila quinze mètres plus loin. Un canard blanc à bec jaune se dandinait sur le chemin.

— C'est une blague ? rugit-elle en ouvrant la portière.

Le palmipède la considéra d'un air inquiet, puis il décida de fuir en battant des ailes. Déterminée à le sauver, Cyrielle se lança à sa poursuite.

Des mamans pas comme les autres

AMÉLIE C. ASTIER & MARY MATTHEWS

1

Fête des Mères 2018

Aujourd'hui, j'ai décidé de franchir le cap et de m'inscrire sur ce forum qui m'intrigue depuis plusieurs mois. Pourtant, je ne suis pas une adepte des réseaux sociaux. Là, c'est différent. C'est une communauté qui a de grandes chances de me comprendre.

J'espère y trouver plus de sororité et de soutien que celui que j'ai obtenu il y a quelques heures, lorsque j'ai fait mon annonce. Je pensais que cette nouvelle ferait plaisir à mes proches, mais mon projet a été accueilli comme un acte de rébellion, et avec incompréhension. « On ne fait pas ça », voilà ce que ma mère m'a répondu en me jetant un regard froid.

Je savais que ce ne serait pas facile mais je ne pensais pas essuyer les reproches de ceux qui sont censés m'aimer et me souhaiter le meilleur.

Malheureusement, le « meilleur » doit coller aux diktats de la société, entrer dans les cases qu'elle nous impose depuis tant d'années. Les femmes doivent ressembler aux stéréotypes véhiculés par les magazines. Elles peuvent faire carrière mais elles doivent devenir mères sinon elles gâcheront leur vie. Parce qu'une femme en âge et en capacité d'enfanter doit le faire, c'est pour la « survie de l'espèce ». On dénigre celles qui n'en veulent pas mais on condamne aussi celles qui en veulent plusieurs, celles qui en veulent trop tôt, trop tard ou qui en ont avec plusieurs conjoints... On critique tout le monde, tout le temps.

Sans surprise, mon choix a également été blâmé.

Les femmes peuvent expérimenter plusieurs relations amoureuses sans toutefois avoir connu trop d'hommes, sinon elles sont cataloguées « filles faciles ». Elles peuvent être ambitieuses et carriéristes, sans toutefois viser trop haut. Elles doivent avoir des projets d'avenir, sans toutefois en envisager de trop farfelus. Et surtout, dans l'esprit étriqué de certaines personnes : une femme seule ne peut pas avoir d'enfant.

Comme le dit ma mère, que j'aime énormément malgré son côté vieille école : « Ça ne se fait pas. »

Pourtant, je vais le faire. Je suis décidée. J'ai trente ans, une situation financière stable, un boulot que j'aime énormément, un appartement dont je vais rembourser le crédit jusqu'à la retraite. Je ne fais pas mourir mes plantes, et mes deux chats sont plutôt contents de partager mon quotidien depuis cinq ans. J'ai fait du baby-sitting quand j'étais ado, je garde encore mes neveux et nièces, qui finissent toujours en vie après une soirée à mes côtés.

Je pense avoir les qualités nécessaires et suffisamment d'amour à donner pour accueillir un enfant et l'élever correctement. Même s'il n'y a pas de papa dans les parages. Combien de femmes et d'hommes sont monoparents et s'en sortent parfaitement ? Des tas ! OK, ce n'est pas simple, mais la vie n'est pas un long fleuve tranquille. Chaque jour est un défi à relever. Une aventure. La mienne débute « officiellement » ici, même si ça fait déjà six mois que j'ai commencé les démarches.

Évidemment, lorsque j'étais plus jeune, je n'imaginais pas une seconde que, à trente ans, mon désir d'enfant se « réaliserait » en solitaire. J'espérais rencontrer le prince charmant, vivre une belle histoire d'amour, emménager avec mon cher et tendre, me disputer avec lui concernant le programme télévisé, me marier avec lui, partir en lune de miel à son bras et découvrir un beau matin, après une soirée un peu trop arrosée, deux traits bleus sur un test de grossesse.

Seulement voilà, j'ai sauté à pieds joints dans la réalité et je me suis rendu compte que le prince charmant n'existait que dans les dessins animés Disney. Qu'il avait déjà des enfants et n'en voulait plus ou ne souhaitait tout simplement pas s'engager. Qu'il menait parfois une double vie, ne se sentait pas assez amoureux pour rester en couple ou voulait profiter de sa jeunesse.

La liste est tellement longue que je pourrais écrire un pavé. Je viens déjà d'en rédiger un, et je suis d'ailleurs surprise qu'il n'y ait pas un nombre de caractères limité sur le forum.

Bref, j'ai trente ans, je suis une femme parmi tant d'autres et je n'étais pas vraiment inspirée pour trouver un pseudo.

Je conclus ma biographie par ce proverbe chinois : « L'enfant d'une mère est comme un rêve. Aucun autre n'est plus merveilleux que le sien. »

Je me relis une dernière fois pour vérifier toutes les informations, puis crée mon profil sur le célèbre forum Secretsmom.com. En guise d'avatar, je pioche dans mon album de selfies, en choisis un sur lequel on ne me reconnaît pas vraiment, puis, une fois certaine que tout est OK, je clique sur « Valider ». Hop, me voilà membre d'un forum sur la maternité alors que je ne suis ni enceinte ni maman !

Je fouille le site à la recherche d'informations sur la PMA et tombe rapidement sur les groupes de discussion. Chose surprenante : en plus du chat général où énormément de femmes sont connectées, il est possible de discuter sur des pages plus privées. Celle qui attire mon attention se nomme « Des mamans pas comme les autres ». Je clique dessus, et une nouvelle fenêtre s'affiche : le chat est bloqué. Il faut faire une demande pour y accéder et répondre au préalable à quelques questions.

Ce qui m'interpelle, c'est le message expliquant pourquoi ce salon est restreint.

Salut à toi qui souhaites rejoindre notre confrérie ! Nous sommes huit mamans qui ne se sont jamais rencontrées en vrai mais qui se connaissent depuis des années (pour certaines, car d'autres sont arrivées plus récemment. Mais puisqu'elles vouent un culte à Charlie Hunnam, elles sont les bienvenues au sein de notre communauté).

Si tu ne sais pas qui est Charlie, je doute que tu puisses nous rejoindre. Trêve de plaisanterie, nous partageons des valeurs communes et nous avions envie de fonder un chat un peu plus intimiste autour d'une thématique qui nous rapproche : les parcours atypiques.

Si tu es bienveillante et insomniaque, que tu adores le fromage et les tubes des années 1980, si tu n'as pas aimé *Cinquante nuances de Grey* et, évidemment, si tu as donné vie à des monstres (aussi appelés « enfants ») ou si tu vas prochainement en accueillir un, n'hésite pas à nous faire une demande et à répondre en parallèle aux questions !

Je souris en trouvant ce texte d'accroche amusant. Je ferme la fenêtre et décide de consulter les différentes discussions privées et leurs intitulés. Il y a les mamans qui habitent dans la même ville, les végétariennes, les célibataires ou les mamans de jumeaux. Le choix est vaste, mais je ne trouve aucune conversation aussi attirante que la toute première.

Prenant mon courage à deux mains, je termine mon thé aux fruits rouges alors que Lucifer, mon chat roux, vient se coucher sur mes genoux. Je décide de me lancer et de remplir le formulaire d'adhésion pour intégrer « Des mamans pas comme les autres ».

La première question est simple :

Es-tu maman* ?

* Avec des enfants, enceinte, mamange[1] ou en parcours PMA.

La seconde :

As-tu de l'humour ?

Et la dernière :

As-tu déjà rêvé d'appartenir à un *girls band* ?

Je ris. Ces femmes et moi, nous avons plus d'un point en commun. Je prends le temps de rédiger mes réponses, puis j'envoie ma candidature et décide d'aller faire ma vaisselle tout en lançant le replay d'une série sur ma télé.

---

1. Terme qui désigne une mère ayant perdu un enfant durant la grossesse ou après la naissance. *(N.d.A.)*

Une demi-heure plus tard, je reçois sur mon PC une notification m'annonçant que ma demande a été acceptée. Comme une ado le jour de sa rentrée, je suis ravie et me rue sur le chat privé. Je découvre alors qui sont les neuf mamans du groupe. Je prends le temps de lire les derniers messages postés et remarque que chaque membre possède son propre code couleur. Le sujet du moment : les cadeaux pour la fête des mères.

GandalfMom, 0 h 14 : Alors, gâtées ? Qu'avez-vous eu ?

BadMom2, 0 h 14 : Du linge, des cris, du sang et des larmes… (Aucun fluide corporel n'était à moi.)

WonderMum83, 0 h 15 : Sérieusement ?

BadMom2, 0 h 15 : Oui pour les cris, le sang et les larmes. #Ironie. En vrai, j'ai eu droit à un : « Ah ouais ? Bonne fête. On mange quoi ce midi ? » Quand tu as des ados boutonneux, tu regrettes le temps des cadeaux moches réalisés avec la maîtresse.

DottyTwin, 0 h 16 : J'ai eu droit à deux colliers de pâtes de la part des jumelles, et je vous le confirme : ils sont aussi laids que ceux que j'offrais à ma mère ! Je ne peux même pas les recycler et les manger : les pâtes sont peintes en rouge !

BadMom2, 0 h 16 : Avec une sauce bolognaise, crois-moi, ça passerait nickel.

Chaque membre commente ce dernier post par un 😂

Je trouve BadMom2 rigolote. Je décide de jouer les curieuses et d'aller regarder le profil des mamans.

GandalfMom est la plus « âgée », elle a trois grands enfants qui ont fait d'elles une grand-mère. WonderMom83 est la maman d'un enfant autiste. Derrière le pseudo Maman&Maman se cache un couple de femmes, Aurélie – qui écrit en jaune moutarde – et Gaby – en orange. Elles ont eu une petite fille grâce au don de sperme anonyme. Elles forment une famille LGBTQI+. Il y a également DottyTwin, qui a des jumelles de quatre ans, et BadMom2, qui a plusieurs enfants dont des ados de dix et douze ans... Elle semble sarcastique et blasée, mais d'après sa description, qu'elle conclut ainsi : « Et surtout, ne faites jamais de gosses, les capotes, ça coûte moins cher que la dernière Xbox ! », elle a l'air sacrément fun.

Parmi celles qui ne sont pas connectées ce soir, il y a MiracleMom, qui a eu un petit garçon via un long parcours PMA. Mamacita12345, qui a une grande tribu, AdoptMam, qui a adopté une fillette au Brésil, Mooune, qui est mamange.

Je comprends mieux pourquoi ce groupe m'a tapé dans l'œil : il accueille des membres aux histoires singulières.

Lorsque je reviens sur le chat, les connectées m'ont repérée et me saluent.

GandalfMom, 0 h 34 : Salut, Anonyme06 ! On se demandait quand tu viendrais…

DottyTwin, 0 h 34 : Bienvenue sur ce chat, Anonyme06 ! On est curieuses d'en savoir plus sur toi.

Maman&Maman, 0 h 35 : Welcome ! On a adoré ta bio !

BadMom2, 0 h 35 : Un conseil, Anonyme06 : fuis !

WonderMom83, 0 h 36 : N'écoute pas notre blasée nationale ! On te souhaite la bienvenue ! Ça fait longtemps que nous n'avons pas accueilli une nouvelle maman.

Mes mains tremblent légèrement quand je tape mon premier message. J'efface à plusieurs reprises mes tentatives, puis me contente d'un simple :

Anonyme06, 0 h 38 : Bonsoir à toutes.

GandalfMom, 0 h 38 : Ah, la voilà ! Heureuse de voir que tu n'as pas pris la tangente.

BadMom2, 0 h 38 : Il est encore temps…

WonderMom, 0 h 39 : Parle-nous de toi ! Qu'est-ce que tu recherches sur ce forum ?

BadMom2, 0 h 39 : Serais-tu une espionne ? Aimes-tu vraiment Charlie Hunnam ? Cite-nous un des films dans lesquels il a joué !

Anonyme06, 0 h 40 : J'ai beaucoup aimé *Le Roi Arthur*, même si son meilleur rôle reste celui dans *Sons Of Anarchy*. Si je devais choisir un papa pour mon futur enfant, Charlie serait mon « spécimen ».

Ma réponse déclenche l'hilarité générale.

BadMom2, 0 h 40 : Je crois qu'on va bien s'entendre.

Anonyme06, 0 h 41 : Il y a des chances. Pour répondre à la question : je suis actuellement en début de parcours PMA en tant que femme célibataire. Pour le moment, je suis en pleine stimulation ovarienne. Dans dix jours, je suis censée faire ma première tentative d'insémination. J'ai longtemps hésité à m'inscrire sur un forum. Mais la journée d'aujourd'hui m'a décidée. Quand j'ai annoncé mon projet à mes proches, et principalement à ma mère en lui offrant un cadeau amusant, ils ont tous très mal accueilli la nouvelle. À croire que j'étais condamnée pour détournement de fonds public ! Je vous avoue que ça m'a beaucoup affectée.

GandalfMom, 0 h 42 : Pour commencer, félicitations, future maman ! C'est un long parcours qui t'attend, qui sera semé d'embûches, jalonné de remarques désobligeantes et de jugements à l'emporte-pièce. Mais par chance, tu vas croiser sur ta route des personnes adorables, qui te comprendront et te soutiendront. Les familles atypiques et les projets uniques, c'est un peu notre leitmotiv, ici, alors on te comprend. Tu n'es pas seule ! Bravo à toi, et surtout, encore une fois : bienvenue !

WonderMom83, 0 h 43 : C'est génial ! On croise fort les doigts pour toi.

DottyTwin, 0 h 43 : J'espère que cette première tentative marchera ! Sache que, sur ce forum, tu ne seras jamais seule. La solidarité féminine avant tout !

J'en ai les larmes aux yeux.

Maman&Maman, 0 h 44 : Si tu as des questions concernant le parcours PMA, n'hésite pas. Avec MiracleMom, on est rodées !

Anonyme06, 0 h 44 : Merci. Vous avez été plus gentilles avec moi que tous mes proches réunis ! Merci.

BadMom2, 0 h 45 : Tu sais ce qu'on dit : on ne choisit pas sa famille mais on choisit ses amis. Bienvenue, et prépare-toi. Je ne félicite jamais quiconque, à la place j'envoie mes condoléances. Crois-moi, le jour où tu auras ta petite merveille (= démon) dans les bras, tu connaîtras enfin la vraie fatigue. Et tu aimeras ça.

J'éclate de rire devant l'humour noir et sarcastique de BadMom2. La discussion se poursuit, et j'ai l'impression d'avoir pris la bonne décision en rejoignant ce groupe virtuel. Je ne suis pas encore maman, mais grâce à d'autres, cette journée de célébration se termine moins tristement qu'elle n'avait commencé.

2

Fête des Mères 2019

Chaque année je m'attends à un miracle, un brin de reconnaissance, un éclair de lucidité de la part de mes enfants et peut-être un merci. En vérité, je me contenterais d'un simple câlin, mais même ça, ces derniers temps, je n'y ai plus le droit. C'est triste d'avoir consacré sa vie à des ingrats. Je sais qu'ils ne me doivent rien, je n'ai pas fait tout ça pour qu'ils me soient redevables. Cela dit, ça ne m'empêche pas d'espérer. Tous les efforts et les sacrifices que j'ai faits méritent d'être soulignés.

Ce ne sera pas pour cette année... Les enfants sont partis avec leurs amis pour les plus grands, avec leur père pour les plus jeunes. Je me retrouve seule face à mon ordinateur avec un verre de vin. Peut-être que c'est ça mon cadeau : un dimanche après-midi sans gosses. Avoir une tribu de six mioches laisse peu de temps libre, et chaque moment de repos est appréciable. Mais justement, aujourd'hui, j'aurais aimé qu'ils soient là, qu'on partage cette journée en famille. Je leur ai peut-être envoyé de mauvais signaux... Probablement qu'à force de m'entendre râler ils préfèrent déserter la maison plutôt que rester à mes côtés pour la fête des Mères.

Je crois que je déprime un peu. Il est temps pour moi de me connecter au forum et de retrouver le sourire grâce aux filles.

C'est ce que j'aime sur ce site : pouvoir partager avec d'autres les tracas du quotidien et faire en sorte de les oublier durant quelques minutes.

Je me connecte à mon compte. J'ai reçu plusieurs messages en privé, mais je ne vais pas les lire. D'abord, je rejoins mon groupe « Des mamans pas comme les autres ». Il est 17 heures, personne n'est connecté. Les copines doivent être en famille à fêter ce jour comme il se doit.

Je ris. Si je déplore que mes enfants soient égoïstes, quelques-unes des membres se passeraient bien, quant à elles, de passer la fête des Mères avec leur belle famille.

Je vois qu'Anonyme06 est connectée, je lui parle sur le chat.

BadMom2, 17 h 03 : Salut, ma belle !

Elle ne répond pas immédiatement, et après deux gorgées de vin, je me rends compte qu'on ne célèbre pas que la fête des Mères aujourd'hui, mais aussi son arrivée sur le forum. Cela fait pile un an qu'elle nous a rejointes, et on peut dire que nous sommes devenues amies. Anonyme06 est comme toutes les mamans de ce groupe : quelqu'un que j'admire. Elle a bravé la norme et les diktats de la société pour s'accomplir. Je sais combien il est difficile de sortir du cadre.

J'ai eu six enfants et je ne compte plus le nombre de remarques déplacées qu'on m'a sorties : « Ça doit être un enfer ! » « Vous ne connaissez pas la contraception ? » « Comment pouvez-vous donner autant d'amour et de temps à chacun de vos enfants ? »

À force, on s'y fait. Cela dit, c'est toujours blessant que quelqu'un se permette de juger votre mode de vie sans rien savoir de vous.

Mon mari et moi aimons chacun de nos enfants, nous les avons tous désirés, attendus avec bonheur, et rien ne nous rend plus heureux que de les voir réunis, d'avoir créé une grande famille épanouie. Bien sûr, tout n'est pas rose, mais ce n'est pas une question de nombre. C'est pareil dans toutes les familles, qu'elles soient grandes ou petites. On connaît tous des hauts et des bas.

Anonyme06, 17 h 11 : Salut, BadMom2 ! La fête des Mères est déjà terminée ?

BadMom2, 17 h 11 : La quoi ? Je ne sais pas de quoi tu parles, je ne dois pas être concernée.

Anonyme06, 17 h 12 : Lol. Au temps pour moi.

BadMom2, 17 h 13 : Joyeux premier anniversaire !

Anonyme06, 17 h 13 : Merci, c'est gentil d'y avoir pensé.

BadMom2, 17 h 13 : L'avantage d'avoir une tribu, c'est que ça exerce la mémoire niveau dates.

Je lui envoie une photo de mon verre de vin.

BadMom2, 17 h 15 : Je trinque en ton honneur !

Anonyme06, 17 h 15 : Champagne !

Elle m'envoie une photo d'un verre de vin blanc.

Je tique. Anonyme06 a fait une insémination il y a une quinzaine de jours, et j'ai peur de mal interpréter son message. A-t-elle vécu un nouvel échec ?

BadMom2, 17 h 21 : Ça n'a pas marché ?

La réponse tarde. Je n'ose imaginer la déception qui doit habiter mon amie. C'est son deuxième essai après des mois de traitements hormonaux qui l'ont mise sens dessus dessous. Après sa première tentative, elle n'a pas baissé les bras, nous disant que ce n'était rien, que ce serait pour la prochaine fois... Même si ses mots laissaient transparaître le regret et la culpabilité.

Anonyme06, 17 h 24 : Non, j'ai eu l'heureuse surprise d'avoir mes règles ce matin.

BadMom2, 17 h 24 : Je suis désolée.

C'est la vérité, je suis réellement navrée pour elle. Je n'ai eu aucun souci pour avoir mes enfants. Je suis particulièrement fertile, il me suffit d'oublier ma pilule un soir pour que je tombe enceinte. Savoir que nous ne sommes pas toutes logées à la même enseigne me chagrine. J'aimerais que chaque femme puisse avoir les mêmes chances, mais ce sont malheureusement les règles de la loterie.

Anonyme06, 17 h 25 : Merci. Je commence à avoir l'impression qu'on me fait payer mon désir d'être monomaman.

BadMom2, 17 h 25 : Bien sûr que non. Tu essaierais de façon naturelle que ce serait pareil. Ce n'est pas de chance, c'est tout. Ce n'est en rien ta faute.

Mon cœur se serre. Je ne veux pas qu'elle culpabilise et remette son choix en question. Si seulement les autres pouvaient être en ligne, elles trouveraient les bons mots pour lui remonter le moral ! Je ne suis pas la plus douée en la matière.

BadMom2, 17 h 27 : Ne remets pas tout en cause, il te reste encore une tentative.

Anonyme06, 17 h 28 : Parlons d'autre chose. Comment vont les enfants ?

J'allais répondre que mes sales mômes avaient déserté la maison comme si j'étais la foudre en personne mais je me ravise. Ce n'est pas le moment de me plaindre.

BadMom2, 17 h 29 : Ils vont bien, ils m'ont accordé un dimanche de détente pour picoler et discuter avec mes copines.

Anonyme06, 17 h 29 : Ça, c'est un beau cadeau de fête des Mères.

C'est vrai, en soi c'est une gentille attention que je n'ai sûrement pas prise comme telle sur le coup. Finalement, c'est sympa de leur part de m'éviter les cris et les disputes. Mais quel genre de mère suis-je pour qu'ils estiment nécessaire de me laisser souffler ? Mauvaise, à n'en pas douter.

Anonyme06, 17 h 33 : T'es toujours là ?

BadMom2, 17 h 33 : Oui, désolée. Je me demandais juste quel genre de mère j'étais pour que mes enfants préfèrent me laisser seule ce jour.

Les minutes s'écoulent sans que mon amie réponde, ce qui m'inquiète. Peut-être ne sait-elle pas comment me dire que je suis la pire mère au monde ? Je déconne souvent en râlant sur mes gosses mais je les aime de tout mon cœur. Je sais que je ne suis pas parfaite, parfois je suis dépassée par la situation, je ne comprends pas leur comportement et laisse la fatigue me dominer alors que j'aimerais au contraire faire preuve de patience et de douceur.

Ce n'est pas simple d'être maman. Cela n'a rien d'inné malgré ce qu'on veut bien nous faire croire. Oh, bien sûr, il y a l'instinct maternel, qui nous dicte que faire avec notre bébé. Mais pour le reste ? Pour les chagrins, les déceptions, les problèmes à l'école, il n'y a pas de mode d'emploi. On apprend sur le tas et on fait des erreurs. Certaines qu'on regrette amèrement, d'autres qui ne sont que des broutilles. Tout de même, on aimerait être parfaites dans ce rôle si important.

BadMom2, 17 h 41 : Ne t'en fais pas, je sais que je ne suis pas une si terrible maman.

Anonyme06, 17 h 42 : Ce n'est pas ce que je pense. Mais tu m'as surprise avec ta question. C'est la première fois que tu envoies ce genre de message. On a pourtant l'impression que tout roule pour toi, que tu prends les choses comme elles sont sans te prendre la tête.

Je ris et termine mon verre avant de m'en servir un autre.

BadMom2, 17 h 43 : Surprise ! Je ne suis finalement pas différente des autres.

Anonyme06, 17 h 44 : Tu dis ça comme si c'était mal.

BadMom2, 17 h 44 : Je ne sais pas, je n'ai pas envie d'être le genre de mère qui se crispe à chaque larme mais je n'ai pas non plus envie d'être celle qui passe à côté de ses enfants.

Anonyme06, 17 h 45 : Tu crois qu'il y a des « genres » de mères ?

BadMom2, 17 h 46 : Non, je pense qu'on fait toutes ce qu'on peut avec les armes qu'on a.

Anonyme06, 17 h 46 : Je me demande si je suis équipée pour faire face.

BadMom2, 17 h 47 : À la naissance de chacun de mes enfants, je me suis posé la question. C'est probablement ce que toute mère se demande.

Anonyme06, 17 h 47 : Et comment sait-on qu'on y arrivera ?

BadMom2, 17 h 48 : On ne le sait pas, on le fait, c'est tout.

J'avale une nouvelle gorgée de vin. Mon amie a besoin de se rassurer, rien de plus normal après deux échecs.

BadMom2, 17 h 50 : Je vais te dire le truc le plus cliché qui soit, et si jamais tu le répètes aux autres, je serai obligée de t'éliminer.

Anonyme06, 17 h 50 : Je promets que ça restera entre nous.

BadMom2, 17 h 51 : Bien. L'amour te pousse à tout faire pour ton enfant : te lever la nuit au moindre cri, nettoyer des litres de vomis en mode film d'horreur, courir les pédiatres au moindre souci, subir le regard critique des autres parents devant l'école quand tu déposes ton enfant le matin sans t'être coiffée, patienter deux heures sous la pluie en plein mois de décembre pour assister aux matchs de foot, te coltiner des anniversaires plus bruyants qu'un concert de rock, assister à des réunions parents-profs qui n'en finissent pas pour qu'on te dise au final que ton gamin est intenable/feignant/insolent et que tu n'en feras pas un médecin, puis sortir de là en te demandant ce que tu as raté. Te poser cent fois cette question : « Qu'est-ce que j'ai fait pour qu'il soit aussi bête ? » quand tu devras aller aux urgences parce qu'il aura avalé une bille ou un Lego. Crier, râler, répéter un million de fois (sans exagérer) la même chose, du genre : « Range ta chambre », « Pose ton téléphone », « Parle-moi sur un autre ton »… L'écouter critiquer ses copains, se plaindre que la vie c'est nul, hurler pendant une demi-heure pour qu'il sorte de son lit, lui dire de se tenir droit parce qu'il ressemble à un poulpe et avoir droit en réponse à un : « Vas-y, tu me soûles. » Servir de taxi, aller le chercher et l'emmener partout. Et même le récupérer à 4 heures du matin chez un pote chez qui il était censé dormir parce que, finalement, « ça le faisait pas ». Tu le feras parce que tu l'aimeras par-dessus tout et que, au fond, c'est largement supportable. Tu peux dire adieu à tes nuits, tes brushings, tes chemises propres et ta vie sociale, mais si ton enfant est heureux, c'est le plus important. L'amour te rend capable de tout pour son bien-être. Si tu l'aimes, les choses se feront naturellement. Bien sûr, parfois dans la douleur, mais tu verras que ça en vaut la peine.

Anonyme06, 17 h 53 : Je suis folle si je dis que j'ai envie de connaître tout ça ?

BadMom2, 17 h 53 : Non, pas du tout ! Ça fait juste de toi une future maman.

GandalfMom, 17 h 53 : Ah, ah ! BadMom2, t'es grillée !

DottyTwin, 17 h 54 : Mais tellement !

GandalfMom, 17 h 55 : On savait que t'étais une guimauve, en vrai !

DottyTwin, 17 h 55 : J'ai fait une capture, et chaque fois que tu râleras, je te ressortirai cette tirade !

Anonyme06, 17 h 56 : Elle peut l'ajouter dans sa bio aussi.

Je ris. Elles ont décidé de débarquer au bon moment, il faut croire. Je vais en entendre parler durant un siècle maintenant.

BadMom2, 17 h 57 : Si vous pensez que ça va m'empêcher de râler, c'est mal me connaître !

GandalfMom, 17 h 57 : On n'en espérait pas tant.

DottyTwin, 17 h 58 : On ne te refera pas, mais comme pour Iron Man, nous avons à présent la preuve que tu possèdes un cœur.

BadMom2, 17 h 59 : En parlant d'Iron Man, on le classe dans quelle catégorie, Robert Downey Jr ?

Je remercie silencieusement DottyTwin de me permettre de changer de sujet. Ici, même si le soutien est essentiel, même si nous avons toutes besoin de temps à autre de nous épancher, le principal est de décompresser, de parler de tout avec dérision, et rien de mieux qu'un beau gosse pour nous faire oublier les tracas du quotidien.

3

Fête des Mères 2020

En trois ans, trois inséminations artificielles échouées et deux FIV ratées. Mon utérus est aussi récalcitrant qu'un enfant sur le fauteuil du dentiste.

Ce matin, je suis triste parce que c'est une nouvelle fête des Mères sans que j'en sois officiellement une. Il n'y a personne dans mon appartement pour me la souhaiter. Pourtant… l'année avait si bien commencé.

Mes proches ont fini par accepter ma décision, ils me soutiennent un peu plus, et parfois avec maladresse. Lorsque j'ai annoncé à mes parents que ma deuxième FIV avait fonctionné, ils étaient ravis. On se projetait tous, et puis… La vie est cruelle et incompréhensive. Des douleurs au ventre et plus aucun battement sur l'échographie de contrôle. C'est étrange comme l'existence est incertaine. Un jour, le cœur bat, le lendemain, c'est le silence.

Et il n'y a plus d'espoir, plus de bébé à naître dans quelques mois. Juste la solitude. Et la peine d'avoir cru que, cette fois-ci, c'était la bonne, pour constater au final que ce n'était pas le cas.

C'est un deuil, quoi qu'en pensent les autres. J'ai perdu un être que j'aimais déjà et que je ne connaîtrai pas. J'ai du mal à croire que ça fait une semaine.

J'avais commencé à confectionner une boîte à souvenirs. J'avais acheté des petits chaussons blancs et placé à l'intérieur mon test de grossesse positif. J'avais aussi craqué sur un joli agenda en librairie et avais inscrit dedans la date présumée de la naissance. J'espérais pouvoir y coller des photos au fil des semaines et des mois. Malheureusement, il y aura de nombreuses pages blanches.

J'ai envie que le monde sache que tu as existé, même si ce n'était qu'un cours instant. Tu étais en moi, tu étais de moi. Et en cette soirée de fête des Mères, je suis triste de savoir que nous ne passerons pas la prochaine ensemble.

Je me suis toujours demandé quelle maman je voudrais être. Sans doute un peu comme la mienne : drôle, aimante, gourmande, rêveuse, honnête et droite.

Durant ces trois derniers mois, j'ai imaginé t'élever avec des valeurs, celles qu'on m'a transmises quand j'étais moi-même une enfant, et puis celles qui, en grandissant, sont devenues chères à mon cœur.

Je t'aurais éduqué pour que tu deviennes féministe, ouvert d'esprit, aimant le monde et ton prochain. Je t'aurais appris à ne pas avoir peur de la différence ni du handicap, à être respectueux de ceux qui t'entourent.

J'aurais aimé te cuisiner des gâteaux pour ton goûter, sans culpabiliser d'en acheter en parallèle des tout prêts en magasin, pleins de sucre et de produits chimiques.

J'aurais aimé te transmettre mes passions et te lire des histoires tous les soirs. J'avais déjà établi une sélection de livres. On aurait lu les sept tomes de Harry Potter *sous les draps avec une lampe torche, on aurait exploré le* Monde fantastique de Narnia *en imaginant que l'armoire était notre passage secret. J'aurais collé des étoiles fluorescentes au plafond de ta chambre pour que tu penses au Petit Prince avant de t'endormir. On aurait regardé tous les dessins animés Disney le dimanche après-midi. Je t'aurais inscrit au foot, à la danse ou même aux deux. On aurait eu nos rituels à nous.*

J'aurais aimé te donner envie d'explorer le monde pour t'ouvrir à l'art, à la littérature, à l'histoire. Te donner envie de collectionner les pierres précieuses et les mugs ou de customiser des boîtes en carton pour y ranger tout plein de bordel.

J'aurais eu le pouvoir magique de guérir un bobo grâce à des bisous. Tu aurais cru jusqu'à tes dix ans que le Père Noël, la petite souris et le lapin de Pâques étaient réels.

Je t'aurais serré dans mes bras après un gros chagrin d'amour, en t'expliquant avec une pointe de gêne comment mettre un préservatif. Je t'aurais dit ne pas boire avant de conduire. On aurait eu des disputes sur des sujets simples comme le lave-vaisselle non vidé ou les vêtements tombés à côté du panier à linge sale. J'aurais eu dix mille photos de toi dans mon téléphone...

La liste est tellement longue. Si je deviens un jour maman, j'espère faire de mon mieux. Je sais que ce ne sera pas parfait, qu'il y aura des moments compliqués, que je serai en proie au doute et aux interrogations. Mais ces instants seront vite oubliés grâce aux éclats de rire.

Pour l'instant, je ne suis toujours pas mère. Et je ne serai pas la tienne, même si, à mes yeux, je l'étais déjà. Les tests sur lesquels j'ai fait pipi pendant trois ans ne me donnaient jamais le sourire jusqu'à toi. Et si le désespoir est encore plus grand ce soir, je reste courageuse parce que, au plus profond de moi, je sais qu'un jour, ça marchera. Que je ne pourrai plus prendre de douche tranquille et que les grasses mat seront de lointains souvenirs. J'ai hâte. Hâte de tenir dans mes bras un petit être qui me ressemble, un bout de moi, hors de moi.

Il me reste une dernière tentative de FIV, mais j'ai préféré mettre le parcours en stand-by, car j'ai l'impression que ce n'est pas le bon moment. J'ai trop peur d'échouer à nouveau et de voir ce rêve s'évanouir pour toujours, même si je n'ai que trente-trois ans. J'ai du temps devant moi et plein de possibilités. Si ce dernier essai ne fonctionnait pas, je pourrais toujours tenter plusieurs solutions de secours. Mon plan B : partir à l'étranger et essayer de nouveau. Mon plan C… rencontrer un papa ? Ça, j'ai de plus en plus de mal à y croire.

Bref, un jour, je serai cette mère qui ne pourra pas grandir avec toi, mais qui, je l'espère, pourra donner de l'amour à ton frère ou à ta sœur. Sache que je ne t'oublierai pas, Petit Citron.

Ta maman

Mes yeux sont humides lorsque je termine ma lettre. Au moins, le cahier ne sera pas vide. Je crois que j'avais besoin de poser des mots sur mes maux pour commencer à me reconstruire et réfléchir à ce que sera ma vie.

La maternité est un long combat pour certaines, plus compliqué et douloureux que pour d'autres.

Je range les éléments que j'avais sortis pour les regarder, puis je referme la boîte et la range à côté de celles regroupant mes souvenirs de voyage, de fac, de lycée, mes histoires d'amour foireuses et toutes ces aventures que j'ai vécues par le passé.

Si ce bébé n'est pas inscrit sur mon carnet de famille, au moins, dans mon cœur et dans ce carton à souvenirs, il aura existé.

Je passe quatre soirées par semaine sur le forum « Des mamans pas comme les autres ». Au départ, je pensais que ce ne serait qu'un passe-temps dont je me lasserais au bout de quelques semaines, mais en vérité, les femmes sur ce groupe de parole, qui habitent un peu partout en France, sont devenues de vraies amies. Même plus que ça : des alliées. On ne parle pas que de maternité, d'enfants ou de responsabilités. On plaisante souvent. L'humour est notre meilleur atout.

J'adore ces nanas. Nous sommes toutes différentes, avec des parcours uniques et des batailles qui nous sont propres, mais nous avons un même point en commun : la bienveillance envers les autres.

Elles étaient là au début de mon parcours PMA, avec les premières IA et mes FIV. Ce sont elles qui m'ont donné toutes les astuces pour tenir bon face au long parcours qui m'attendait. Par exemple, grâce à BadMom2, je serai parée à toutes les éventualités quand j'aurai mon enfant, puisque je sais à quoi m'attendre. GandalfMom est la sagesse incarnée, c'est elle qui m'a confié les meilleures punchlines à rétorquer aux langues de vipère. Maman&Maman ont été de bon conseil quant aux procédures. Et Mooune, d'un grand soutien quand j'ai appris que Petit Citron ne serait jamais dans mes bras.

La fête des Mères est officiellement terminée pour certaines, qui ont reçu des colliers de nouilles, des objets non identifiables en pâte à sel ou encore des fleurs du jardin. On plaisante désormais sur des sujets drôles, histoire de nous changer les idées. Et je dois avouer que le projet de Maman&Maman d'offrir un petit frère ou une petite sœur à leur fille ne manque pas de me faire rire.

Maman&Maman, 22 h 45 : Sérieusement, selon vous, quels sont les critères qui font qu'un donneur de sperme est idéal ? Car, avec Gaby, on ne tombe pas d'accord. Donc, j'attends vos avis !

GandalfMom, 22 h 46 : Je dirais qu'il faut s'en tenir à la science. Le géniteur de votre futur bébé doit être en bonne santé et posséder les caractéristiques physiques qui vous conviennent. Je n'ai jamais vu à quoi ressemblaient les dossiers de donneurs de sperme. C'est comment, en fait ? Histoire que j'apprenne quelque chose avant d'aller me coucher.

Mamacita12345, 22 h 46 : Je me suis toujours demandé si c'était comme dans les séries télé !

Anonyme06, 22 h 46 : En vérité, en France, ce n'est pas comme dans d'autres pays. L'équipe médicale se charge de faire une sélection de profils en fonction de plusieurs critères comme la compatibilité du groupe sanguin, les risques de maladie. Il y a beaucoup de demandes pour peu de dons…

MiracleMom, 22 h 46 : Je confirme tes propos ! En France, le système reste assez flou, mais à l'étranger, il paraît que c'est une sorte de Tinder du sperme (sans photo).

BadMom2, 22 h 47 : Vous avez vérifié que ce genre d'applications n'existait pas déjà ?

DottyTwin, 22 h 47 : Je viens d'aller voir ! Et malheureusement… non. Ou heureusement ! Ce serait tellement étrange !

BadMom2, 22 h 47 : Pas plus que d'éplucher des profils dans des classeurs. Maman&Maman, vous allez faire comment ?

Maman&Maman, 22 h 48 : On ne passe pas par la France, mais via la même clinique privée à l'étranger que pour notre fille. On a accès à des dossiers anonymes, mais plus détaillés en dehors de l'ethnie du donneur, de sa couleur de cheveux et des yeux, sa corpulence et son métier. Ils ont tous des noms fictifs. On hésite sur les profils de JASPER et PATRICK. Ils nous ressemblent et ressemblent à notre puce, du coup, sur nos photos de famille, on aura à peu près tous les mêmes têtes. On connaît leur signe astrologique, leurs hobbies, leurs philosophies. C'est… Je n'arrive pas à croire que je vais le dire, mais comme un profil sur un site de rencontres.

BadMom2, 22 h 48 : Je le savais ! Il y a un concept à lancer ! #humour

Les filles débattent sur les profils de JASPER et PATRICK. Pourquoi c'est mieux de choisir un géniteur ayant le signe des Poissons plutôt que du Scorpion. Qu'il faut éviter les amateurs de football, mais préférer le talentueux cuisinier.

Au milieu de cette potion magique de sélection de meilleur sperme, j'en viens à poser une question pour les ramener à l'essentiel.

Anonyme06, 22 h 56 : Les filles, comment vous avez su que votre conjoint était celui ou celle avec qui vous aviez envie d'avoir un enfant ?

Silence sur le chat pendant une ou deux minutes. Je suis tellement surprise que je vérifie que ma connexion n'a pas été coupée.

Anonyme06, 22 h 58 : Il y a quelqu'un ?

Les réponses arrivent toutes en même temps.

WonderMom83, 22 h 58 : Je l'aimais tellement que je voulais créer quelque chose qui nous ressemble. Un petit être humain qui soit un mix de nous deux. C'est l'amour pour mon mari qui m'a donné envie d'être mère.

DottyTwin, 22 h 58 : Son côté grand rêveur. Mon conjoint a gardé son esprit d'enfant, et je me suis toujours dit qu'avec un père pareil, nos jumelles ne s'ennuieraient jamais ! Et c'est le cas.

Mamacita12345, 22 h 59 : Il était beau. Oui, je sais, le physique n'est pas essentiel, mais… il était tellement beau !

Tout le monde rigole sur le chat. J'aime la franchise de Mamacita.

GandalfMom, 22 h 59 : Nous étions meilleurs amis avant de tomber amoureux. Je dirais donc que c'est venu naturellement.

Mooune, 22 h 59 : Sa gentillesse. Mon copain est quelqu'un de sincèrement bon. Avoir un enfant avec lui, c'est offrir au monde un autre humain avec le cœur sur la main.

Anonyme06, 23 h 00 : Mooune, c'est si beau !

Elle répond par un cœur. Pas besoin de mots supplémentaires pour comprendre nos silences.

AdoptMam, 23 h 01 : Quand j'ai rencontré Paul, je me suis dit que cet homme à l'apparence si sévère ne pouvait qu'être un gros nounours au grand cœur. J'avais raison. Derrière la glace se cachait un homme protecteur.

BadMom2, 23 h 02 : Son côté baratineur. Sans ça, je serais probablement une milf qui aurait un harem de petits jeunes dans son lit. Mon mari a réussi six fois à me convaincre d'arrêter la pilule parce que, selon lui, avoir des enfants, c'est trop beau… Surtout quand on ne se lève pas la nuit pour les consoler. Après chaque accouchement, je disais : « Plus jamais », mais il a toujours su me prouver qu'il ne faut jamais dire jamais. J'aurais dû lui couper la langue au lieu de tenter de le convaincre de faire une vasectomie.

Je ris aux éclats en lisant la réponse sarcastique de BadMom2, qui a toujours les mots pour plaisanter. Avant que la conversation dérive, Mooune m'interpelle.

Mooune, 23 h 05 : Et toi, Anonyme06 ?

Je n'ai pas besoin de réfléchir longtemps pour trouver les bons mots.

Anonyme06, 23 h 05 : Je me fichais de savoir si le donneur était avocat ou jardinier, Balance ou Taureau, que ses yeux soient bleus ou verts. C'était juste un homme généreux ayant donné un peu de lui pour permettre à d'autres d'avoir un enfant. C'est l'histoire que j'aurais racontée à mon Petit Citron : « J'étais contente de t'avoir avec ce monsieur parce qu'il était généreux. » Point.

C'est exactement ce que je me suis dit quand on m'a parlé du donneur pour Petit Citron. Le don de sperme ou d'ovocytes est un acte bienveillant et beau. Il est fait sans arrière-pensée et motivé par l'envie d'aider d'autres personnes à donner la vie.

Les filles poursuivent leur discussion, et je les remercie d'avoir réussi à me changer les idées. Cette fête des Mères est un peu moins douloureuse grâce à leur humour.

4

Fête des Mères 2021

BadMom2, 21 h 03 : Hello, la compagnie ! J'espère que vous allez toutes bien ?

Personne n'est connecté pour le moment, alors plutôt que d'attendre bêtement, je raconte une anecdote qui a changé ma fête des Mères cette année.

BadMom2, 21 h 10 : C'est bien que vous ne soyez pas en ligne, en fait, parce que je vais vous écrire un pavé, de quoi vous occuper à votre arrivée.

Hier, veille de la fête des Mères, j'ai eu de quoi me féliciter pour les dix années à venir. J'ai emmené mon dernier au parc. Il a cinq ans et il est vif comme l'éclair, et jusque-là il ne me posait pas trop de problèmes. Ses cinq frères et sœurs m'ont formée à la dure, et plus rien ne me fait peur !

Au parc, mon gamin s'amuse, se fait des amis, se dispute, tombe, se cogne, prend son goûter et finit taché de chocolat et de poussière. Pendant ce temps, j'organise le planning de la semaine à venir : les cours, les activités de chacun et les divers rendez-vous. Je pense à l'anniversaire de mon aînée, prévu pour le week-end prochain. Elle me bassine depuis des semaines pour un jean qui fait fureur au lycée, que toutes ses copines ont. Je me dis que c'est le cadeau idéal à lui faire (et puis, un jean à cent balles, quand on a une famille nombreuse, c'est une exception).

Du coup j'emmène mon fils dans le fameux magasin à deux rues de là, qui se trouve près de la boulangerie qu'il adore parce que la vendeuse lui offre toujours un bonbon. Je lui promets que nous irons une fois que nous aurons trouvé le cadeau pour sa sœur. Il est ravi.

Nous entrons dans le magasin, et je laisse mon mioche une petite minute sans attention (vous savez, ces moments où on répond machinalement « oui, oui » à son enfant sans vraiment l'écouter ou le regarder ?), préoccupée que je suis par le jean pour ma fille, me demandant si je joue la carte de la précaution en choisissant une taille de plus ou si je le prends pile à sa taille, quitte à ce qu'il ne lui aille plus dans six mois. Je me décide pour la deuxième option, parce que, merde, c'est son anniversaire et qu'en plus elle a deux petites sœurs qui seront ravies de le porter après elle.

Je prends l'article, tends la main pour récupérer celle de mon fils et rejoindre la caisse, mais je ne sens aucune pression dans ma paume. Je baisse les yeux : pas de monstre couvert de chocolat et de poussière. Je fais le tour des rayons, je vais jusqu'aux cabines d'essayage, que je fouille une à une, des fois qu'il ait décidé de jouer à cache-cache. Je crie son nom dans le magasin heureusement petit, mais rien.

Je commence à paniquer, je demande aux autres clientes si elles ne l'ont pas vu, mais personne ne semble l'avoir remarqué, pas même les vendeuses que je finis par interpeller. Aucune d'entre elles n'a l'air de se sentir concernée. Je viens de perdre mon gamin de cinq ans, et mis à part un : « Non, on ne l'a pas vu », elles ne me proposent aucune aide, pas même de chercher avec moi !

La peur m'envahit tout à coup, je laisse le jean et sors du magasin. Je jette un œil à droite et à gauche, mais rien. Je ne sais même pas où aller ni par où commencer. Si je pars et que mon gosse revient ? Je ne serai pas là. Et si je prends la mauvaise direction ? Des dizaines de questions me passent par la tête alors que l'angoisse me submerge. Les suppositions vont bon train dans mon cerveau en ébullition : enlèvement, accident… Tout ce qu'on peut envisager de pire me traverse l'esprit.

Je pars d'un côté et suis mon instinct (il n'y a plus que ça qui fonctionne chez moi à ce moment précis). Je fais une dizaine de pas en me demandant dans quel cauchemar je viens de tomber lorsque je croise un couple de personnes âgées que j'interpelle.

— Vous n'auriez pas vu un petit garçon de cinq ans ? je crie.

— Si, à la boulangerie.

Je me mets à courir. Je prends le même chemin que mon coquin haut comme trois pommes, qui a traversé trois fois pour arriver à son but. Trois fois !

J'entre dans la boulangerie telle une furie et découvre mon fils derrière le comptoir en train de déguster un bonbon. Il me sourit en me faisant un coucou. Là, je bugue. J'ai envie de le serrer dans mes bras de toutes mes forces et en même temps de le secouer comme jamais pour m'avoir causé la peur de ma vie.

Je le serre dans mes bras et craque comme jamais je ne l'ai fait auparavant. Je pleure comme une Madeleine en tenant mon bébé indemne, envahie par un soulagement indescriptible. Je remercie la boulangère de l'avoir gardé avec elle (elle était sur le point d'appeler la police).

Sur le trajet du retour, je sens mon cœur battre à tout rompre alors que j'explique à mon fils qu'il ne faut plus recommencer, jamais. Le pauvre est tout chose de me voir pleurer (je pense qu'il a imprimé la leçon pour le coup).

À la maison, je lui donne son bain, puis la soirée se déroule comme d'habitude avec le reste de la famille. Au moment du coucher, je lis son histoire à mon fils, qui s'endort rapidement, et je reste à le regarder. Dans ma tête, je ne peux m'empêcher de penser à tout ce qui aurait pu lui arriver. Les mauvaises pensées refusent de partir, je culpabilise à mort.

Mon mari finit par me faire venir dans le salon, je lui explique ce qu'il s'était passé en pensant qu'il va se fâcher. Mais contre toute attente, il me relate les nombreuses fois où lui aussi a perdu un de nos enfants. Dans les magasins, à la plage, au parc et même dans un parking ! Ce qu'il ne m'avait jamais révélé parce que tout s'est toujours bien terminé.

J'ai été choquée sur le coup, mais ça m'a aussi détendue : je n'étais pas la seule à qui ça arrivait ! Et, finalement, je n'étais pas si irresponsable. Mon mari m'a rassurée en dédramatisant le problème, j'en avais grand besoin.

Bref, ce pavé pour vous dire à vous, les mamans solos, celles qui n'ont pas de compagnon par choix ou par la force des choses : si vous commettez une erreur, ce n'est pas grave, ça arrive, personne n'est parfait. Et si tout le monde s'en sort indemne, ça fera une anecdote à raconter au mariage de votre enfant !

On pense à tellement de choses en même temps, on gère tant de problèmes à la fois, mais nous ne sommes pas des robots, alors, parfois, on se trompe, on fait mal les choses, on vit des drames mais on se relève et on devient plus fortes.

Hier, je me sentais la pire mère au monde. Aujourd'hui, je suis juste une maman qui fait de son mieux, qui apprend chaque jour et qui se trompera encore et encore, mais qui aime profondément ses enfants et qui tente tant bien que mal de leur donner le meilleur d'elle-même.

Je sais à présent à quel point chaque mère a besoin d'entendre ces mots, qu'ils sont essentiels pour avancer. Si les angoisses ne nous quittent jamais réellement, elles ne doivent pas prendre le pas sur le reste Et s'il n'y a personne pour vous féliciter d'être des super mom, je tiens à le faire : vous êtes géniales, bonne fête à vous !

WonderMom83, 21 h 20 : Coucou, BadMom2 ! Ravie de lire ce pavé, surtout que tu nous annonces avoir presque perdu un de tes marmots. Tu pourrais raconter cette histoire autour de toi et récolter des commentaires très agréables, du style : « Avec six mioches, c'est pas étonnant. »

Sache qu'il m'est arrivé la même chose au supermarché, et pourtant je n'en ai qu'un. Mais comme tu l'as dit, nous ne sommes pas infaillibles, et cette foutue charge mentale qui ne nous quitte pas un instant nous fait parfois perdre la tête.

Alors, merci pour ce partage et pour tes mots. En tant que maman solo, j'ai souvent l'impression de tout rater, de ne pas être à la hauteur et que la terre entière me le fait remarquer. C'est comme si, quoi que je dise ou fasse, rien ne va. Et personne n'est là pour prendre le relais, pour me dire : « Laisse, je m'en charge. » Je dois constamment être au top et montrer que je peux y arriver. Parfois je ne peux pas, je pleure le soir quand ma fille est couchée, je me dis que c'est trop compliqué, que je ne vais pas tenir. Le plus dur, quand on est seule, c'est l'absence de soutien, l'absence de cette autre personne qui prendra, elle aussi, soin de notre enfant.

Même si je pleure certains soirs, je me réveille toujours avec cette envie de continuer et de donner le meilleur de moi-même.

Bonne fête à toutes les mamans !

Le message de WonderMom83 me touche. Je connais les difficultés qu'elle rencontre et je n'imagine sûrement pas la pression qu'elle ressent. C'est une guerrière à mes yeux, parce que s'occuper seule d'un enfant autiste demande énormément d'engagement.

Anonyme06, 21 h 24 : Bonsoir, les filles ! Je vois que cette nouvelle fête des Mères a encore été mouvementée ! Ne doutez pas de vous, vous êtes super. La preuve, vos marmots ont encore tous leurs membres ☺

BadMom2, 21 h 25 : On devrait établir un barème de « bonne maman » sur le nombre de bras et de jambes qu'il leur reste à tous !

Maman&Maman, 21 h 28 : Bonsoir à toutes ! BadMom2, ton histoire m'a fait rire et m'a rappelé que notre fille a eu sa période « fuite » dès qu'on lui lâchait la main. Elle partait en courant. Un gosse de trois ans, ça détale plus vite qu'un lapin ! Durant deux mois, impossible de baisser la garde en extérieur ne serait-ce qu'une seconde. Il n'y avait aucune explication à son comportement, puis ça a cessé comme c'est venu.

Chaque fois qu'elle s'échappait et qu'on lui courait après, on avait droit aux regards désobligeants des passants, voire aux remarques insultantes. Ça m'a rendue folle plus d'une fois. Pourtant, en tant que couple lesbien, on y est habitué : où qu'on aille, notre mode de vie est constamment jugé. Mais là, on touchait à mon rôle de mère, on me prenait pour une incapable qui ne parvenait pas à maîtriser sa fille.

Tout ça pour dire que la société est cruelle, elle nous met une énorme pression en tant que parents. Personne ne nous félicite quand on est au top, mais à la moindre erreur, on est crucifiés.

Avec Gaby, nous avons instauré un petit rituel chaque semaine, qui consiste à se dire qu'on est réciproquement des mamans en or. Dans ces moments-là, on évoque tout ce qu'on a fait de bien. Des petites choses du quotidien auxquelles on ne fait même plus attention. Je crois qu'il est important de s'autocélébrer. On oublie de se réjouir de peu alors qu'on perd un temps fou à se concentrer sur ce qui ne va pas.

Vous êtes toutes des super mamans, ne l'oubliez jamais. Bonne fête à toutes !

Anonyme06 ; 21 h 30 : C'est une super idée, Maman&Maman !

BadMom2, 21 h 31 : Je suis d'accord : c'est génial ! Il n'y a pas qu'à la fête des Mères qu'on doit recevoir des louanges. Une seule journée dans l'année, c'est insuffisant.

WonderMom83, 21 h 31 : Je vote pour aussi ! Instaurons un soir d'autoglorification.

5

Fête des Mères 2022

GandalfMom, 21 h 14 : Salut, les filles ! J'espère que vous allez bien. Bonne nouvelle : mon train n'est pas annulé ! J'ai imprimé mes billets et le plan de métro de Paris. Je suis impatiente de voir notre projet se concrétiser.

Anonyme06, 21 h 14 : Hello ! Pour te simplifier la vie : il existe Uber et Internet, tu sais ☺

GandalfMom, 21 h 15 : On dirait mes enfants ! Je te signale que je ne suis pas née avec un portable dans la main.

BadMom2, 21 h 15 : Personne ne se dévoue pour aller chercher notre ancêtre à la gare ?

MiracleMom, 21 h 16 : Avec plaisir ! Je dois déjà récupérer Mamacita12345. Nous pourrons ensuite nous rejoindre au parc comme convenu.

GandalfMom, 21 h 16 : Merci ! Tu auras le droit de repartir avec les gâteaux, ma chérie.

BadMom2, 21 h 16 : Si on en laisse.

Anonyme06, 21 h 17 : Il restera ta part 🤪

BadMom2, 21 h 17 : D'ailleurs, en parlant de gâteau… Il faut que je vous raconte, vous allez rire… Mes enfants font la gueule parce que je ne serai pas présente le 29. Apparemment « ça craint » de ne pas voir sa maman le jour de la fête des Mères. C'est drôle comme ils l'ont pourtant oublié les années précédentes ! Par contre, la seule fois où je me tire pour voir mes copines, ça coince. Peut-être que j'aurai un cadeau en rentrant ? Ils m'ont promis un gâteau. Si la semaine prochaine il pleut, vous saurez pourquoi !

DottyTwin, 21 h 18 : Haha, dis-leur que t'es au régime ! Pas question que notre rencontre se déroule sous la pluie.

BadMom2, 21 h 18 : En même temps, nous allons à Paris, nous avons de grandes chances d'avoir de la flotte.

WonderMom83, 21 h 19 : Tu confonds avec la Bretagne ! Promis, je garderai mes nuages pour moi et je viendrai seule.

GandalfMom, 21 h 19 : Merci !

AdoptMam, 21 h 19 : Je suis tellement dégoûtée de ne pas pouvoir me libérer la semaine prochaine !

Anonyme06, 21 h 19 : Tu vas nous manquer.

DottyTwin, 21 h 19 : On t'enverra une photo.

Mamacita12345, 21 h 20 : Rappelez-moi, c'est bien 15 heures au jardin des Tuileries ?

Mooune, 21 h 20 : Oui.

Maman&Maman, 21 h 22 : Salut, les filles ! Vous ne savez pas comme nous sommes excitées ! Je pense à l'aspect… logistique. Puisque nous n'avons jamais vu nos bouilles, comment allons-nous faire pour nous reconnaître ?

BadMom2, 21 h 22 : On aura qu'à crier : « Qui aime les abdos de Charlie Hunnam ? »

DottyTwin, 21 h 22 : Les filles seront nombreuses à se retourner 😜

WonderMom83, 21 h 23 : Ça prouvera qu'elles ont bon goût ☺

Mamacita12345, 21 h 23 : J'approuve.

Anonyme06, 21 h 23 : Je propose qu'on porte toute du blanc.

BadMom2, 21 h 23 : Et des tee-shirts portant nos pseudos pour inscription ! Comme ça on évitera d'aller parler de Charlie à des inconnues.

Mooune, 21 h 24 : Excellente idée !

GandalfMom, 21 h 24 : Vous avez encore des tee-shirts blancs dans vos armoires avec des enfants ? Ils doivent être aux couleurs de l'arc-en-ciel depuis avec leurs mains toujours pleines de feutres ou de nourriture.

Anonyme06, 21 h 24 : Au moins, tu auras du style !

Je relis la conversation pour ne rater aucune indication. Toutes étaient d'accord avec le code vestimentaire et toutes se sont libérées pour ce week-end parisien. L'idée est venue suite à un délire qu'on s'était fait il y a plusieurs mois à propos d'une escapade sans enfants et sans conjoints. Après tant d'années à se parler, à se soutenir et à échanger sur nos vies, le désir de franchir le pas a commencé à se faire sentir. Je crois que c'est BadMom2 qui a plaisanté la première à ce sujet, sans jamais se douter que sa blague trouverait un écho en chacune.

Aujourd'hui, pour cette fête des Mères 2022, nous avons quitté notre petit coin de France pour nous retrouver sur la capitale. Je porte mon tee-shirt blanc, mon sac contient des gâteaux faits maison et surtout une surprise de taille.

Je suis excitée comme une enfant alors que les minutes défilent et me rapprochent du moment clé. Je me questionne sur l'après-midi. Va-t-il combler nos attentes ? Est-ce que notre amitié sera aussi forte en vrai ? Je me demande à quoi ressemble GandalfMom, si elle a autant de cheveux blancs qu'elle nous le raconte. Est-ce que BadMom2 possède le même humour loin d'un écran ? Mooune aura-t-elle une voix aussi apaisante que ses mots ? WonderMom83 nous donnera-t-elle de meilleurs conseils en pâtisserie que pour changer une couche ? MiracleMom nous aura-t-elle réalisé des petites enveloppes surprises ? DottyTwin nous montrera-t-elle cinquante photos de ses jumeaux ? Mamacita12345 sera-t-elle aussi affectueuse que ses paroles sont bienveillantes ? Maman&Maman sont-elles aussi différentes l'une de l'autre qu'elles ne cessent de le répéter ?

J'ai hâte de découvrir les réponses à ces questions.

Je vérifie l'heure sur mon portable. Je ne suis pas en avance, et en prime je ne suis pas habituée aux lignes du métro parisien. Je me suis déjà trompée deux fois de station. Il faut dire que, en ce moment, je suis un peu tête en l'air.

J'arrive au jardin des Tuileries avec dix minutes de retard. Il y a du monde. Mooune a eu la bonne idée de m'envoyer les coordonnées GPS du point de rencontre. Il me reste quelques instants avant le grand moment. Une série d'émotions me submerge : l'excitation, la joie, l'inquiétude.

Mon cœur bat plus vite, j'ai du mal à croire que je vais rencontrer mes amies. Celles qui ont été là pour moi ces cinq dernières années, dans les bons comme dans les mauvais moments. Celles qui m'ont aidée à traverser les étapes aussi longues que difficiles de mon parcours pour devenir maman. Leurs mots m'ont permis de ne rien lâcher. Et aujourd'hui, j'ai tellement envie de les remercier. J'espère que ma surprise leur plaira.

Au milieu des ados, des amoureux et des familles allongées sur les pelouses, je cherche mes copines, essayant d'imaginer quel visage irait le mieux à BadMom2 ou de savoir si Mamacita12345 est aussi petite qu'elle le dit.

— Oh, mon Dieu ! s'exclame une voix.

Je me tourne et découvre un groupement de femmes, qui portent toutes un tee-shirt blanc avec un pseudo. Les neuf mamans scrutent avec attention l'écriture noire sur mon haut.

— Anonyme06 et Petit Citron 2 ! hurle MiracleMom.

Les voilà.

Je souris alors qu'une vague humaine s'approche de moi. À cet instant précis, toutes se transforment en véritable personne. Mes yeux s'attardent sur leurs visages. Nous formons un groupe si diversifié, c'est formidable.

— Mais tu es enceinte ! s'exclame GandalfMom.

Notre doyenne aux cheveux blancs me prend dans ses bras. J'accepte son étreinte chaleureuse contre mon gros ventre.

— Surprise ! je déclare avec joie.

— Félicitations ! se réjouit Mooune d'une voix mélodieuse.

À son tour, elle m'enlace, et je passe de bras en bras avec bonheur. Nos salutations sont chaleureuses et émouvantes. Des rires résonnent, des vannes aussi. BadMom2 a le même humour en vrai. Maman&Maman forment un duo explosif, WonderMom83 me conseille de ne pas porter de choses trop lourdes et récupère mon sac dans la foulée.

MiracleMom m'offre un tote bag, et je découvre qu'elle y a fait floquer notre groupe en utilisant des animaux pour nous représenter chacune. J'adore le phœnix au côté de l'éléphant. Et bien sûr, au centre, il y a notre mascotte : Charlie Hunnam. Voilà un portrait de famille qui ira dans la chambre de Petit Citron 2.

DottyTwin me présente un cliché de ses jumeaux sur son téléphone, et Mamacita12345 me regarde avec de grands yeux émus tout en applaudissant.

Une fois le choc de la surprise passée, nous nous asseyons sur les couvertures disposées sur l'herbe, autour d'un goûter plus que généreux. Il y a de quoi nourrir un régiment, et pas un enfant à la ronde pour s'empiffrer.

— Alors, petite cachottière, raconte-nous ! m'interroge BadMom2.

— Depuis quand gardes-tu le secret ? Pourquoi n'as-tu rien dit ? insiste DottyTwin sans l'ombre d'un reproche.

Les verres se remplissent de thé glacé tandis que ma langue se délie. Après de longues semaines de silence, annoncer l'événement à celles qui sont chères à mon cœur est la cerise sur le gâteau.

— Je suis enceinte de cinq mois. Au tout début, je n'étais pas dans mon assiette. Je ne savais pas si ma troisième FIV allait fonctionner donc j'avais décidé d'attendre un maximum avant de faire un test. Et puis... j'ai fini par faire pipi sur la petite languette en m'en foutant plein les doigts, et quelques minutes plus tard, sous le choc, j'ai découvert les deux traits.

C'était l'un des plus beaux moments de ma vie. J'ai ri, j'ai pleuré. Je suis allée faire une prise de sang pour m'assurer du résultat. Je ne suis pas croyante mais je me suis surprise à prier pour que le bébé tienne. J'ai attendu avant de contacter ma gynéco, vérifiant tous les signes d'une future fausse couche, mais rien. Petit Citron 2 a tenu le coup, il montrera le bout de son nez à la rentrée.

— Est-ce que tu es allée acheter dix tests pour vérifier ? me questionne WonderMom.

— Évidemment ! répond Mamacita12345.

— Les pharmacies font fortune avec nous, plaisante BadMom2.

— Ta grossesse se passe bien ? s'enquiert GandalfMom.

— À merveille ! Je rayonne, j'ai eu quelques nausées et des brûlures d'estomac, mais sinon, mis à part mes jeans qui ne me vont plus, rien à signaler.

Et je ne compte pas m'en plaindre. Je profite de ces derniers mois en solitaire pour préparer au mieux l'arrivée de mon mini-moi.

— Il faut que je t'envoie mes livres de grossesse ! m'annonce DottyTwin.

— Et on veut ta liste de naissance ! renchérit Mooune.

— Ce sont les seuls cadeaux que tu vas recevoir, se moque BadMom2.

Je ris, puis leur demande des nouvelles de leurs tribus respectives. Tous les enfants se portent à merveille, ils grandissent, rendent chèvres leurs mères tout en les comblant de joie et de fierté. Certains vont passer le bac, d'autres le brevet ou encore le permis. On se raconte les dernières anecdotes. Le retour des poux, les bobos de la cour de récré, les petites histoires d'amour, celles plus sérieuses, les préservatifs retrouvés dans les poches de pantalon, les jeux vidéo qui rendent accros, les soirées télé ou encore les repas de famille.

J'écoute mes amies parler de leur vie en me sentant chanceuse de pouvoir bientôt vivre à mon tour toutes ces péripéties. Les filles me donnent des conseils, c'est comme sur le forum.

— Au fait, tu ne nous as pas dit, me lance Gaby du duo Maman&Maman, c'est une fille ou un garçon ?

Je pose une main sur mon ventre en songeant à l'annonce du médecin.

— Je crois que nous allons accueillir une nouvelle fan de Charlie Hunnam.

Des applaudissements se font entendre, et GandalfMom me promet de me tricoter une gigoteuse qui imitera le cuir des bikers.

— Il faut qu'on immortalise ce moment ! propose soudainement MiracleMom.

DottyTwin tend son téléphone, on interpelle des jeunes pour nous prendre en photo, on se regroupe pour rentrer dans le cadre. Et au moment de sourire, nous crions :

— Joyeuse fête des Mères !

Le flash nous éblouit mais capture nos sourires. Le cliché de notre rencontre restera un souvenir sur papier glacé qu'on recevra toutes par la poste, je n'en doute pas.

Alors que les conversations reprennent sur les secrets de l'accouchement et des premiers cacas atomiques, je regarde ces femmes qui m'entourent et pense à la sororité que nous avons créée.

Partout, dans le jardin des Tuileries, il y a des mères. Des mères épuisées, comblées, au cœur brisé, qui se battent chaque jour, qui offrent de l'amour, qui rêvent d'être de nouveau mamans et qui le seront pour toujours. Et peut-être que, dans ce parc, il y a des mères qui ne voulaient pas en être. Chacune est libre d'être celle qu'elle souhaite tant qu'elle aspire au bonheur.

Mais enfin et surtout, dans ce parc, il y a des femmes. Des femmes qui, avec ou sans enfants, aiment, donnent, luttent, transmettent, offrent, soignent, rêvent et vivent, tout simplement.

Le premier été du reste de notre vie

SANDRA MÉZIÈRE

Amours de nos mères, à nul autre pareil.

Le Livre de ma mère, Albert COHEN

1

— Il n'est pas trop tard pour que cela t'arrive, Stella. Il te reste combien de temps pour devenir mère ? Une petite décennie ? Un peu moins ? Le bonheur est toujours une option, tu sais.

Mesdames et messieurs, ma collègue Constance dans toute sa splendeur ! Ses sarcasmes et ses lieux communs me font comprendre que, depuis dix bonnes minutes, je semble focalisée sur l'affiche décolorée située face à mon bureau. Elle représente un jeune couple insipide accompagné de ses deux têtes blondes, le sourire extatique et les yeux pétillants de joie, bondissant hors d'une mer cristalline sur fond de paysage tahitien paradisiaque. Le reflet de mon échec, et la vision du bonheur – du moins selon Constance. J'ai cette affiche et ses clichés en horreur.

Je me tourne vers la fenêtre de l'agence de voyages. L'avenue de l'Opéra grouille de monde. Dans quelques semaines pourtant, les Parisiens auront déserté la capitale pour partir en vacances. Un mot qui m'est devenu étranger il y a cinq ans.

Comme chaque été, je ne franchirai pas la frontière du périphérique. Je garderai l'agence en juillet et passerai mes congés d'août à Paris. J'ai l'impression que cette ville me protège du passé, des souvenirs et des assauts de ma tristesse insondable. Mais pas de Constance, qui cherche à me porter l'estocade finale.

— C'est là que tu devrais aller, cet été ! Pour changer d'horizon. Tu seras toujours seule si tu restes à Paris, tu sais.

— Qui te dit que cela ne me convient pas ?

Constance tourne la tête vers moi. Ses cheveux coupés en un carré court virevoltent et se replacent dans un mouvement qu'une publicité pour shampoing n'aurait même pas osé chorégraphier : impeccablement. Tout ce qu'accomplit Constance est d'ailleurs irréprochable. Elle incarne la rigueur, jusqu'au bout de ses ongles. Rien ne dénote. Rien ne dépasse. Tout le contraire de moi. J'ai l'impression de représenter le désordre, de ne jamais cocher les cases, de ne jamais être comme il faut.

— Allons, voyons, Stella, me sermonne-t-elle comme si elle s'adressait à une enfant inconséquente. C'est toujours ce qu'on dit, que cela nous convient. On ne me la fait pas, à moi. Tu sais, je...

— Oui, JE SAIS, Constance !

Je suis lasse de ses « tu sais », qu'elle m'assène comme si elle était ma maîtresse d'école. Mais je n'ai pas le temps de poursuivre. Deux enfants qui n'auraient rien à envier aux deux bambins de l'affiche entrent en trombe dans l'agence, font trembler mon bureau comme un séisme de puissance sept sur l'échelle de

Richter – au moins – et se jettent dans les bras de leur mère.

— Léontine, Ambroise ! Je vous ai rappelé combien de fois d'entrer calmement et de dire bonjour à la dame !

La dame, c'est moi. Je me sens soudain vieille mais tellement solidaire de Léontine et Ambroise, à qui on s'adresse comme à des enfants – ce qui n'a cependant rien d'anormal dans leur cas.

— Tu sais qu'on t'aime, maman ? répondent-ils en chœur, l'embrassant chacun sur une joue avec un baiser bien sonore.

Constance leur caresse les cheveux, laissant sciemment se dessiner sur ses lèvres un sourire désinvolte qui signifie : « J'ai l'habitude de toute cette guimauve. » Mes yeux s'embrument. Je me sens nostalgique, stupide surtout, mais je ne peux réprimer cette mélancolie envahissante. Finalement, même Paris ne me protège plus de rien.

C'est ce geste sur la joue des enfants et puis ce mot de « maman » qui me rappelle à quel point la mienne me manque. J'aimerais courir vers elle et me blottir dans ses bras. Ou l'appeler et me confier à elle, tout simplement. Mais je n'ose pas. Je n'ose plus.

Constance surprend mon regard embué.

— C'est merveilleux d'avoir des enfants. Notre petite personne et nos problèmes futiles passent alors au second plan. Ce sont eux qui deviennent le centre du monde. Cela viendra, ma Stella, mais il faut y mettre un peu du tien, tu sais.

Il est 11 h 58. Je ramasse mon téléphone et mes clefs, puis remets mon Perfecto. Je ne réponds pas. C'est inutile. Constance-tu-sais ne comprendrait décidément pas. Personne ne comprend d'ailleurs. J'ai trente-six ans. Je n'ai plus le droit d'éprouver des chagrins de petite fille.

— Ce que je dis, c'est pour ton bien, soupire-t-elle. Bon, je fermerai. N'oublie pas d'éteindre la musique.

Je le fais à cœur joie. Je n'en peux plus de Richard Clayderman. Une idée de ma collègue, de ne passer QUE cela. La direction valide toujours les suggestions de la rigoureuse Constance.

— Je serai de retour à 14 heures, dis-je en claquant la porte.

Je m'arrête sur le seuil, inspire profondément. Même l'air pollué de Paris est une bénédiction quand on est condamnée à partager le bureau de Constance. Je me tourne vers l'Opéra. Mon cœur se serre, comme chaque fois. Avant, j'y allais tous les mois voir des ballets. Mais depuis bientôt cinq ans que j'ai abandonné mon poste de professeure de danse contemporaine pour travailler à l'agence, j'évite soigneusement ce qui ressemble de près ou de loin à mon ancienne passion.

Ce n'est pas le moment de penser à cela. J'ai deux heures devant moi. Cela me laisse largement le temps d'aller rue de Castiglione rendre visite à Désirée. Rien qu'à cette pensée, je sens ma tristesse s'évanouir.

2

— Oui, tu me l'as déjà raconté, Dési.

Je soupire, mi-lasse, mi-amusée. Comme chaque fois que je viens voir ma grand-mère, j'ai droit au récit de ses exploits dans la Résistance. Les murs de sa chambre-salon-cuisine sont recouverts de photos en noir et blanc, une sorte de musée de la guerre 1939-1945, auquel le Mémorial de Caen n'aurait rien à envier.

Pendant qu'elle me narre pour la énième fois ses prouesses, mon regard erre dans le studio dont je connais chaque recoin. Il peut en englober l'entièreté tant les lieux sont exigus. Il s'évade ensuite jusqu'à la colonne Vendôme, que l'on entrevoit depuis la fenêtre. Ma grand-mère vit dans dix-huit mètres carrés mais a réalisé le rêve de sa vie : habiter place Vendôme... à quelques mètres près.

Mes yeux s'arrêtent sur la seule photo en couleurs qui détonne dans son petit musée. Une photo de nous quatre, mes parents, mon frère Alexandre et moi. Je comprends que c'est pour cela que je déteste autant l'affiche de l'agence. Elle me fait penser aux temps heureux enfuis, avant l'accident mortel d'Alexandre, encore que nous n'ayons jamais arboré cet air ahuri du quatuor du poster.

Je pose ma main sur celle de ma grand-mère, attendant qu'elle la recouvre mais elle est ailleurs, perdue dans ses souvenirs de la guerre. Elle ne parle jamais de son fils. Ni de son petit-fils. Tout juste s'étonne-t-elle que ni l'un ni l'autre ne viennent plus la voir. Parfois j'ai envie de lui rappeler la réalité : qu'Alexandre s'est tué dans un accident de moto et que son fils, incapable de faire face, est parti refaire sa vie à l'autre bout du monde. Mais je me tais.

« Elle est dans son monde », l'excusait toujours maman, du temps où elle venait voir Désirée avec moi.

Je regarde ma main posée sur le drap et le tatouage sur mon poignet – les quatre petites étoiles. L'envie de pleurer me reprend mais mon pied touche quelque chose par terre, qui émet un bruissement. Des feuilles détachées d'un carnet.

— C'est quoi, ça ? je demande à Désirée.

— Je ne sais pas. Peut-être à ta mère ?

— Mais maman ne vient pas à Paris, Dési, voyons. Tu confonds.

— Eh, oh, ma petite fille, ne me parle pas comme si j'étais vieille ! Je sais ce que je dis, ta mère était là il y a une heure à peine. J'ai une horloge dans la tête. C'était vital quand il s'agissait de saboter un train. Comme la fois où...

Je n'écoute pas la suite. Je connais l'histoire. J'ouvre le carnet et reconnais l'écriture de maman, une écriture qui lui ressemble : discrète et séduisante. Il me faut quelques minutes pour reprendre mes esprits et comprendre que ce sont les pages échappées d'un journal intime. J'ignorais qu'elle en écrivait un.

Je le parcours et le dévore. J'arrive aux dernières lignes, le souffle coupé, tandis que Désirée continue à narrer ses aventures. Je relis ces dernières lignes, encore et encore.

25 juin

Ce matin, comme chaque jour, je me suis levée à 7 heures. Je pars pour le refuge, qui est devenu le mien. Je m'y abrite des assauts de la réalité. Comme chaque matin depuis toujours, ma première pensée est pour Stella. Comme chaque matin depuis cinq ans, j'ai la tentation de l'appeler. Et comme chaque matin, je n'en ferai rien.

Je sais qu'elle n'est pas heureuse. Elle maquille sa tristesse en se noyant dans le travail. Je maquille la mienne en souriant et en répondant toujours que je vais bien. Même à Stella, les rares fois où elle m'appelle. Je suis sûre qu'elle me croit. Les gens sont contents pour moi. Ils disent que j'ai bien surmonté l'épreuve, tantôt jaloux, tantôt admiratifs de ma prétendue force.

Au refuge, je me sens presque heureuse. Avec les animaux, je ne triche pas, je n'ai pas besoin de faire semblant d'être insubmersible. Je leur confie ma peine et ce que j'aimerais dire à Stella. À Caprice surtout, un chat aux grands yeux étonnés qui me rappellent ceux de ma fille. Ce nom lui irait bien, à Stella.

Ce matin, j'ai parlé à Caprice de ce dont je rêve. C'est une obsession : aller à Corfou. À cause d'un reportage. De mon prénom, aussi. Élisabeth, comme l'impératrice d'Autriche Sissi, qui allait là-bas pour fuir les pesanteurs de la cour. Moi, j'y fuirais le chagrin. Et à cause d'Albert Cohen, mon écrivain préféré, qui y est né.

Peut-être que j'idéalise cet endroit. Je le vois comme une sorte d'Éden. De toute façon, je n'irai pas. Je n'irai jamais nulle part. Je n'irai jamais aussi loin de Stella. Ne pas m'éloigner, à défaut de me rapprocher d'elle, c'est tout ce qui compte. Je n'oserai pas faire le premier pas. Je ne veux pas la déranger. Et puis, quand je l'appelle, on ne sait pas quoi se dire. Il faudrait un concours de circonstances. Il faudrait...

Ce sont les derniers mots inscrits. Il manque les pages suivantes. Je regarde sous le lit, dans les tiroirs, partout, mais je ne trouve rien. Dépitée, je reviens m'asseoir à côté de Désirée, dont je croise le regard incrédule. Je me demande comment on en est arrivées là, maman et moi. À ne plus oser s'appeler. À tous ces non-dits, comme un gouffre infranchissable entre nous. Avant le drame, on se téléphonait tous les jours. Nous étions si proches, tous les quatre.

Depuis cinq ans, nos échanges se cantonnent à un appel par mois et à un dîner à Noël en bas de chez moi, au restaurant italien. Les bruits ambiants nous évitent de nous dire autre chose que des banalités puisque nous devons crier pour échanger.

Nous ne sommes pas fâchées. C'est pire. Nous sommes devenues des étrangères. Je réalise à la lecture de ses mots qu'elle faisait juste comme moi : elle donnait le change. Au début, je sortais tous les soirs pour faire croire que je vivais pleinement. J'essayais de m'anesthésier dans ce tourbillon. Je me mentais. Comment ai-je pu être aussi aveugle et égoïste ? Nous avons perdu tellement de temps...

Une chaleur m'envahit soudain. Désirée a posé sa main sur la mienne. Je frissonne. Une larme tombe sur la dernière ligne et la transforme en un bain de couleurs.

— C'est quoi ? La liste de courses ? Il doit y avoir des oignons dedans, me dit Désirée, accompagnant ses mots d'un regard malicieux.

Je caresse tendrement la joue de ma grand-mère. Maman faisait souvent ce geste. Elle me manque.

— Oui, c'est ça, la liste de courses, je réponds, en souriant tristement.

Je reste là, au chevet de Désirée, jusqu'à ce que la main se retire sous les draps. Je me rends dans la salle de bains et l'entends me crier qu'elle regrette qu'Alexandre ne vienne pas plus souvent. Comme d'habitude, je réponds qu'il abuse.

Dans le miroir craquelé, j'observe mon visage. Mes lèvres charnues. Mes sourcils fins. Mes boucles brunes désordonnées. Mes grands yeux étonnés comme ceux de Caprice. Je comprends que cette figure exhale la jeunesse, qu'elle a encore beaucoup de choses à vivre. Et qu'il est temps de se réveiller.

3

J'arrive à 14 h 05 à l'agence, après un détour par le jardin des Tuileries. Quand maman venait à Paris, on s'y retrouvait toujours avant d'aller voir Désirée. Les beaux jours, on s'asseyait sur un banc pour parler de tout et de rien. Y revenir me procure la réconfortante impression qu'elle est à mes côtés.

À peine ai-je franchi la porte que Constance me lance un regard réprobateur. Clayderman massacre Chopin. J'ai envie de partir en courant vers Rennes, vers maman, vers les douceurs et l'insouciance de l'enfance.

— Qu'est-ce que ce serait si tu avais des gosses, ma pauvre ! J'ai même eu le temps de les emmener à l'école, me balance Constance en désignant l'horloge.

J'ai l'habitude que ma collègue se dépeigne en femme exemplaire pour me signifier que je ne le suis pas. L'arrivée de Désirée me dispense de répondre. Mon adorable grand-mère vient une fois par mois depuis que je travaille à l'agence, peu importe que nous nous soyons vues une heure plus tôt. Je remarque qu'elle est toute pimpante. Elle n'a certainement pas chômé pour se préparer en si peu de temps.

L'objet officiel de sa visite à l'agence est toujours de se renseigner sur une destination, différente chaque fois. Elle ressort toujours en disant qu'elle y réfléchira. Cela fait cinq ans qu'elle réfléchit. Elle n'a jamais réservé aucun voyage. En réalité, elle cherche à se changer les idées. Elle commence toujours par me demander comment je vais, avec insistance. Je ne sais pas pourquoi, la semaine dernière, je lui ai répondu la vérité, que j'étais triste de m'être ainsi éloignée de maman.

— Tu vas bien aujourd'hui, ma Stella ? Vraiment ?

— Oui, mamie, mais tu le sais, tu m'as vue il y a une heure à peine ! Je te remercie quand même de demander, dis-je en me tournant vers Constance, qui, en cinq ans, n'a jamais eu cette délicatesse. On étudie quoi aujourd'hui, Dési ?

— La Grèce. Je voudrais aller en Grèce.

Je repense au journal intime de maman et à son rêve d'aller à Corfou. Soudain, un autre souvenir, brûlant, lié à cet endroit, me revient en mémoire. Une onde de chaleur m'envahit.

— Eh bien, jeune fille. On rêvasse ? m'interpelle Désirée.

— Jeune fille ! Ah, ah ! Vous êtes flatteuse avec votre petite-fille, Désirée ! ne peut s'empêcher d'intervenir Constance. Notre Stella a trente-six ans tout de même, vous savez.

— Oh, mais c'est un bébé ! On a la vie, les rêves et les possibles devant soi à cet âge-là. Profites-en, ma petite fille, cela passe si vite.

Je manque d'air. Je vais ouvrir la porte. Un souffle chaud et presque voluptueux s'engouffre et me caresse le visage. Je comprends que c'est le début de l'été, cette saison que j'aimais tant « avant ». Je retourne m'asseoir. Je regarde le quatuor toujours bondissant sur son affiche et le doux visage fripé de Désirée.

— Pardon, Dési. C'est vaste, la Grèce. Tu as une suggestion d'endroit en particulier ?

— Non, je ne sais pas... Une île, par exemple... Pas les Cyclades, c'est trop commun.

— C'est vrai que globe-trotteuse comme tu es, tu as déjà parcouru la moitié de la planète !

Victoire glousse.

— Une île Ionienne ? Corfou ? je suggère.

— Bonne idée ! Justement, j'ai vu un reportage. Ce lieu me semble magique. La mer, le soleil et le vent ont sculpté l'île, ajoute-t-elle comme une enfant qui répéterait une leçon.

Je vais chercher deux ou trois brochures, puis inscris « Corfou » dans la barre de recherches du catalogue en ligne.

— C'était quoi, ce reportage que tu as vu ? je demande tout en regardant les photos de l'île paradisiaque qui défilent à l'écran.

— Je ne sais plus... Je voudrais une maison d'hôtes, s'empresse-t-elle d'ajouter. Je suis déjà toute seule, alors je ne veux pas d'un hôtel impersonnel. Et dans le centre-ville, si possible.

Je tape « maison d'hôtes à Corfou ville » et tourne l'écran de mon ordinateur vers elle. Il y en a cinq en tout.

— C'est joli comme nom, *Sidari*, remarque ma grand-mère en me montrant du doigt le premier résultat de la liste.

Je regarde. C'est une petite bâtisse dans une ruelle du centre. Sa façade ocre et sa grande porte sculptée exhalent le mystère et l'évasion. Le texte explique que l'établissement est tenu par une mère et son fils, qu'il doit son nom à un endroit de l'île composé de formations rocheuses étranges, façonnées par la mer dans le grès. Une légende voudrait que les couples qui traversent le canal à la nage restent unis pour toujours.

— Écoutez, madame, on n'a pas que ça à faire ! s'énerve Constance.

— C'est vrai qu'il y a foule, rétorqué-je en désignant l'agence déserte. Tu sais quoi, Dési ? On va le réserver, ce voyage !

Ma grand-mère blêmit. Constance ricane bêtement.

— Mais c'est-à-dire que...

— Ah, enfin, tu te réveilles, ma Stella ! me félicite Constance.

— Oh que oui, Constance, je viens d'ouvrir les yeux. Tu ne sais pas à quel point je suis soudain lucide ! Alors, trajet Paris-Venise en train, puis Venise-Corfou en ferry. Un séjour d'une semaine à la pension *Sidari*. Départ le 30 juin, soit dans une semaine. C'est parfait ça, non, mamie ? dis-je en tapotant gaiement sur mon ordinateur.

— Euh...

— Non, tu as raison, Dési ! Une semaine, c'est beaucoup trop court. Séjour de deux... non... trois semaines !

Consternée, Désirée me regarde effectuer la réservation. Constance frappe dans ses mains avec allégresse.

— Il était temps de prendre une décision, madame !

Je valide la réservation. Ma grand-mère sort son portefeuille et sa carte bancaire en tremblant. Je ferme mon ordinateur et me lève. Je prends mes affaires devant le regard interloqué de Constance et celui soulagé de Désirée. Je me sens légère, tout à coup.

Je me dirige vers la porte et m'apprête à rejoindre la rue, puis me ravise. J'allume la chaîne hi-fi, récupère le CD de Clayderman et le casse en deux.

— Tu SAIS, Constance, cela fait des années, très exactement quatre ans, six mois et deux jours que j'ai envie de faire ça.

Ma chère collègue ne trouve rien à répondre. Je sors mon portable et compose le seul numéro que je connais par cœur.

— Allô, maman ? Oui, c'est moi. Ne m'interromps pas. Voilà, mon patron me propose de profiter d'un voyage en Grèce, sur l'île de Corfou, pour tester la destination. Un séjour pour deux. Voudrais-tu m'accompagner ?

Tandis qu'elle me répond, je franchis les portes de l'agence. Pour la dernière fois de ma vie. Je me tourne vers l'Opéra Garnier, puis me joins à la foule d'un pas alerte.

4

— Je ne savais pas la direction de ton agence si généreuse. Quelle chance nous avons d'être ici, ma chérie !

Cela fait une éternité que maman ne m'a pas appelée « ma chérie ». Je remarque cependant que son ton triste contraste avec la gaieté de ses paroles. Je me donne pour mission de lui faire retrouver un peu de joie de vivre. Je m'en veux d'avoir été aveugle si longtemps.

Je regarde la cité des Doges qui s'éloigne et la place Saint-Marc, dont les touristes ne sont plus que des milliers de points multicolores. Le spectacle est étourdissant de beauté. Je voudrais partager mon enthousiasme, mais maman semble un peu ailleurs. Elle n'a rien dit quasiment de tout le voyage en train.

Hier soir, elle m'a retrouvée dans mon petit appartement du 9e arrondissement de Paris. Nous nous sommes souri timidement quand j'ai ouvert la porte. Je me suis retenue de la prendre dans mes bras, même si j'en mourais d'envie. Elle a dormi dans ma chambre, et moi sur le canapé du salon. Nous avons petit-déjeuné en silence. Ce matin, nous avons pris le taxi direction la gare de Lyon, comme si c'était la chose la plus naturelle du monde. Et maintenant, nous voilà sur la mer Adriatique pour rejoindre Corfou. J'ai du mal à le croire.

Je prends conscience que je n'ai plus de travail. Mon quotidien était entièrement dicté par celui-ci. Que deviendrai-je à mon retour en France ? Il sera bien temps d'y penser plus tard. J'ai mis tout l'argent que j'avais de côté dans ce voyage.

Je regarde le visage de maman. Sa chevelure brune, dont ne restent plus que quelques stigmates au milieu de ses cheveux gris. Sa minceur qui me la fait paraître si fragile. J'ai envie de la prendre dans mes bras, à nouveau. Mais nous sommes solidement accrochées au bastingage. Mon regard s'arrête sur les quatre petites étoiles tatouées sur son poignet.

Une musique, nostalgique et fougueuse, s'échappe des haut-parleurs du ferry et attire mon attention.

— C'est beau, cette musique, on dirait une âme qui pleure, me dit maman.

— Oui, c'est un *rebétiko*, je lui réponds. Cela raconte souvent des histoires d'amours déçues, de paradis perdus, d'exils.

— Comment sais-tu ça ?

Et, soudain, toute la scène me revient, dans les moindres détails. Cette rencontre magique. C'était une semaine avant l'accident d'Alexandre. Mon frère m'avait donné rendez-vous dans un restaurant grec typique et chaleureux de la rue Guisarde, dans le 6e arrondissement de Paris, nommé *Evi Evane*. Une expression de joie en langue grecque, m'avait-il expliqué. Un nom prémonitoire pour ce jour qui fut si heureux. Nous avions cette habitude de déjeuner une fois par semaine ensemble quand mon travail de professeure de danse m'en laissait le temps.

Alexandre était un ami du serveur, Dimitrios. Il était toujours fier de me présenter à son entourage. Et puis est arrivé le cousin de Dimitrios, Spyros, et un tourbillon de gaieté incandescente avec lui. Ses yeux se sont plantés dans les miens quand on m'a présentée à lui. En une fraction de seconde, tout ce qui était autour est devenu un bourdonnement inaudible. Il s'est installé à notre table. Dans un français parfait, il nous a parlé de lui et plus rien d'autre n'existait, ni l'instant d'avant, ni l'instant d'après, ni le décor, ni Alexandre.

Il nous a expliqué qu'il était danseur de *zeïbekiko* et qu'il rêvait d'en faire son métier. Après le déjeuner, il a proposé de me raccompagner jusqu'à mon lieu de travail. Sur le chemin, place Saint-Sulpice, il a mis cette musique dans mes oreilles et a dansé face à moi. Une danse à la fois sauvage, solaire et magnétique. Ces adjectifs lui allaient bien, à lui aussi, comme s'il ne formait qu'un avec les notes.

Je me souviens que je me suis sentie intensément vivante, que je n'avais pas envie de le quitter, que je n'avais jamais eu autant envie de connaître quelqu'un ainsi, avec cette force irréfragable, de dévoiler ses secrets et ses failles. Je me souviens que l'avenir soudain m'appartenait et que rien ne me semblait impossible. J'aurais aimé le retenir, mais son avion pour une île grecque l'attendait. Pour Corfou.

— Mais si, maman, je t'avais raconté...

Pas de réponse. Je me tourne et comprends que je suis seule. De toute façon, comment pourrait-elle se souvenir de cela ? Le pont du bateau est désert désormais. Venise a disparu. Face à moi, une mer d'huile immaculée, une page blanche à écrire.

Je repense aux mots de Constance, au bonheur qui est une option. Je suis bien décidée à en profiter.

5

— Allez, courage, ma fille ! L'île des Phéaciens, l'actuelle Corfou, était la dernière étape d'Ulysse lors de son très long retour vers Ithaque. Et Ulysse ne traînait certainement pas les pieds comme toi.

Je me retiens de lui répondre qu'Ulysse n'avait certainement pas deux valises remplies de vêtements à se coltiner. Je me demande d'ailleurs pourquoi j'ai emmené tout ça. Le but est de faire plaisir à maman et de me rapprocher d'elle, pas de faire un défilé de mode.

Éreintée, je pose mes bagages et m'assieds dessus, en plein milieu de la ruelle. Jusque-là, j'avais juste remarqué qu'elle était en pente et escarpée. Je découvre, émerveillée, les façades jaunes et ocre ponctuées de volets verts. La rue est bordée d'échoppes bigarrées. Même les cordes à linge qui s'entrecroisent de part et d'autre me semblent exotiques. Et l'odeur réconfortante des bougainvilliers chatoyants, qui serpentent entre les maisons, me ferait presque oublier la chaleur accablante de ce mois de juillet. Moi qui n'ai pas quitté mon petit appartement parisien depuis cinq ans, dans ce labyrinthe grec, j'ai l'impression d'être au bout du monde.

Maman continue d'avancer. L'ancienne professeure de danse que je suis admire sa démarche chaloupée.

— Regarde, c'est là, me dit-elle en me désignant la porte en bois sculptée qui, une semaine plus tôt, avait aussi attiré l'attention de Désirée sur l'écran de mon ordinateur.

Je me lève, reprends mes affaires, franchis péniblement les cinq mètres qui nous séparent et me poste à son côté. Je m'apprête à frapper, mais on ne m'en laisse pas le temps. La porte s'ouvre sur une femme bien en chair, qui vitupère dans la langue du pays. Charmant accueil !

Je finis par comprendre qu'elle s'adresse à quelqu'un derrière nous. Je me retourne. De l'autre côté de la ruelle se tient une petite fille à l'air boudeur, les bras croisés. Elle doit avoir dix ans, tout au plus. Je me tourne à nouveau vers notre hôtesse. Soudain, son visage s'illumine comme si elle nous découvrait.

— *Sygnómi*[1], nous dit-elle. Vous êtes Stella et Élisabeth ! Je suis Nausicaa. Entrez !

Elle me prend dans ses bras comme si nous nous connaissions depuis toujours. Puis elle me lâche pour agir de même avec maman. Je sens un frôlement dans mon dos. La fillette se cache derrière moi. Elle me décoche un sourire irrésistible. Je découvre qu'elle cache un chaton dans ses bras. D'un doigt sur ses lèvres, elle me fait signe de ne rien dire.

1. Ce qui signifie « pardon » en grec. *(N.d.A.)*

— Avez-vous fait bon voyage ? nous demande Nausicaa tout en nous précédant à l'intérieur.

— Je suis désolée, poursuit-elle. Vous deviez avoir une chambre chacune. Vous allez devoir cohabiter. Nous avons eu un hôte de dernière minute. Le commandant Edward, précise-t-elle en désignant un vieux monsieur qui descend l'escalier et ressemble à s'y méprendre au capitaine Haddock.

Il me toise et émet quelques grognements qui me dissuadent de protester.

— Nous allons repartir dans ce cas, dis-je.

Je ne me vois pas partager une chambre pendant trois semaines avec maman si ce silence doit persister entre nous. Ce rapprochement forcé me semble trop soudain. Je vois Nausicaa adresser un clin d'œil à ma mère. Je me retourne. La petite me fait un clin d'œil à son tour. C'est un tic familial, ma parole !

— Venez d'abord voir la chambre. S'il vous plaît, me supplie Nausicaa.

Maman la suit dans l'escalier sans attendre ma réponse. Je laisse mes bagages en bas et les suis. Nausicaa nous ouvre une chambre aux murs en terre blanche. L'endroit est simple, frais, propre. Je me dirige vers la fenêtre. Elle donne sur une église.

— C'est l'église Saint-Spyridon. Un des lieux emblématiques de l'île, m'explique Nausicaa.

Je me tourne à nouveau vers la pièce. Et me fige. Je remarque un tableau face au lit, une peinture qui représente un danseur dont on ne voit pas le visage.

— C'est mon fils, précise Nausicaa qui surprend mon regard.

— Il est danseur ?

— Non, guide touristique. C'est important de gagner sa vie.

— Ma fille était professeure de danse, ajoute maman avec orgueil.

— Oh, et vous avez préféré travailler dans une agence de voyages. C'est bien. Vous êtes une enfant raisonnable.

J'ai envie de répondre que je ne suis ni une enfant ni raisonnable. Une moto vrombit dans la rue et m'en dispense. Maman sursaute, moi aussi. Je m'approche doucement d'elle.

— On peut peut-être rester un jour ou deux, si cela te fait plaisir, lui dis-je.

— Je vous laisse discuter entre vous, dit Nausicaa en s'éclipsant.

Celle-ci partie, je m'écroule sur le lit. Quelque chose de visqueux lèche ma main. Je me lève d'un bond en criant. J'imagine un serpent venimeux, une morsure mortelle, le rapatriement à Athènes. Aussi suis-je désarçonnée et soulagée en découvrant qu'une charmante boule de poils est assise sur la couverture, la tête penchée. Je reconnais le chaton blanc tacheté de noir que tenait la petite fille.

Cette dernière surgit de derrière la porte et me fait sursauter une deuxième fois. Elle s'avance vers moi, prend l'animal, le met dans mes bras et pose à nouveau un doigt sur ses lèvres pour me signifier de ne rien dire. Je n'ai pas le temps de répliquer qu'elle a déjà quitté la chambre en courant. Il est hors de question que je cohabite avec maman, et en prime avec ce félin – charmant au demeurant.

Ma mère s'avance et le prend dans ses bras. Je jalouse un peu la tendresse avec laquelle elle le câline. Au point où j'en suis... Vivre en colocation avec maman et un chat n'est pas pire que de travailler avec Constance, non ? Et puis, dans deux jours, nous aurons trouvé un autre port d'attache.

— Deux nuits, pas une de plus, hein, maman ?

Le sourire de gratitude qu'elle m'adresse, le premier depuis que nous sommes parties, vainc mes dernières réticences.

6

Un miaulement me réveille. Il me faut quelques minutes pour me souvenir que je suis à Corfou, dans une chambre avec maman et un chaton, les deux à apprivoiser. Et que je n'ai plus de travail. À la lueur crue du jour, tout cela ressemble à un coup de folie. D'autant plus que les seuls mots que nous avons échangés de toute la soirée d'hier étaient à propos du félin et de la nourriture qu'il nous faudra lui acheter.

Je ne tiendrai pas trois semaines dans ces conditions. C'est décidé, dès ce matin, je pars en quête d'une autre maison d'hôtes.

Je me redresse sur le lit. Mon regard s'attarde sur le tableau qui lui fait face. Sans savoir pourquoi, il me dérange et m'attire à la fois. Je me douche et m'habille à la hâte, referme délicatement la porte en m'assurant que l'animal ne me suit pas et descends l'escalier.

J'arrive dans la salle de petit déjeuner. Quelle n'est pas ma surprise de voir maman et Nausicaa en grande conversation ! Quand elles me voient, elles s'adressent un clin d'œil et s'arrêtent de parler, comme deux conspiratrices.

— La demoiselle boudeuse, c'est ma petite-fille Maria, me dit Nausicaa en me désignant l'enfant plongée dans son bol à l'autre bout de la table. Sa spécialité, c'est de recueillir les chats du quartier. Comme partout en Grèce, il y a beaucoup d'animaux abandonnés. Mais nous sommes une maison d'hôtes, pas un refuge, n'est-ce pas, Maria ?

L'enfant vient se cacher derrière moi – décidément, c'est une habitude – et me glisse un papier dans la main. Je le cache discrètement dans ma poche. Je prends une gorgée de café que Nausicaa vient de me servir tandis que Maria retourne s'asseoir à sa place.

Une silhouette brune fait son apparition et je manque de m'étouffer. La silhouette prend une tartine, nous fait un signe de tête, embrasse Maria, puis disparaît aussi vite qu'elle est apparue.

— Je vous présente Spyros. Je ne comprends pas. D'habitude, il est beaucoup moins taciturne avec nos hôtes, s'étonne Nausicaa.

— Spyros ? est tout ce que je parviens à articuler.

— Oh, ne faites pas cette tête ! Saint Spyridon est le protecteur de l'île. La moitié des hommes de Corfou s'appellent Spyros ! C'est comme Jacques ou Alain chez vous.

Je ne connais ni de Jacques ni d'Alain, en revanche j'ai bel et bien connu un Spyros. Non, une telle coïncidence est impossible. Je dois me raisonner.

— Vous parlez en tout cas très bien notre langue, Nausicaa ! la félicite maman.

— Oh, ma mère était professeure de français. Je n'ai aucun mérite. À la maison, elle nous parlait autant en français qu'en grec. Nous avons conservé cette habitude avec mon fils.

— Qu'est-ce que tu as, Stella ? On dirait que tu as vu un fantôme, me demande maman, qui a remarqué ma surprise.

Je bois une gorgée pour me donner une contenance.

— Non, rien, c'est le café qui est un peu chaud, me justifié-je, heureuse malgré tout qu'elle s'inquiète pour moi.

— C'est curieux. C'est un *ellikinos*. Un café froid, remarque Nausicaa.

J'essaie de me ressaisir. L'amour, c'est fini. Je suis trop ébréchée de partout pour aimer qui que ce soit et pour qu'on s'intéresse à moi. En le voyant, j'ai pourtant éprouvé la même sensation qu'en découvrant le tableau. Comme un coup au cœur.

— Sa compagne, la mère de Maria, travaille et vit à Athènes depuis cinq ans, reprend Nausicaa.

— Cinq ans..., répété-je, pensive.

Maman baisse les yeux. Évidemment, cette durée évoque la même chose pour nous deux.

— Ils n'étaient pas faits pour vivre ensemble, de toute façon, reprend Nausicaa. Elle n'a jamais eu l'instinct maternel. Et moi, j'ai toujours rêvé d'avoir une fille. Alors on a reconstitué une famille, mon fils, ma petite-fille et moi. Maria occupe la maison adjacente à *Sidari* avec son père mais elle passe toutes ses journées avec moi à la pension. Vous avez beaucoup de chance d'être toutes les deux.

— Oui, j'ai beaucoup de chance d'avoir eu Élisabeth pour maman.

Je ne sais pas pourquoi j'ai employé le passé. Maman se rembrunit. Je comprends que je l'ai blessée.

Une sorte de borborygme me sort de mes pensées. Le commandant Edward vient de faire son apparition. Maria court vers lui, puis s'arrête net comme si elle avait vu un fantôme à son tour et retourne s'asseoir. Tout le monde est décidément étrange, dans cette maison !

— Mais j'y pense, il pourrait vous faire visiter l'île ! Je vous assure qu'il peut être très sympathique, reprend Nausicaa en jetant un regard au commandant Edward, qui s'est installé dans un fauteuil à l'écart.

Peut-être ne communique-t-il que par ces sons étranges ? J'imagine déjà la visite de l'île en compagnie de ce grizzli.

— Spyros, je veux dire. Son métier, c'est guide touristique. Sa spécialité, ce sont des visites en très petit comité, jamais plus de cinq personnes. Il pourrait vous faire visiter Corfou, corrige Nausicaa en surprenant mon regard effrayé posé sur le commandant.

Cela ne me rassure pas vraiment.

— C'est gentil, Nausicaa, mais nous devons chercher un autre hébergement, nous ne pouvons rester toutes les deux dans la même chambre.

— Oh, mais vous n'allez pas nous quitter ! se lamente notre hôtesse.

Je surprends le regard un peu perdu de maman, qui me peine.

— Et puis après tout, pourquoi pas... Tu ne crois pas que cela nous ferait du bien, maman ? Il n'y a peut-être plus de place ailleurs, et puis mon patron n'aimerait probablement pas que je change de lieu d'hébergement. Ce serait trop bête de repartir, surtout que tu as toujours rêvé de Corfou.

— J'ai toujours rêvé de Corfou ? Qu'est-ce que tu racontes ?

— Non, je ne sais pas, j'ai dit ça comme ça.

Elle me regarde et me sourit timidement. C'est un bon début. Après tout, je ne vais pas en mourir. En prime, il y a une chance sur mille pour que le fils de Nausicaa soit le Spyros de mon passé et, quand bien même, il m'aurait sûrement oubliée.

— Bien, parfait ! Je vais lui demander d'organiser une visite aujourd'hui, conclut Nausicaa, mettant ainsi fin à nos tergiversations.

7

— On ne va pas à un bal de première année mais visiter Corfou ! me lance maman tout en caressant le chat.

— Je pensais te faire honneur en m'habillant ainsi.

— Si c'est pour me faire honneur à moi..., me répond-elle sur un ton dubitatif.

— Pourquoi dis-tu cela ? Quelle autre raison pourrais-je avoir ?

Pourquoi donc est-ce que je ne peux m'empêcher d'être agressive ? Ce félin est moins sauvage que je ne le suis devenue. Après tout, maman n'a pas tort. Inconsciemment, j'ai peut-être envie de me montrer sous mon meilleur jour pour quelqu'un d'autre.

Je regarde dans le miroir de l'armoire la robe bleue moulante que j'ai choisie et mes chaussures à talons hauts assorties. Je ne me suis pas habillée ainsi depuis une éternité. Ce n'est pas la tenue idéale pour arpenter les rues en pente de Corfou, bien entendu.

J'hésite un instant à me changer, mais le tableau derrière moi m'en dissuade. Ce danseur dessiné de dos sur le port, en tenue traditionnelle, dégage une puissance qui me fascine.

— On devrait lui donner un nom, tu ne crois pas ? me demande maman.

— Il en a déjà un, voyons ! Nausicaa a dit qu'il s'appelait Spyros.

— Je parlais du matou...

— Oui, bien sûr. Qui d'autre...

— Un nom grec pour qu'il ne soit pas trop perturbé, ajoute-t-elle.

Oui, évidemment, puisqu'il ne parle pas le français. Je m'abstiens de faire cette réflexion. Il y a désormais un tel gouffre entre ma mère et moi que je n'ose même plus faire d'humour.

— Oui... Un nom grec, c'est parfait. Que dirais-tu de... Evi Evane ?

— J'aime beaucoup, acquiesce maman.

— C'est une expression de joie. Je devrais plutôt choisir quelque chose qui soit de l'ordre de la malédiction, cela dit. Tu ne crois pas qu'on devrait le relâcher ?

— Pardon ? Tu veux l'abandonner ?

— Évidemment, vu comme ça... Enfin on ne l'a pas adopté, que je sache, donc ce n'est pas un abandon.

— Tu as vu tous ces animaux errants sur l'île ? Nous en aurons au moins sauvé un.

— Ce n'est pas pharmacienne mais vétérinaire que tu aurais dû être !

— Je suis bien d'accord. Les animaux sont souvent plus reconnaissants que les humains.

Mieux vaut ne pas répondre. Cela achève toutefois de me convaincre de chercher une autre maison d'hôtes afin que nous ayons chacune notre chambre. Ou alors il faudrait chasser le commandant Edward, ce qui permettrait de récupérer celle qu'il occupe. Cette idée ne me déplaît pas. Il faudra y songer.

À propos de chat, le papier que m'a confié Maria me revient en mémoire. Je le prends, le déplie et ne suis pas étonnée de découvrir que cela concerne son petit protégé. Si j'en crois son schéma, il s'agit d'un plan de la maison permettant d'accéder à un placard dans lequel elle a caché tout le nécessaire pour le nourrir et le soigner.

J'ouvre la porte. Maria est derrière et se blottit contre moi. Machinalement, je lui caresse les cheveux. Elle met sa petite main dans la mienne. Pour la première fois, je m'attarde sur son visage. Son regard est franc, brillant d'intelligence. Ses traits sont d'une beauté frappante. Son visage ressemble tant à celui de l'homme que j'ai connu à Paris... Décidément, je divague.

La fillette m'entraîne jusqu'à maman. Elle touche doucement son épaule, puis caresse le chat. Il serait difficile de ne pas être attendrie par le trio qu'ils forment.

— Evi Evane, dis-je en désignant le félin.

Maria prend l'animal, le serre contre elle et prononce son nom avec un air réjoui. Puis, elle sort de sa poche un minuscule collier, écrit quelque chose en grec – j'imagine son prénom – sur le tissu, et l'accroche au cou du chat. Enfin, elle le replace dans les bras de maman avec un air solennel et vient se blottir à nouveau contre moi.

Avant de quitter la chambre, elle le regarde une dernière fois avec un air désespéré.

— Tu veux toujours le relâcher ? me demande maman.

— Il faudra bien que quelqu'un s'en occupe quand nous serons reparties demain. On ne fait que retarder le problème.

— Cela t'ennuie tant que ça de cohabiter avec moi ? C'est toi qui as voulu venir ici, non ?

— On étouffe dans cette pièce. Tu ne veux pas ouvrir la fenêtre ? dis-je davantage pour faire diversion que réellement dérangée par la chaleur.

Je n'attends pas la réponse et m'exécute. Tout à coup, je sens un frôlement sur mes jambes dénudées. À peine ai-je le temps de réagir que je vois Evi Evane sauter sur le rebord. En moins d'une seconde, le chaton gagne la rue et court joyeusement vers l'église Saint-Spyridon.

8

— Il est peut-être allé prier à l'église... J'ai laissé la fenêtre ouverte au cas où il se déciderait à rentrer, dit maman.

— Et depuis quand les chats vont-ils à la messe ? Tu es sérieuse ? La bonne nouvelle, c'est qu'il trouvera certainement une bonne âme pour l'adopter !

— J'ai tout de suite vu que tu n'aimais pas cette pauvre bête. À croire que tu as fait exprès d'ouvrir le battant.

— Bah bien sûr, c'était volontaire ! Et je communique avec lui par télépathie pour lui donner des ordres. Celui de s'enfuir, par exemple. Et puis en grec, évidemment.

— Pourquoi es-tu toujours méchante et ironique, Stella ? Si tu ne voulais pas que je vienne avec toi à Corfou, il ne fallait pas me proposer ce voyage.

— Mais c'est toi qui...

Je m'en veux de m'être adressée à elle avec autant de virulence. En prime, je ne peux pas lui parler des feuilles du carnet. Tout en nous disputant, nous sommes arrivées au point de rencontre, là où Nausicaa nous a dit d'attendre notre guide.

— C'est quand même beau, ici, dis-je autant pour changer de sujet que parce que je me sens tout à coup chamboulée par ce décor.

— C'est bien la première chose positive que j'entends sortir de ta bouche depuis que nous sommes arrivées ! Tu n'es pas obligée d'être tout le temps en colère.

Je comprends qu'elle a raison. Il y a en moi une hargne qui me submerge constamment, comme un cri étouffé. Je préfère m'attarder sur ce qui nous environne. Je sais juste que ce lieu qui ressemble à la rue de Rivoli s'appelle le Liston.

J'admire l'esplanade majestueuse en marbre qui borde les arcades. Je trouve cet endroit romantique. J'aimerais tant m'attarder dans un des magnifiques cafés qu'il abrite ! Le cadre idéal pour des retrouvailles.

Pourquoi faut-il que je pense à cela ? Revoir le rustre qui est passé en coup de vent au petit déjeuner n'aura certainement rien d'un rendez-vous galant.

— Ce n'est pas lui, là-bas ? me demande maman.

D'un pas décidé, Spyros se dirige vers nous. Je ne peux m'empêcher de remarquer l'aura qu'il dégage. On ne voit que lui. J'en ai soudain la certitude : c'est bien lui qui m'avait tant bouleversée à Paris. Mes mains deviennent moites, et les battements de mon cœur s'accélèrent. Ce n'est pas le moment de flancher. J'aimerais partager mon angoisse avec ma mère comme je le faisais avant, quand je lui racontais tout.

Je m'adosse à une colonne en prenant un air désinvolte. Une vraie performance d'actrice, me félicité-je intérieurement. J'essaie de me souvenir comment j'étais habillée, le jour où j'ai rencontré Spyros à Paris. Ne portais-je pas cette robe ? Non, évidemment que non, pas un jour où j'allais au travail.

Une vision d'horreur interrompt mes élucubrations. Une sorte de cabri vient de se jeter sur lui. Enfin, une jeune femme blonde, filiforme, perchée sur des talons aiguilles. Tous deux arrivent à notre hauteur.

Garde une contenance, Stella, garde une contenance !

Je n'arrive pas à détacher mon regard de son visage. Plus il s'approche, plus ma fébrilité augmente, plus j'ai l'impression de voir le fascinant danseur de mon souvenir. Peut-être que je perds la raison, ou que tous les Spyros de l'île se ressemblent ? En plus, Nausicaa a dit qu'il n'était pas danseur. Mais alors pourquoi la peinture dans la chambre le représente-t-elle ainsi ?

— Je ne vous ai pas fait attendre trop longtemps ? nous demande-t-il en souriant, stoppant net mes divagations intérieures.

Je constate que son sourire est irrésistible. Il me jette un coup d'œil – beaucoup trop – furtif.

— Je vous présente Stacy, précise-t-il en désignant le cabri. Elle va se joindre à notre visite, comme elle est aussi francophone. Et vous, comment vous appelez-vous ?

— Moi, c'est Élisabeth, et cette charmante demoiselle, c'est ma fille Stella.

Merci, maman ! On dirait que tu veux vendre un article ménager !

Je me sentais de toute façon incapable d'articuler le moindre mot. Spyros ne bronche pas.

— Stacy et Stella, c'est presque pareil, s'égosille l'écervelée.

Je ne vois pas ce que nous avons en commun, elle et moi. Mais j'acquiesce, toujours inapte à prononcer le moindre mot. Stacy s'approche de notre guide, fait un selfie et s'empresse de tapoter sur son smartphone. Sans doute pour partager cette rencontre sur ses réseaux sociaux.

Je regrette de ne pas m'être habillée en jean. Je me sens soudain endimanchée et je n'ai pas envie d'être assimilée à cette fille superficielle.

— Bien, je vous ai volontairement donné rendez-vous en ce lieu emblématique de l'île. Tous les cafés que vous voyez ici ont été construits pendant l'Occupation française, commence Spyros sur un ton dogmatique.

Cette visite s'annonce follement drôle. Maman me regarde avec un air réjoui. C'est déjà ça.

— Et ils sont toujours ouverts depuis ? Mais ils ne sont plus occupés ? demande Stacy.

— Comme ton cerveau, ils ne sont plus occupés, non.

Je ne sais pas si je l'ai marmonné ou juste pensé. Toujours est-il que Spyros poursuit ses explications comme si de rien n'était.

— Le Liston fut construit par Mathieu de Lesseps. Comme vous allez le découvrir, Corfou est une ville aux accents cosmopolites en raison de ses influences française, vénitienne, anglaise et byzantine. Elle est pleine de contrastes, c'est un véritable carrefour de civilisations. Corfou est empreinte de mythologie aussi. Elle doit son nom à la nymphe Corcyre, fille du dieu-fleuve Asopos et de la rivière Métope. Poséidon, tombé amoureux de Corcyre, l'aurait emmenée ici.

— C'est vrai que cette île donne envie de tomber amoureux, remarque Stacy en lançant un regard sans équivoque à Spyros.

— Tu devrais faire comme elle, montrer que tu as de la conversation, m'encourage maman.

Mais elle me pousse dans ses bras, ma parole !

— Ah, parce que tu trouves qu'elle en a ?

Maman hausse les épaules.

— Comme nous ne sommes que quatre, je vous emmène en voiture à l'Achilleion, le palais de Sissi. Si cela vous va, bien sûr, dit Spyros tout en nous menant vers une Mini garée de l'autre côté de l'esplanade.

— Oh, oui, allons chez Sissi ! s'enthousiasme Stacy en sautillant.

— C'est pour toi, maman, le palais de l'impératrice.

— Pourquoi donc ?

— Sissi, Élisabeth...

Décidément. Il va falloir que j'arrête de faire référence à ce journal que je ne suis pas censée avoir lu ! J'ai besoin de m'asseoir, de retrouver mes esprits.

J'ouvre la portière et m'installe à l'avant – ou plutôt m'écroule sur le fauteuil passager – sans rien demander à personne.

— Je suis malade en voiture, j'aurais préféré être au premier rang. Tant pis, restez, je ne veux pas vous déranger. À mon âge, je m'adapte, persifle Stacy.

Bien joué, Stella ! Te voilà maintenant cataloguée vieille et mal élevée !

Spyros s'installe à la place du conducteur, frôle mon genou, puis retire prestement sa main comme si une guêpe l'avait piqué.

— Cela vous ennuie si je mets de la musique ? demande-t-il en se tournant vers Stacy et maman.

Visiblement, je suis transparente. Je fais non de la tête, à tout hasard, au cas où mon avis intéresserait quelqu'un.

— Ah, oui, avec plaisir ! se réjouit Stacy.

Spyros tourne le bouton de l'autoradio. Des sons mélancoliques sur lesquels se pose une voix grave et envoûtante s'en échappent. Sous l'effet de cet air poignant, mes yeux s'emplissent de larmes.

— Au secours, c'est sinistre ! Vous n'avez rien de plus moderne ? s'impatiente Stacy.

Spyros se tourne vers moi. L'intensité de ce regard. Comment l'oublier ? Comment le confondre ? C'est impossible. J'ai l'impression que cette seconde dure une éternité.

— C'est un *rebétiko*, n'est-ce pas ? j'ose demander quand il démarre.

— Vous avez raison, Stacy, c'est sinistre, dit-il en se retournant pour lui adresser un sourire dévastateur et en changeant de station, comme s'il ne m'avait pas entendue.

Une chanson américaine insipide remplace les sonorités grecques. Stacy applaudit. Tandis que la voiture démarre, j'essaie de me concentrer sur le *komboloï* qui pend du rétroviseur pour résister à l'envie de me tourner vers ce visage et de me plonger dans ces yeux pour comprendre l'émotion qui me submerge.

9

Heureusement que le trajet entre le Liston et l'Achilleion n'a duré qu'une vingtaine de minutes. Je me sens au bord du malaise. Notre séduisant guide est parti acheter les tickets. Les jambes tremblantes, je sors de la voiture. Je vacille et me retiens au capot.

— Ça va, Stella ? me demande maman.

Elle pose doucement sa main sur mon épaule. Je me mets à sangloter brusquement comme une enfant. C'est un flot intarissable. Je ne contrôle plus rien. Ma mère retire sa main et me dévisage, apeurée. Je voudrais lui dire que son mouvement de tendresse m'a bouleversée, que revoir cet homme rayonnant pour qui je ne suis rien me chavire, que je ne pensais plus ressentir de telles émotions, que je me sens perdue, que je veux rentrer.

Maman tapote dans mon dos comme si elle hésitait à avoir de nouveau un geste plus tendre. Je ne veux pas qu'on me voie ainsi. Je ne veux pas *qu'il* me voie ainsi. Je me dégage avec brusquerie alors que je rêverais pourtant de me blottir dans les bras maternels. Je regrette aussitôt. Trop tard, je surprends son regard blessé. Elle part rejoindre les autres.

Je me tourne vers la mer pour cacher mes yeux rougis. J'entends la douce voix de Spyros expliquer que l'impératrice a donné ce nom d'Achilleion à ce palais néoclassique en marbre blanc en hommage à Achille, le héros de la guerre de Troie, et Stacy lui répondre que cela tombe bien, que c'est son chiffre porte-bonheur. J'ai à la fois envie de rire et de pleurer.

— On peut soit aller par là, dans le jardin de l'*Achille mourant* – la statue par laquelle Sissi fut tant émue après le suicide de son deuxième fils –, soit dans le jardin des Muses, ou bien entrer à l'intérieur et visiter la salle de bal, propose Spyros.

— Oh, non... C'est triste, la mort ! Parlez-nous plutôt de Sissi, minaude Stacy.

Mon regard se perd dans les jardins luxuriants, les cyprès à flanc de colline, la Méditerranée et la ville au loin.

— J'aurais aimé me recueillir auprès de cette statue, dit ma mère.

Moi aussi, maman. À moi aussi, il me manque.

J'aimerais courir vers elle mais je reste là, figée.

— Entrons plutôt dans le palais. Je crains qu'il pleuve, suggère Spyros.

Je n'avais pas vu le ciel s'obscurcir. J'avais occulté l'idée qu'il puisse pleuvoir sur une île grecque. Je me souviens soudain avoir lu qu'on appelle Corfou « l'île verte » en raison de ses averses fréquentes.

— Pourriez-vous dire à ma fille de nous rejoindre ?

Spyros se rapproche de moi. Il est à portée de souffle. Je détourne la tête dans le sens opposé. Mon visage doit être affreux, et mes yeux boursouflés.

— Je comprends très bien que ce que je raconte ne vous intéresse pas. Mais si vous tombez malade, nous allons devoir vous soigner. Et si vous mourez, payer les frais à votre place. Cela m'ennuierait, toutes ces contraintes.

Il m'exaspère d'autant plus que la douceur avec laquelle il a dit cela contraste avec le cynisme de ses paroles. J'ai envie de me tourner vers lui et de recevoir en retour le sourire qu'il a adressé plus tôt à Stacy. Mais j'ai ma fierté, tout de même.

— Je suis assez grande pour me débrouiller et pas encore assez vieille pour succomber à une pneumonie foudroyante !

À peine ai-je terminé ma phrase cinglante qu'un déluge s'abat sur nous. Les visiteurs se mettent à courir pour se réfugier vers le musée. Je reste là, tétanisée.

Tout à coup, sans trop savoir ce que je fais, je cours en sens inverse. Des touristes s'engouffrent dans un bus, je me joins à eux. Et laisse derrière moi mes rêves d'amour et de réconciliation familiale.

10

Cela fait bien trois heures que je suis dans ce café du Liston, où le bus a déposé ses occupants. Je suis arrivée trempée. Je pense aux prédictions météorologiques de Spyros. Quel mufle, celui-là ! Désormais parfaitement sèche, je n'ai plus aucune raison de rester, si ce n'est que je ne suis pas pressée de rentrer, un peu honteuse de mon coup de folie et de ma mine piteuse. J'imagine Constance dans la même situation. Son allure serait restée impeccable, sans aucun doute.

Le soleil est revenu. Les rues sont à nouveau pleines de joie et de touristes. Je comprends que je n'ai pas un centime, que mon portefeuille est dans le sac de maman, et donc que je n'ai pas de quoi payer les trois cafés que j'ai bus au long de l'après-midi. J'aimerais appeler maman à la rescousse comme j'en avais l'habitude avant, au moindre problème. J'essaie d'expliquer au serveur que je n'ai pas d'argent et que je reviendrai avec la somme demandée, or c'est un adolescent qui ne parle que grec. La communication est donc impossible.

Je profite d'un moment d'inattention et pars en courant. Je ne m'arrête pas, comme si j'avais la police à mes trousses. Décidément, cette île me rend folle ! J'arrive à bout de souffle à la maison *Sidari*. Je me retourne enfin, mais personne ne fait attention à moi.

Je regarde par la fenêtre ouverte sur la rue. Dans la cuisine, maman brosse les cheveux de Maria, qui se tient sagement sur ses genoux. Elles forment un tableau si attendrissant, toutes les deux ! J'aimerais remonter le temps. C'était notre rituel, quand j'étais petite, avant mon départ pour l'école.

Mon cœur se serre. Je m'assieds de l'autre côté de la fenêtre, sur une des deux chaises en bois toujours postées devant la bâtisse. Une musique grecque grésille depuis le vieux transistor. Maria saute à terre, prend ma mère par la main et l'incite à danser avec elle.

J'aimerais être à la place de l'enfant. Je me sens en colère de nouveau. Je rentre et me plante devant elles deux. Maman baisse les yeux comme si elle s'en voulait, puis éteint la radio. Maria se blottit contre moi, et je caresse machinalement ses cheveux. Maman détaille ma piètre dégaine, ma robe froissée, mon air boudeur digne de celui adopté par Maria. Pourquoi est-ce que je redeviens une petite fille devant elle, maladroite et intimidée ?

— Pourquoi es-tu partie si vite, ma chérie ? Tu es comme Evi Evane, tu devais aller prier à Saint-Spyridon ? Ou peut-être que quelqu'un te perturbe, ici ? me demande-t-elle.

J'ignore si c'est le « ma chérie », la tendresse dans sa voix ou sa perspicacité, mais je sens de nouveau les larmes me monter aux yeux. Je prends conscience que Spyros me fait perdre la raison, et que ma mère me connaît toujours mieux que personne et comprend avant moi ce que je ne veux m'avouer.

— Tu m'ennuies avec tes questions !

Pourquoi donc faut-il toujours que je masque mon émotion par de l'agressivité ?

— N'en parlons plus, me répond maman avec indulgence. J'ai nourri le chat, tu devrais aller voir s'il va bien, ajoute-t-elle en m'adressant un clin d'œil.

Je monte dans la chambre. Je regarde partout, or c'est bien ce que je pensais, il n'y a toujours pas de félin. Je me déshabille, coiffe ma chevelure brune en désordre, revêts un jean et un tee-shirt, puis prends mon sac.

Il est temps de prendre les choses en main, de cesser de mentir. Le plan : retrouver le chat, virer le commandant Edward afin d'avoir chacune notre chambre, rester à *Sidari* pour faire plaisir à maman, lui dire tout ce que j'ai sur le cœur, se réconcilier, repartir de zéro.

Je m'assieds sur une marche de l'escalier. Je sors un stylo et une feuille blanche de mes affaires. Je dessine un vieux monsieur qui vocifère devant un chat effrayé, qui lui-même s'envole dans les airs. Ce n'est pas du Picasso mais vu mon niveau en dessin, je suis fière de moi.

Je tends la feuille à Maria, qui arrive à l'instant. Elle détaille longuement mon illustration, puis me regarde avec gravité. Je hoche la tête. Elle part en courant. J'espère qu'elle a compris et convaincra sa mère de mettre dehors le vieil Edward... C'est un petit mensonge, le dernier, pour la bonne cause.

Je m'arrête devant la cuisine. Maman s'est rassise et triture machinalement la brosse à cheveux. Cela va s'arranger. Je vais retrouver Evi Evane. Première étape : l'église. On ne sait jamais. Après tout, les chats aussi ont peut-être des choses à confesser...

11

Il fait nuit désormais. Maman doit dormir paisiblement dans notre chambre de *Sidari*. C'est décidé, à mon retour, je lui parlerai de ce malaise entre nous, de cette distance instaurée par ma faute, de ces cinq années que je regrette. En attendant, cela fait deux heures que je furète partout et que j'interroge les passants pour retrouver Evi Evane. Il y a tellement de chats errants que ce serait plus simple si j'avais une affiche *Wanted* avec un portrait de l'évadé, comme dans les westerns. J'imagine Evi Evane avec un chapeau et un pistolet. Vraiment rien ne va plus dans ta tête, Calamity Stella !

Je m'engouffre dans une ruelle sombre et déserte, loin de l'agitation du Liston. Là où un chaton joueur pourrait se cacher.

Quelques sons depuis le bout de la rue flattent mon oreille. J'avance, comme aimantée. Des néons indiquent une sorte de cabaret nommé *Zorba's*. Je pousse la porte et descends les marches. J'arrive dans une cave, exiguë et bondée. Je reconnais ces notes languissantes et flamboyantes, celles du *rebétiko*. Un homme danse sur scène.

Intriguée, épuisée aussi, je m'installe à la petite table au premier rang, la seule restée libre. L'assistance retient son souffle. Mon cœur bondit. Je reconnais Spyros dans la tenue traditionnelle qui figure sur la peinture de ma chambre. Il est transfiguré. Solaire et majestueux, comme dans mon souvenir. Cette fois, je suis décidée à lui parler après le spectacle. Je dois savoir s'il se souvient de moi.

Il allonge ses bras comme un rapace grandiose déploierait ses ailes. Un verre est posé au sol devant lui. Spyros fixe la salle, visiblement pour inviter quelqu'un du public à le rejoindre. Des doigts se lèvent.

Je me recroqueville et baisse les yeux, puis les relève furtivement. Trop tard. Capturée. Il me fait signe de le rejoindre. Tremblante, je monte sur l'estrade. La musique ressemble à une complainte langoureuse. Spyros commence à danser autour du verre. Je suis éblouie. Avec un sourire narquois, il me défie de l'imiter. Je m'accroche à son regard et me mets en mouvement, lentement puis de plus en plus vite, comme possédée par les notes.

Dans ses yeux, je vois l'ironie céder à la fascination. Les pas me viennent naturellement. Je voudrais que cet instant dure éternellement. Quelqu'un se lève dans l'assemblée. Je me souviens tout à coup que nous ne sommes pas seuls. Je reconnais le serveur du Liston. C'est bien ma vaine !

Spyros me tend la main. J'hésite une seconde. Je jette un œil de nouveau vers la salle. Puis je bondis de la scène, traverse la cave, monte les marches quatre à quatre et cours jusqu'à *Sidari*. Pour la deuxième fois de la journée, j'y arrive essoufflée.

Décidément, je passe mon séjour ici à fuir : maman, Spyros, le serveur. Il est temps de me confronter à la réalité. Je me rassérène en pensant à maman et au fait que je vais enfin pouvoir m'excuser. Mais c'est Nausicaa que je trouve sur le pas de la porte. Quant au commandant Edward, assis sur la petite chaise en bois devant l'entrée, il m'adresse un regard chargé de mépris. Nausicaa met sa paume sur son épaule pour lui faire signe de se calmer. Je trouve étrange cette proximité corporelle avec un simple client mais je suis trop secouée par ce que je viens de vivre pour m'y attarder.

Maria me prend par la main et me conduit jusqu'à la chambre. Je me laisse faire, encore chamboulée. Maman n'est pas là, et ses affaires ont disparu. J'ouvre l'armoire avec un mince espoir. Il ne reste plus que mes vêtements.

Maria me tend une feuille griffonnée de quelques mots, d'une écriture bien connue.

Stella, ma chérie,

Je me suis trompée. Je ne suis qu'un fardeau pour toi. Ce séjour ensemble était une mauvaise idée. Je rentre en France par le dernier avion du soir. Reste. Vis ce que tu as à vivre. Tu auras la chambre pour toi seule. Et la petite Maria aussi. Je crois qu'elle t'aime beaucoup. Tu devrais lui dire la vérité pour le chat. C'est toujours mieux d'être honnête, n'est-ce pas ?

Prends soin de toi.

Maman

J'ai échoué sur toute la ligne. Je me laisse choir sur le lit et regarde Maria. J'ai l'impression que c'est moi, la petite fille. J'aimerais être au jardin des Tuileries, poser ma tête sur l'épaule de maman et redevenir une enfant que l'on console.

12

Devant la porte de l'agence, j'inspire profondément. J'aperçois le carré virevoltant de Constance accomplir sa chorégraphie parfaite. Cela n'a pas été trop compliqué de convaincre la direction de me réattribuer mon poste, faute de candidat pour me remplacer. À peine ai-je franchi le seuil que les notes de Clayderman agressent mes oreilles, et le regard de ma collègue mon orgueil.

— Je savais que cela ne tiendrait pas. Tu sais, c'est tout à ton honneur de reconnaître tes erreurs, ma Stella. Tu pensais quoi ? Reprendre ton petit boulot de prof de danse ? Tu sais, quand on est mère, on doit tout anticiper. On ne peut pas se permettre...

— Oui, JE SAIS, Constance. Bonjour, d'abord. Tu permets que je m'installe avant de me donner ma leçon ?

Voilà, pas même une minute en sa compagnie que j'ai déjà envie de repartir. Je pense à la bienveillance de Nausicaa, à la douceur de Maria, au décor envoûtant de Corfou, au magnétisme de Spyros et du *rebétiko*, et j'ai soudain l'impression que ma place est là-bas.

Arrête de rêver, Stella ! La vie n'est pas une comédie romantique.

Je retrouve mon bureau comme si je l'avais quitté la veille. Le poster du quatuor est toujours là pour me narguer. Je trouve les membres de cette famille encore plus exaspérants.

— Je ne sais pas pourquoi, la Grèce ne m'a jamais attirée. J'ignore ce qu'on peut y trouver de plus qu'à Tahiti, m'assène Constance en me désignant le poster.

Je m'assieds sans répondre, range mes affaires dans mon tiroir. Soudain, la porte s'ouvre.

— Je ne l'ai pas vue pendant ton absence. À croire qu'elle est là pour t'espionner, me susurre Constance.

Désirée vient de faire son apparition. Je suis heureuse de la voir. Cela va me changer du mépris de Madame Tu-sais. Je me lève pour l'embrasser tendrement. Elle prend mes deux mains, me jauge des pieds à la tête.

— Alors, ma Stella, tu vas bien ? J'espère que tu vas bien surtout ! Tu me raconteras votre voyage ?

— Oui, oui. Mais là, je suis au travail, Dési ! Pour quelle destination te passionnes-tu aujourd'hui ?

— Tu es certaine que tu vas bien ?

— Lâchez-lui la grappe. Après un échec, il faut laisser du temps au temps. C'est toujours ce que je dis à Ambroise et Léontine. Oh, à ce propos, je dois aller les chercher au cours de danse, si cela ne t'ennuie pas de fermer à midi, Stella.

Je ne réponds pas. C'est de toute façon plus une invective qu'une question. Désirée pose son portable sur mon bureau et part sélectionner les brochures à disposition des clients sur les étagères.

Son téléphone vibre soudain. Je regarde machinalement. Suis-je victime d'une hallucination ? Non, je reconnais ce numéro. C'est même le seul que je connaisse par cœur. Je lis le SMS.

Bonjour Désirée. Alors, comment va notre petite Stella ? Et pour la destination, prenez la première venue. Comme d'habitude. Élisabeth

Je repense aux mots de Constance. Alors, tout s'éclaire.

— Où allons-nous, cette fois, Désirée ? La Bretagne ? Rennes, ce serait peut-être une bonne idée...

Désirée vient s'asseoir face à moi avec un air d'enfant pris en faute.

— Pourquoi Rennes ? me demande-t-elle en éludant mon regard.

— Cela dure depuis quand ? dis-je en désignant son portable. Tu m'espionnes depuis quand pour le compte de maman ? Vous complotez depuis quand toutes les deux ?

Désirée lit le message, comprend et, cette fois, me fixe droit dans les yeux.

— Depuis ton premier jour ici. Élisabeth s'inquiétait pour toi, tu sais. À un moment tu ne venais plus trop me voir. Alors, on a eu cette idée. Ne sois pas fâchée. Tu es tout pour elle, tu sais. Elle n'osait plus t'appeler. Elle avait l'impression de te déranger avec son chagrin. Tu avais l'air d'aller bien. Tu ne lui répéteras pas que je t'ai dit tout ça ? Je n'en pouvais plus de mentir. Finalement, c'est bien que tu aies tout découvert.

— Les pages du « journal intime » n'étaient pas un hasard non plus, hein, Dési ?

— Oui, elle voulait que l'initiative vienne de toi. Te faire plaisir en te laissant croire que c'était toi qui avais l'idée de ce voyage et qui lui offrais ce cadeau.

Je me lève. Ma grand-mère tremble de tout son être. Puis, je m'approche et la serre dans mes bras. Devant l'air ahuri de ma collègue, je vais vers la chaîne hi-fi et sors le CD de Clayderman. Je le remplace par un autre, que j'avais pris soin d'emporter avec moi.

— Si tu écoutes ça, Constance, tu comprendras ce qu'il y a de plus en Grèce.

Et tandis que je quitte l'agence pour l'ultime fois, les notes déchirantes du *rebétiko* résonnent, me transportant là où se trouve désormais ma place.

13

— Non, ce n'est pas ta mémoire qui défaille, Dési. On s'est bien vues hier. Mais j'ai besoin de ton aide.

J'entre dans le studio de la rue Castiglione sans attendre de réponse tout en laissant glisser une feuille par terre.

— Je sais, ma petite fille ! Ma mémoire est infaillible ! Je te manque déjà ? Je t'ai raconté la fois où on a saboté le Paris-Rennes ? Cela m'est revenu cette nuit. Je me suis dit qu'il faudrait que je le note pour quand tu reviendrais.

— Non, Dési, je ne connais pas cette histoire, dis-je, ne souhaitant pas la contrarier avant ma longue absence.

— C'est quoi, là, par terre ? me demande-t-elle, apercevant la feuille en se redressant.

— Ce doit être à maman... Elle a peut-être encore oublié une feuille de son journal intime.

Ma grand-mère m'adresse un clin d'œil complice et facétieux.

— Je suis contente de voir que tu me crois maintenant quand je te dis qu'elle vient une fois par mois !

Bon, pose-la sur ma table de chevet, ta feuille, je la lui donnerai quand elle viendra. Il est peut-être temps que vous grandissiez, toutes les deux, non ? Mais tu pars déjà, ma petite Stella ? Tu viens d'arriver ! Tu ne veux pas que je t'offre un thé ?

Je songe à l'immonde breuvage qui fait office de thé et je préfère décliner la proposition.

— On se voit la semaine prochaine, de toute façon ?

J'opine du chef et l'embrasse sur le front avec toute la tendresse du monde pour masquer les larmes qui montent.

— Oui, mamie, et tu me raconteras ton histoire de train.

Il n'y a bien qu'elle qui me manquera en France. Mais il est temps de grandir, de recoller les morceaux, de mener l'existence que j'ai envie de vivre. Ma grand-mère a raison : à trente-six ans, tous les possibles s'offrent à moi.

Je sens une bouffée de joie m'envahir et chasser la tristesse à l'idée de ne pas revoir Désirée avant plusieurs mois. Je repense aux mots que je connais par cœur et que maman lira plus tard, quand elle viendra voir mamie. Les mots que j'ai réécrits encore et encore en espérant qu'ils la convaincront de partir chercher la page et le mot manquants sur l'île grecque.

Journal du jour

Ma décision est prise. Je pars pour la Grèce. Un aller sans retour pour Corfou. Je sais que ce en quoi je ne croyais plus est là-bas : le bonheur.

Mon seul regret est de partir sans avoir dit ce que j'avais sur le cœur à maman. Je sais qu'elle se sent responsable de la mort d'Alexandre mais elle ne devrait pas. Seuls la fatalité et un chauffard ivre sont coupables. Elle n'a pas à masquer son chagrin comme j'en ai pris l'habitude, ce sont les indifférents qui doivent avoir honte.

Je voudrais lui dire que je l'attends, que cela fait cinq ans que je l'attends. Qu'on ne peut pas recommencer sa vie de zéro et effacer le passé mais qu'il est possible de la continuer différemment et de se réinventer ailleurs. J'aurais voulu que ces semaines de juillet à Corfou signent le premier été du reste de notre vie.

Je voudrais lui dire qu'elle me manque, qu'on a perdu trop de temps. Et que

14

Comme chaque matin depuis un mois, ma journée commence par un café froid sur la petite table en bois devant la pension *Sidari*. En cette fin août, les rues commencent à se clairsemer, mais la ville reste vivante et si accueillante. Je ne me lasse pas de cette île : sa langueur, ses paysages aussi contrastés qu'enchanteurs... Elle ressemble à Spyros, finalement. Intense et sauvage. Il faut que j'arrête de penser à lui. Difficile quand, chaque matin en me réveillant, ma première vision est le portrait de ce danseur face à mon lit !

Le soleil d'été endolorit mes pensées. Il effleure les quatre petites étoiles sur mon poignet. Je me sens triste brusquement. Je me demande si maman regarde aussi les siennes et si elle pense à moi. J'aimerais tant qu'elle soit à mes côtés. J'ai choisi cette île parce qu'elle avait écrit dans son journal qu'elle rêvait d'y habiter. Sans elle, ma présence n'a pas de sens.

Le bail de mon appartement parisien expire dans six mois. Cela me laisse le temps de réfléchir à ce que je ferai. Mes maigres économies passent dans mes deux loyers, même si Nausicaa a gentiment accepté de me faire un prix. J'aimerais appeler maman pour tout lui raconter, mais nos échanges depuis mon départ se bornent à quelques SMS. Désirée m'a dit qu'elle avait « peut-être pris la feuille », or maman ne m'en a pas parlé.

Mieux vaut me concentrer sur ma leçon quotidienne. Nausicaa me laisse systématiquement un nouveau mot grec à apprendre. Je déplie le papier du jour, mais Maria ne me laisse pas le temps d'en lire le contenu. La fille de Spyros s'installe face à moi, silencieuse, et me désigne d'un regard courroucé les chats errants qui passent à côté de nous. Evi Evane n'a pas réapparu. Elle me tient pour responsable de sa disparition.

Je continue malgré tout d'observer attentivement chaque félin que je croise. Je crains que l'animal n'ait eu un tragique destin et que ma réconciliation avec l'enfant ne soit impossible. Il faudrait trouver un chaton qui lui ressemble mais Maria a une intelligence aiguisée, et je ne suis pas persuadée de pouvoir la tromper. Sans compter que Nausicaa n'est certainement pas prête à accueillir des pensionnaires à quatre pattes.

Je me plonge dans ma tasse pour feindre la parfaite indifférence. Maria se lève brusquement : son père vient d'arriver. Il ne passe pas très souvent. Les relations sont tendues avec Nausicaa, qui exige toujours qu'il continue d'exercer son activité de guide, danseur n'étant pas un métier pour elle.

Cette fois, je suis décidée à lui parler. Je suis lasse de ses esquives. Comme à son habitude, il se contente d'un hochement de tête pour me saluer. Il est suivi de

Stacy. Je ne l'avais pas prévue au programme, celle-là ! Maria se blottit contre elle en me défiant du regard comme un cow-boy dans un saloon chercherait à me provoquer en duel.

— Spyros, je voudrais vous parler, dis-je sur un ton péremptoire.

Bien joué, Stella, superbe introduction ! On dirait que tu convoques un employé que tu vas limoger. Toujours cette satanée agressivité qui revient au galop quand je suis émue.

Les yeux de Spyros se plantent dans les miens. À quoi bon ? Manifestement, il ne se souvient pas de moi. Cette rencontre à Paris n'a rien signifié pour lui.

Le commandant Edward ne me laisse pas le temps de répliquer. Il s'assied devant moi en me tournant ostensiblement le dos. Je le soupçonne d'être un vieux bougon au cœur tendre. Je ne désespère pas de le démasquer.

— *Pappou !* crie Maria.

Je parle encore mal le grec mais je sais que cela veut dire, « papi ». La petite fille met sa main devant sa bouche. Trop tard !

— Que signifie cette comédie ? je demande à Nausicaa, qui vient d'arriver en trombe avec un air coupable.

— En fait, on t'a un peu menti, m'explique-t-elle, gênée. Le commandant est le grand-père paternel de Maria. Pour tout t'avouer, ta maman nous avait prévenus de votre arrivée. Elle a fait en sorte que tu choisisses la pension *Sidari* tout en te faisant croire que c'était le hasard. Ensemble, on a eu cette idée du commandant pour que vous soyez obligées d'occuper la même chambre, toutes les deux.

Je comprends soudain cette épidémie de clins d'œil à notre arrivée. Tout cela n'était qu'un vaste complot pour que maman et moi nous rapprochions. Quel échec retentissant !

Je regarde ma montre. 10 heures, déjà ! Il faut que je me dépêche pour ne pas arriver en retard. Je dois donner mon premier cours de danse grecque dans un hôtel situé à une dizaine de kilomètres de là. C'est Nausicaa qui m'a trouvé cette première élève. Ce n'est finalement pas si différent du contemporain que j'enseignais. Là aussi, ce sont les émotions qui dictent les pas.

— On va vous conduire, me dit Nausicaa, en me désignant le pseudo-commandant.

— Il n'est pas plus commandant que moi et il ne s'appelle pas Edward, je parie ?

— Iorgos, répond Maria fièrement en s'asseyant sur les genoux de son grand-père.

15

Je suis contente d'être arrivée saine et sauve à mon cours ! Spyros nous a accompagnés. Il n'a pas voulu laisser le commandant, enfin Iorgos, aux manettes sans sa surveillance. Je le comprends d'ailleurs, puisque le vieil homme conduit comme il bougonne : sans retenue. Nous avons donc fait le voyage serrés comme des sardines, Maria ayant aussi voulu se joindre à nous. La voiture étant trop petite, il a fallu sacrifier quelqu'un. Stacy a été désignée à l'unanimité. Quel dommage !

Me voilà maintenant assise sur le transat d'une des plages privées de l'hôtel *Imperial*, un splendide palais de style vénitien situé dans la baie de Kommeno. Un endroit idyllique. Oui, c'est ça, un endroit qui donne envie d'être amoureux.

Pour penser à autre chose, je déplie le mot du jour et lis Σε *αγαπώ* (« je t'aime », a traduit Nausicaa à côté). Une écriture enfantine l'a barré pour le remplacer par le mot *Γάτα* (« chat ») accompagné d'un dessin de félin au cas où je n'aurais pas compris le message. Je relève la tête et remarque qu'on s'avance face à moi.

Je reconnaîtrais cette démarche chaloupée entre mille, pourtant, avec ses cheveux teints en brun, elle semble redevenue si jeune que je crois rêver.

Je suis incapable de me lever du transat, clouée par l'émotion.

— Je suis venue chercher le mot manquant, me dit maman, une fois arrivée à ma hauteur.

Comme d'habitude, l'émotion m'empêche de trouver les mots. Je prends dans mon sac ce livre qui ne me quitte pas, *Le Livre de ma mère* d'Albert Cohen. Je recopie soigneusement le petit mot du matin sur la première page et le lui tends.

Maman le lit puis me caresse tendrement la joue.

— Tu sais qu'on ne donne pas de cours de danse assis ? me dit-elle malicieusement. Je suis venue pour cela, non ? Tu vas me l'apprendre cette danse !

Elle prend ma main et m'aide à me lever. Tremblante d'émotion, j'enclenche la musique sur mon smartphone comme je l'avais prévu pour mon élève du jour. Je suis incapable de parler, de toute façon. La danse a toujours été mon moyen d'expression. Les notes envoûtantes du *rebétiko* surgissent. Je ne quitte pas maman des yeux. Elle me dévore du regard.

Je pose à terre le verre que j'avais préparé, déplie mes bras, puis danse autour de plus en plus vite, de plus en plus intensément. Je pense à Spyros, qui dégageait tant de sensualité en accomplissant ces mouvements. J'aimerais qu'il soit là, à me regarder. Soudain arrivent Maria, Iorgos et Nausicaa. La petite tape dans ses mains. Le grand-père, pour la première fois devant moi, oublie d'afficher son air de vieil acariâtre et sourit jusqu'aux oreilles. Quand la musique expire ses dernières notes, je comprends que Spyros est là aussi. Il s'approche, se baisse, boit le verre sans utiliser les mains, en me défiant du regard. Cela ressemble à une parade amoureuse. Les applaudissements fusent.

Soudain, un chat se faufile et s'arrête devant maman. Elle le prend dans ses bras, le serre contre elle et le caresse avec tendresse et lui répète Σε *αγαπώ* tout en me regardant. Je vois les larmes perler au bord de ses yeux. Je ne suis pas jalouse, cette fois. Je sais que ces mots me sont destinés.

Elle place le félin dans les bras de Spyros. Qu'il a l'air empoté avec cet animal ! Je prends maman par la main et l'entraîne sur un transat. Nous nous asseyons face à face. Je ne la lâche pas. Je caresse les quatre petites étoiles sur son poignet. Je me souviens du jour où mon père, mon frère, maman et moi avons fait ce tatouage commun. Nos regards se croisent. Je sais qu'elle y pense aussi.

Maria arrive alors tout excitée avec le chat dont elle a dû être ravie de délester son père. Elle s'assied, pose l'animal sur ses genoux et me montre son collier. Pas possible ! Evi Evane ! Il a grandi, maigri aussi, je ne l'aurais pas reconnu. Maman est vraiment la bonne fée des animaux.

Nausicaa arrive en courant à son tour.

— Cette enfant n'est pas possible ! Elle veut le garder ! Dites-lui, vous, Élisabeth, que la maison n'est pas un refuge !

— Je ne parle pas grec, répond maman avec espièglerie tout en caressant le félin.

— C'est un complot ! s'exclame Nausicaa.

— Et vous deux, vous vous y connaissez en complot, n'est-ce pas ?

Les deux femmes baissent la tête tandis que Maria récupère le chat et le serre contre elle. Elle se confie à sa grand-mère avec un air important.

— Ma petite-fille me dit que son père a regardé le collier, traduit Nausicaa. D'après elle, il avait l'air bouleversé en lisant le nom inscrit dessus. Evi Evane. C'est pourtant une expression de joie, d'habitude !

— Tu devrais y aller, ma chérie, m'enjoint maman. Le rejoindre. Si j'ai inventé ce stratagème avec Désirée pour te faire venir à Corfou, c'est parce que tu m'avais raconté l'histoire de cette rencontre à Paris. Je ne t'avais jamais vue aussi enthousiaste en évoquant quelqu'un. J'ai su que cela avait compté. J'ai pensé que cela te ferait du bien de le revoir, que ce serait peut-être la seule chose qui te redonnerait le sourire. Par son cousin chez Evi Evane et son activité de danseur, je suis parvenue à le retrouver.

Ce geste d'amour me bouleverse trop pour que je puisse répondre quoi que ce soit. Je comprends soudain que si Spyros a été aussi ému, c'est que ce nom a la même signification pour lui que pour moi, et qu'il se souvient. J'ignore où il peut être. Et puis je n'ai pas envie de laisser maman. Pas déjà.

— Nous aurons tout le temps, ma chérie, me dit-elle en devinant mes pensées.

— Tu sais, ajoute Nausicaa, s'il était aussi maladroit avec toi, c'est parce qu'il pensait que tu ne l'avais pas reconnu. Il est fier, notre Spyros. Et aussi parce qu'il nous en voulait de nos manigances. Il a eu l'impression qu'on lui forçait un peu la main.

Une voix vient s'ajouter aux autres :

— À Sidari. C'est là qu'il est. Il va toujours là-bas quand il ne se sent pas bien. Je l'ai vu prendre le bus. Vous savez, les mots ce n'est pas son fort. Bon, vous venez ? Je vous y conduis. Bien sûr, si vous acceptez ma compagnie.

Edward-Iorgos aussi parle donc français ! Je savais bien que je le démasquerais, ce vieux bougon.

Après une heure de route pendant laquelle j'ai pris mon courage à deux mains pour ne pas faire de remarque à Iorgos sur sa conduite hasardeuse de crainte qu'il me laisse en plein milieu du trajet, nous arrivons face aux falaises, devant le canal d'Amour.

Le grand-père de Maria me désigne un homme en train de nager dans les eaux transparentes. Je repense à cette légende sur Sidari selon laquelle les couples qui traversent le canal à la nage restent unis pour toujours. Il ne me déplairait pas qu'elle dise vrai.

Devant le regard estomaqué du vieil homme, je sors de la voiture et, tout habillée, je rejoins Spyros. Il est plus que temps de me jeter à l'eau !

16

Les spectateurs sont là, en nombre, comme chaque samedi chez *Zorba's*. C'est un soir un peu spécial. Tout le monde a pris la pose pour l'occasion. Toute la famille. Ma nouvelle famille. Je regarde le cliché : on y voit Spyros avec son bras autour de ma taille. Nausicaa et Iorgos nous entourent. Mes mains enserrent tendrement Maria devant nous avec, blotti contre elle, son indéfectible Evi Evane que maman cajole.

Je fais lire à maman le texte qui accompagne la photo.

Chère Désirée,

On est riche de son histoire et de ses héritages. Tu me l'as toujours si bien transmis. Et je le sais désormais, nous le sommes aussi de la famille que l'on se construit. Aussi atypique soit-elle. La route du bonheur peut être empruntée à toute heure de la vie.

Avec ma nouvelle famille, nous pensons à toi, et nous attendons que tu nous rejoignes bientôt. Σε αγαπώ.

Stella

Maman me caresse délicatement la joue. Je frissonne du bonheur retrouvé. J'envoie le texte et la photo à Désirée par MMS. Il part aussi vers le numéro de Constance. Je n'ai pas résisté. Que je suis distraite, n'est-ce pas ?

Sous le regard admiratif de maman, comme toujours après les cours de danse que je donne, je rejoins Spyros sur scène. Je prends la main qu'il me tend, avec la même fébrilité qu'au premier jour. J'en tremble déjà d'émotion, car je sais que, dans quelques secondes, portés par le *rebétiko*, nous ne serons plus qu'un. En harmonie avec la danse. Et avec nos sentiments...

Marine au pays des mensonges

ENA FITZBEL

1

Depuis que Quentin et moi nous fréquentons, je n'ai jamais vu mon petit ami aussi tendu. De ses cheveux bruns en bataille, il ne reste qu'une raie bien droite au milieu. Sa bouche, capable de si craquants sourires, forme à présent une ligne fine. Ses yeux sombres épient tous mes gestes.

Qu'il m'invite un soir de semaine dans un restaurant étoilé par le *Guide Michelin* me paraît déjà étrange. D'ordinaire, nous ne dînons que dans des bistrots de quartier. Mais qu'il rapplique habillé d'un costume trois-pièces impeccablement repassé, c'est carrément louche. Je tremble dans mes bas de nylon à l'idée de ce qui se prépare.

Un serveur en livrée nous conduit sous une immense coupole en verre. Les rosaces dorées et les miroirs brillent autant qu'un soleil de midi. Le moins que l'on puisse dire, c'est que l'endroit ne permet pas la moindre intimité. Et pourtant, de nombreux couples s'y trouvent.

Nous nous asseyons à une table garnie de couverts en argent et d'un chandelier. Intimidée par l'ambiance guindée, je n'ose pas prononcer une seule parole. Quentin n'est guère plus loquace. Trente minutes plus tard, nous en sommes au même point. De toute façon, le maniement de la pince à escargots et la découpe des cailles requièrent trop d'attention pour nous laisser le loisir de discuter.

— Tu n'es pas très bavard, aujourd'hui, constaté-je, tandis que le repas touche à sa fin.

— Je t'aime, Marine, réplique-t-il tout de go.

— Euh... oui, moi aussi.

— Énormément. Et je voudrais savoir si...

Il n'achève pas sa phrase. Tout en me lançant des œillades inquiètes, il fouille frénétiquement dans ses poches. Bon, je pense pouvoir affirmer que je suis mal barrée ! Le moment tant redouté approche. D'aucuns exulteraient de bonheur à la vue de l'écrin que Quentin sort. Il peut être lourd de conséquences.

— Nous nous connaissons depuis... quoi ? s'enquiert-il, le front coupé d'un grand pli soucieux.

— Neuf mois.

— Huit mois et vingt jours, pour être exact.

— Quel sens du détail ! ironisé-je afin de masquer mon embarras. On reconnaît là le scientifique !

Tout en tripotant nerveusement l'objet, il hoche la tête mais ne sourit pas.

— Et nous nous entendons bien, reprend-il, soudain très prolixe. Tu es belle, intelligente, fiable. On peut toujours compter sur toi. Tu ferais une épouse et une mère formidable. Nous ne pouvons pas continuer ainsi, à habiter chacun de notre côté. Nous devrions emménager ensemble et officialiser notre relation. Veux-tu devenir ma femme, Marine ?

Si le début de son discours rassemblait un fouillis de propos énigmatiques – quoique flatteurs –, la fin ne prête à aucune équivoque. Quentin souhaite se marier avec moi. Je ne sais que répondre.

Oui, oui, oui, martèle mon cœur, qui bat la chamade.

J'aime cet homme. Je veux faire partie de sa vie. Mais aurai-je le courage de lui révéler mon secret ? Lequel risque fort de ne pas lui plaire.

— Tu hésites ? s'alarme-t-il, les sourcils froncés. Laisse-moi te dire que si tu acceptes de m'épouser, tu ne le regretteras pas. Je serai un mari et un père exemplaire. Jamais je ne manquerai de respect à tes parents. Je serai toujours obligeant avec ton père et ta mère.

Misère ! Il a parlé de mon père. Inéluctablement, il manifestera le désir de lui être présenté. Et là, je serai dans la panade. Mes cachotteries et les mensonges que je lui sers depuis plusieurs mois me reviendront en pleine face, tels des boomerangs, et la vérité éclatera. Je doute que Quentin soit prêt à l'entendre. Je ne me suis jamais essayée à tester les limites de sa tolérance, mais il me semble qu'elles seront vite atteintes.

Sans pour autant manquer d'ouverture d'esprit, mon petit ami est un brin vieux jeu. Il travaille comme ingénieur dans une salle des marchés. Son métier d'analyste financier lui impose une rigueur impitoyable. Il éprouve beaucoup de difficultés à s'en départir dans son quotidien.

Pour lui, un chat est un chat. Chaque chose doit rester à la place que la nature lui a assignée. Quelle sera sa réaction lorsqu'il découvrira la composition de ma famille ? D'avance, je sais que ses parents ne l'apprécieront pas. Je ne les ai jamais rencontrés, mais comme la pomme ne tombe jamais loin de l'arbre, je devine qu'ils partagent le même conformisme que leur fils unique.

— Tu ne dis rien, déplore-t-il. Prends au moins la bague.

Il me tend l'écrin. Je l'attrape avec d'infinies précautions et l'ouvre. Quelle splendeur que ce solitaire ! La pierre précieuse qui l'orne étincelle de mille feux.

— Je... Tu... Il ne fallait... pas, bégayé-je, sentant mes yeux s'embuer.

Alors que je suis sur le point de me noyer dans un océan de larmes, Quentin me passe la bague à l'annulaire. Je ravale mes pleurs et bois la fin de mon verre d'eau pour me donner une contenance.

— Je savais qu'elle t'irait à la perfection, se réjouit-il.

— Elle est... magnifique.

— Or vingt-quatre carats et diamant en provenance de l'Angola. Elle te plaît ?

— Plus que tout.

Là-dessus, je la tourne en tous sens. Des gerbes d'étincelles colorées m'éblouissent.

— Marine, me feras-tu l'honneur de devenir ma femme ? me demande encore Quentin d'une voix enrouée. Je t'en prie, accepte. Je ne peux pas vivre sans toi.

Battant furieusement les cils, je ramène mon regard sur lui.

— Oui... Bien sûr que oui.

— Merci. Tu fais de moi le plus heureux des hommes, murmure-t-il, déposant un baiser passionné sur mes doigts.

Il hèle un serveur. L'instant d'après, deux coupes d'un excellent champagne sont apportées à notre table. Les yeux dans les yeux, mon fiancé et moi le dégustons. Les petites bulles dorées qui éclatent sous mon palais dissipent goutte à goutte mes craintes et mes tourments.

Qu'importe si aucun père n'a veillé à mon éducation ! Deux fantastiques mamans s'en sont chargées avec brio. Je suis persuadée que Quentin les aimerait beaucoup. Elles sont si attachantes, si bienveillantes. Encore faudrait-il que je les lui présente...

À vingt-deux ans bien sonnés, je n'ai plus besoin d'elles pour accomplir mes démarches administratives. Or, pour peu que l'on ne convoque pas le ban et l'arrière-ban, le mariage civil est une formalité comme tant d'autres.

— Je dois absolument annoncer la grande nouvelle à mes parents, puis les faire venir au plus vite, déclare mon petit ami, le sourire aux lèvres.

— Pourquoi les déranger ? Tu m'as dit qu'ils s'étaient installés en Allemagne pour le travail.

— Voyons, Marine, Berlin n'est qu'à deux heures d'avion de Paris. Ils peuvent effectuer l'aller-retour en l'espace d'un week-end. Je les connais bien, ils n'hésiteront pas une seule seconde à venir. Ils auront hâte de te rencontrer et de nous aider à préparer la fête.

Aussitôt, les effets lénifiants du champagne s'estompent.

— La fête ? me récrié-je, aussi paniquée qu'un renard fuyant une bande d'implacables chasseurs. Mais nous n'avons pas besoin d'en organiser une. Ce serait une perte de temps et d'argent. Déposons notre dossier à la mairie. La tienne à Levallois-Perret ou la mienne dans le 4e arrondissement : à toi de choisir. Et dix jours plus tard, nous serons mariés.

— Je ne te comprends pas. Ne me dis pas que tu n'as pas envie d'une cérémonie en grande pompe à l'église, avec tous nos amis et nos familles !

— Hors de question pour l'église, tu sais bien que je suis athée...

— Oui, mais je pensais que tu ferais un effort. Bref, ce n'est pas grave, mes parents et moi pouvons nous adapter à toutes les situations...

Là, j'en doute ! grogné-je *in petto* tandis qu'il m'explique ce qu'il envisage pour les festivités.

Salons du Pré Catelan, au cœur du bois de Boulogne, orchestre de quinze musiciens, fleurs à foison, robe de princesse : tout y passe. Chaque fois que j'élève des protestations, il m'assure qu'il financera les dépenses.

— Avoue que tu n'es pas très coopérative, soupire-t-il. Bon, on en discutera plus tard, j'appelle d'abord mes parents.

S'emparant de son smartphone, il s'exécute. Une... deux... trois sonneries retentissent. Les éclats d'une voix grave me parviennent en sourdine. Quentin annonce la nouvelle à son interlocuteur, puis se lance dans l'exposé de notre soirée, sans oublier de souligner mes réticences. J'ignorais qu'il était aussi proche de son père. Mais après tout, pourquoi l'en blâmerais-je ? J'entretiens une complicité analogue avec mamoune Patricia.

Note à moi-même : cesser de l'appeler ainsi, ça l'exaspère. Petit hic, le vocable « maman » est déjà utilisé pour désigner Fabienne, ma mère biologique.

— Attends, je lui demande ! s'exclame brusquement Quentin, ce qui me fait sursauter.

Couvrant le combiné de sa paume, il tourne vers moi un regard chargé d'espoir et me lance :

— Mes parents veulent absolument te rencontrer. Aimerais-tu leur dire un mot ?

— En fait, je...

Avant que j'aie pu trouver une excuse valable pour décliner poliment son offre, son smartphone atterrit entre mes mains, et son père s'adresse à moi en ces termes :

— Bonsoir, Marine. Je peux vous appeler ainsi, j'espère ?

— Oui, bien évidemment, monsieur.

— Allons, pas de mondanités entre nous. Vous serez bientôt comme notre fille. Appelez-moi Alain...

— Et moi, Véronique, renchérit une voix féminine un peu plus éloignée. Enchantée de...

— Vous avez entendu mon épouse ? l'interrompt son mari. Nous sommes fous de joie de faire votre connaissance par téléphone... en attendant mieux ! Quentin nous a tellement parlé de vous.

— Ah ! Et je..., soufflé-je, dans l'incapacité d'en dire plus tant son flot de paroles se déverse.

— Ainsi, vous occupez un poste à responsabilités dans une entreprise de BTP.

— Oui, je suis...

— Vous êtes comptable, n'est-ce pas ?

— Tu oublies que Marine a aussi une âme d'artiste, rebondit Véronique.

— Vous chantez...

Et tandis qu'Alain énumère toutes les qualités que je suis censée posséder, mes orteils se recroquevillent dans mes escarpins. Je sens un petit rire nerveux me monter à la gorge. À l'aide ! Sortez-moi de là ! Je jette un regard implorant à mon fiancé, qui me répond par un sourire désolé.

— Qu'est-ce que j'apprends ? Vous ne voulez pas d'une fête ? scande son père, une fois ses louanges prodiguées.

— Quel dommage ! déplore Véronique.

— En fait..., commencé-je, avec la ferme intention de m'imposer.

— Nous viendrons à Paris le mois prochain et nous vous ferons changer d'avis, décrète Alain. Nous en profiterons également pour rencontrer vos parents. Mais auparavant, Quentin devra faire sa demande officielle.

— Sa demande ? répété-je bêtement, chamboulée par toute cette histoire.

— Il le faut ! Tant que votre père n'aura pas accordé votre main à mon fils, nous ne pourrons pas officialiser votre union, vous comprenez ?

Quelle question ! La situation n'a jamais été aussi claire. Ça y est, me voilà au pied du mur ! En prime, Alain et Véronique sont conformes à l'image que je m'en faisais : conservateurs jusqu'au bout des ongles ! Avec eux dans la boucle, je me prépare à passer des nuits d'insomnie.

2

La meilleure manière de contacter quelqu'un urgemment est sans conteste le téléphone. À la rigueur, je pourrais laisser un message et attendre la réponse. Avec mon oncle Stéphane, le frère aîné de mamoune Patricia, aucune de ces méthodes ne fonctionne les jours de semaine. Il est pédiatre et n'aime pas être dérangé dans l'exercice de son métier. Je n'ai d'autre choix que de prendre rendez-vous, au même titre que ses patients en couche-culotte.

Stéphane est non seulement mon parrain, mais il a longtemps été mon médecin traitant. Bien qu'ayant passé l'âge de le consulter, je m'adresse toujours à lui pour débrouiller les problèmes épineux. Mamoune, sa sœur cadette, pense qu'il me sert de référent paternel. Le brave type auprès duquel je suis supposée compléter mon processus d'identification et qui m'aurait aidée à couper le lien fusionnel avec ma mère biologique. Parfois, ses raisonnements me gonflent. Vous avais-je dit qu'elle était psychanalyste ? Petit conseil d'ami : en sa présence, pesez chacune de vos paroles, car elle ne se privera pas de les décortiquer à travers le prisme de concepts lacaniens.

Ces considérations mises à part, j'aime beaucoup oncle Stéphane. Il a toujours été pour moi un interlocuteur digne de confiance, qui n'a jamais éventé mes secrets. Je téléphone à sa secrétaire et, après moult jérémiades, parviens à dégoter un rendez-vous en tout début d'après-midi.

Je dépose une demi-journée de congé. Puis, bravant les embouteillages, je quitte la capitale par un boulevard périphérique surchargé et avale les quarante kilomètres qui me séparent du centre de Chessy, attenant à Disneyland Paris. Le cabinet de mon oncle se trouve dans une maison de village. N'ayant aucun mal à me garer devant chez lui, je me félicite du bon déroulement des opérations. En revanche, sa salle d'attente bondée me fait presque regretter d'être venue.

Les quarante-cinq minutes pendant lesquelles je patiente me donnent à réfléchir sur mon avenir. Pourquoi ai-je accepté cette fichue demande en mariage ? Tel que je connais Quentin, il voudra très vite des enfants. Or ceux qui s'ébattent à mes pieds ou gigotent dans le giron de leur mère me coupent toute envie de procréer.

— Il fait ses dents ! se justifie l'une d'elles tandis que son nourrisson braille à tue-tête, la goutte au nez.

Excuses acceptées ! Toutefois, j'aimerais bien savoir pour quelle raison cette fillette hyperactive s'acharne sur son baigneur à coups de hochet, tout en sautillant à cloche-pied...

À l'appel de mon nom, je bondis de mon siège, soulagée, et me précipite dans le bureau de Stéphane. Quoique penché sur sa table de travail en désordre, il domine la pièce de sa stature colossale. Je le salue à haute et intelligible voix.

— Assieds-toi, Marine, me dit-il, affairé à remplir une fiche. Je termine et je suis à toi.

Il n'est guère plus âgé que mamoune, mais son crâne chauve et ses verres épais le font paraître plus vieux.

— Malade ? s'enquiert-il, sans cesser de griffonner.

— Non. Je vais bien, mais...

— Si tu avais besoin d'un certificat médical ou d'une ordonnance, il suffisait de le demander à ma secrétaire.

— C'est beaucoup plus grave que ça, exagéré-je, dans le seul but de capter son attention.

Intrigué, il relève la tête, son stylo en suspension. Par-dessus les lunettes juchées au bout de son nez effilé, il me scrute de ses yeux bleus perçants.

— Je t'écoute, m'enjoint-il d'un ton posé.

— Eh bien, voilà, je me marie.

Une grimace se dessine sur son visage. Pas la peine d'en rajouter, il a cerné mon problème.

— Arrête-moi si je me trompe : tes mères ne sont pas au courant, et ton futur époux ignore tout de leur existence, rebondit-il.

Le sentant réceptif, je me détends. Dans mon esprit, les mots se bousculent, aussi débité-je mes phrases à toute allure.

— C'est tout à fait ça. Je ne peux pas leur en parler. C'est trop tôt. Parce que si je le faisais, elles tiendraient à rencontrer Quentin – c'est mon fiancé. Lui s'imagine que j'ai un père et une mère. Je l'ai un peu leurré sur ma situation. Rien de méchant, bien sûr, simplement, je n'avais aucune raison de clarifier les choses avant que notre relation s'intensifie. Hier, il m'a proposé de l'épouser. Et maintenant que j'ai accepté, je me trouve bête. Si je lui révèle la vérité sans prendre des pincettes, il risque de se fâcher. J'ai besoin de toi pour...

— Tu as eu tort de te fourrer dans cet imbroglio, me coupe aussi sec mon oncle.

Aussitôt, je me renfrogne, car il ne va pas tarder à me faire la morale.

— Attends de tout savoir avant de me juger ! grincé-je. Quentin veut un grand mariage avec une grosse fiesta, plein d'invités et tout le tintouin...

— De quoi réunir toute la famille.

— Et encore, je nous ai évité le supplice d'une cérémonie religieuse. C'était moins une que Quentin ne m'emmène devant le curé.

— Ainsi, tout est pour le mieux, commente Stéphane, aussi farouchement laïciste que moi. Retourne voir ton Quentin et avoue-lui tout. S'il t'aime, il comprendra pourquoi tu as tant hésité à lui parler de tes mères.

— Non, pas possible ! Figure-toi qu'il est très conservateur, et ses parents encore plus. J'en ai eu un aperçu hier soir. Ils souhaitent que leur fils fasse une demande officielle et dans les règles auprès de mon père.

— Je ne vois rien de choquant à cela.

— Tu plaisantes, là ? ricané-je amèrement. Je te rappelle que je n'ai pas de père, moi !

— Et cela te pose un souci ?

— Jusqu'à présent, non. Mais dans ce cas précis, plutôt. Je me moque de ce que ses parents penseront des miens. Mon problème concerne Quentin, et tout ce que j'ai omis de lui dire.

— C'est donc le bon moment pour réparer tes erreurs, déclare mon oncle, remontant ses lunettes sur son nez. Patricia le prendrait très mal si elle apprenait que tu as honte d'elle.

— Je n'ai pas honte d'elle... J'en ai juste ras le bol de mener des combats qui ne sont pas les miens. Je veux une vie simple, exempte de guéguerres contre tous les hétéros mal embouchés de la planète.

— Tu me déçois, Marine. Tu ne fais pas honneur à tes mères, et surtout à ma sœur. Elle s'est tant battue pour toi. Pour que tu aies précisément cette existence normale à laquelle tu aspires. Tu ne devrais pas dénigrer son dévouement.

D'un certain côté, Stéphane n'a pas tort. Mamoune ne mérite pas un tel traitement de ma part. Pas après ce qu'elle a fait pour moi. Je ne connais pas de personne plus courageuse qu'elle. En plus d'avoir osé revendiquer son homosexualité auprès de ses proches, elle a su leur imposer Fabienne – ma mère biologique et accessoirement sa femme. Ce positionnement offensif ne s'est pas arrêté là puisqu'elle a veillé à ce que sa famille me reconnaisse comme l'une des leurs, alors même que je ne suis pas de son sang.

Par la suite, il lui a fallu redoubler d'efforts pour que son entourage lui octroie un statut de mère, là où la loi le lui refuse toujours. Elle s'est énormément investie durant toute mon enfance, elle insistait constamment pour participer à mes bains, me border ou me raconter des histoires avant le coucher. Jusque très tard, c'est elle qui m'accompagnait à l'école et surveillait mes devoirs.

Elle n'a pas voulu se conformer au modèle des familles recomposées, où elle n'aurait eu qu'un rôle subalterne. Auprès de mes professeurs, elle se présentait comme ma seconde maman. Vous l'aurez compris, elle jouait la transparence à fond et optait pour une visibilité totale, que ce soit avec ses proches ou de simples quidams.

Je n'ai jamais eu son courage. Depuis mon entrée au collège, et ce afin d'éviter les moqueries et les brimades de mes camarades, je mens par omission. Ce père que je n'ai pas a toujours de bonnes excuses pour ne pas répondre présent. Je suis capable de lui inventer des alibis à la pelle. Cette sorte de flou que je laisse planer sur la composition de ma famille m'a probablement sauvée de l'ostracisme social.

— Je n'ai pas l'intention de mentir éternellement à Quentin, lancé-je, rompant un silence embarrassant. Mais comprends-moi, je ne peux pas lui raconter la vérité sans l'avoir préparé au préalable. J'ai besoin d'un peu de temps. En attendant, tu pourrais...

— Ôte-toi immédiatement cette idée de la tête. Il est hors de question que je me fasse passer pour ton père auprès de ton fiancé.

— Je ne pensais pas à ça. Mais si j'expliquais à Quentin que mes parents sont partis en voyage à l'autre bout du monde – en Chine, par exemple – et, qu'en leur absence, c'est toi qui tiens le rôle de chef de famille...

Je m'interromps net en le voyant grimacer de plus belle. Le rictus qui lui soulève la lèvre supérieure n'est guère engageant.

— S'il te plaît, tonton, le supplié-je. Accepte de rencontrer Quentin. Je promets de tout arranger très vite.

— Ce solitaire... C'est lui qui te l'a offert ? me demande-t-il, désignant du menton les mains que je suis en train de tordre.

Tout en me levant de ma chaise, je lui montre ma bague de fiançailles. Elle jette de vifs reflets alentour, comme autant d'appels au secours.

— Le diamant est superbe, constate-t-il. Quand avez-vous prévu de vous marier ?

— Nous n'en avons pas encore discuté, mais Quentin semble pressé.

— Ce garçon m'a l'air très amoureux. Et toi, l'aimes-tu ?

— Énormément. Je souhaite faire ma vie avec lui, m'enflammé-je dans un élan d'enthousiasme.

La grimace qui crispait ses traits se transforme alors en un beau sourire.

— Je m'en voudrais de contrarier vos projets. Que dirais-tu de dimanche ?

— Dimanche ? m'étonné-je.

— Oui. Je vous invite à déjeuner au restaurant. Ton fiancé pourra ainsi faire sa demande auprès de ton oncle, ci-présent.

— Vrai... vraiment ? Tu acceptes ?

— À la condition expresse que tu t'engages à régulariser la situation vis-à-vis de tes mères.

— Promis, juré, lâché-je, me retenant de lui sauter au cou.

Hochant la tête, il s'empare de son carnet d'ordonnance, griffonne quelques lignes dessus, déchire la première page et me la tend.

— Voici l'adresse du restaurant. Rendez-vous dimanche à midi et demi. Je viendrai seul. Ton fiancé et toi, soyez ponctuels.

3

La maison de mes mamans se situe dans une commune voisine de Chessy. Ma visite chez mon oncle achevée, je décide de passer les voir. Elles travaillent à domicile, aussi suis-je assurée de les y trouver.

Aurai-je le cran de leur annoncer mes fiançailles ? Je ne crois pas. J'aurais trop peur qu'elles ne me harcèlent pour rencontrer Quentin. De fil en aiguille, la laideur de mes cachotteries éclaterait au grand jour.

Ai-je raison de ne pas les mêler à la demande officielle en mariage ? Définitivement, oui ! Je marche sur des œufs dans toute cette histoire. Le moindre faux pas me les mettrait à dos. Une fois la corvée de dimanche expédiée, je préparerai Quentin mentalement à la réalité des faits. Cette entreprise ne s'opérera pas en un jour. Plusieurs semaines me seront nécessaires.

Je commencerai par lui montrer des films sur l'homoparentalité. *Tout va bien ! The Kids Are All Right* pourrait constituer un bon début, même si je n'apprécie guère la façon dont le sujet est traité. Il y est question d'un couple de Californiennes qui vivent paisiblement avec leurs deux adolescents. Mais lorsque ces derniers partent en quête de leur géniteur puis l'abordent, l'équilibre de leur famille chancelle. Pourquoi avoir dépeint l'absence du père biologique comme un vide à combler ? Le mien ne m'a jamais manqué. Bref.

Je poursuivrai l'éducation de Quentin par la série *The L World*, dans laquelle deux amies gays recourent au don de sperme pour avoir des enfants ensemble. Ces allusions subtiles à ma situation devraient me permettre de la dégeler. Seulement après, j'envisagerai de présenter mon fiancé à mes mères.

J'ai bien conscience que ces élucubrations défient la logique. Une petite voix dans ma tête m'enjoint de dévoiler le pot aux roses au plus vite. Les conséquences catastrophiques qui s'ensuivraient me terrifient. Je n'ai pas hérité de l'armure adéquate.

Traitez-moi de lâche, je ne vous contredirai pas. Mais comprenez-moi bien : je ne veux pas me séparer de cette bague qui trône à mon doigt et dont les reflets illuminent mon avenir. Je ne veux pas perdre Quentin. L'intolérance des uns et la méfiance des autres ont déjà causé assez de ravages dans mon faible cœur. Tout au long de ma courte vie, mon réseau de relations n'a cessé de s'effilocher. Il suffisait que l'une d'elles découvre ma situation pour qu'elle prenne ses distances. À ce jour, mon cercle d'amis en est réduit à peau de chagrin. Cette fois-ci, je refuse de finir sur le banc de touche.

Aux alentours de 16 heures, je pénètre dans le lotissement. Pour quiconque n'est pas muni d'un bon GPS, il est quasiment impossible de se repérer dans ce lacis de ruelles aux pavillons identiques. Celui où j'ai passé mon enfance se niche au fond d'une impasse. Plusieurs véhicules sont garés devant. Je me trouve une place un peu plus loin, range ma bague de fiançailles dans mon porte-monnaie et, plaquant un beau sourire sur mon visage, rejoins le perron.

Je n'ai pas sonné qu'un homme chargé d'un cabas rectangulaire et coiffé d'un casque à la visière baissée ouvre la porte à la volée et la franchit.

— Droit, le sac ! l'apostrophe-t-on depuis l'intérieur.

— Pas de souci ! mâchonne le motard qui, déjà, enfourche sa grosse cylindrée. Je connais mon métier.

Sur ce, il démarre en trombe dans un infernal vrombissement de moteur et disparaît. Maman Fabienne est traiteur à domicile. Il n'est pas rare que des livreurs aillent et viennent ici. Guidée par une bonne odeur de cannelle, je me dirige droit vers la cuisine. Affairées autour d'une pièce montée, maman Fabienne et mamie Brigitte me tournent le dos, ainsi ne détectent-elles pas ma présence.

L'œil attendri par leur apparente complicité, je n'ose pas me manifester. Elles n'ont pas toujours été aussi proches l'une de l'autre. Qui le croirait en les voyant œuvrer de concert ? Pupille de l'assistance publique, mamie Brigitte n'a pas eu plus de chance en amour qu'avec sa famille, son époux étant décédé d'un cancer foudroyant trois ans après leur mariage. En apprenant l'homosexualité de sa fille unique, elle a probablement compris qu'il lui faudrait faire son deuil de petits-enfants et de la grande famille qu'elle rêvait tant d'avoir. Peut-être est-ce pour cette raison qu'elle s'est brouillée avec sa fille, ma mère biologique. Ma naissance a d'abord été un choc pour mamie, avant de devenir une source de joie. Depuis, les deux femmes sont inséparables, dans la vie de tous les jours comme dans les affaires.

— Tu étais là depuis longtemps ? me demande maman, ce qui me tire de mes réflexions.

— Non, je viens juste d'arriver...

Je n'achève pas. Elle s'est précipitée sur moi pour m'étreindre fortement. Comme chaque fois qu'elle me presse contre elle, une profonde émotion me submerge. Je l'aime tant. Je ne laisserai personne la blesser. Et pourtant, n'est-ce pas ce que je m'apprête à faire ?

— Tu pleures ? me demande mamie, dans les bras de qui j'atterris ensuite.

— C'est à cause de la fumée, improvisé-je.

— Je t'avais dit de mettre la hotte aspirante sur « trois », déplore maman.

— C'est bon, je le fais tout de suite, capitule ma grand-mère, joignant le geste à la parole.

— N'es-tu pas censée travailler aujourd'hui ? continue maman.

— J'ai pris un après-midi de congé et, comme je passais dans le coin...

— Un rendez-vous amoureux en prévision ? pouffe mamie.

— Cesse de la cuisiner, proteste gentiment ma mère avant de me présenter une chaise. Assieds-toi, Marine. Tu tombes bien, on vient de confectionner des gâteaux pour la commande de ce soir. Je vais te servir. Tu es trop maigre. Tu devrais te reposer de temps à autre… et surtout manger !

— Tu exagères, Fabienne. Marine est svelte.

— Oui, eh bien, il faudrait qu'elle se renfloue un peu…

Tout en me préparant une assiette de mignardises et une tasse de thé à la menthe, les deux femmes se lancent dans une discussion animée sur le diktat de la minceur, les formes généreuses de Marilyn Monroe et les corps faméliques des mannequins de défilés.

Toutes les deux bien en chair, elles ont un visage rond et avenant, des yeux vert olive et une épaisse chevelure rousse, dont je n'ai pas hérité. C'est à se demander si je possède les mêmes gènes qu'elles. Et pourtant, tel est le cas. Mes mères ont fait appel à une banque de sperme belge pour me concevoir. Je suis le fruit d'un ovule de Fabienne, fécondé par un parfait inconnu.

Et comme il est question de ce dernier, laissez-moi vous dire que le hasard fait parfois bien les choses puisque j'ai hérité de lui des yeux bleus et des cheveux blonds identiques à ceux de mamoune Patricia. Mais s'agit-il vraiment d'un coup de chance ?

D'après les informations glanées à droite et à gauche, mes parents ont sélectionné le donneur sur catalogue, selon des critères quelque peu discutables. Son âge au moment du prélèvement : trente-cinq ans. Ses origines : caucasiennes. Son niveau d'étude : bac plus sept. Ce qu'elles n'ont pas osé me révéler – par simple ignorance ou dans le but de ménager ma sensibilité, qui sait ? –, c'est si elles ont eu accès à d'autres options comme la religion ou l'orientation politique.

Je devine toutefois que ma conception leur a coûté une petite fortune, dans la mesure où leur choix a été facturé au prix fort. De plus, comme elles ont dû tenter l'expérience à trois reprises avant que Fabienne tombe enceinte, elles ont déboursé la somme requise autant de fois.

— Comment trouves-tu les gâteaux ? me demande maman, tandis que j'enfourne ma troisième mignardise. Pas trop écœurants ?

— Je te répète que je n'ai pas forcé sur le sucre, soupire mamie.

— Moi, je pense le contraire.

— Mais non, vos bouchées sont succulentes. Comme d'habitude ! balayé-je, dans un souci d'apaisement. Cet éclair au chocolat miniature est délicieux. Et j'ai adoré la tartelette aux framboises ainsi que le baba au rhum.

— La vérité sort toujours de la bouche des enfants, jubile ma grand-mère.

— Marine n'est plus une gamine, proteste ma mère avant de s'adresser à moi. Goûte aussi le macaron à la pistache, pour voir.

— Là, je n'ai plus faim. Mais je t'assure que tu ne dois pas t'inquiéter sur la qualité de vos pâtisseries. D'ailleurs, votre pièce montée est magnifique.

Mon regard dérive vers la confection à trois étages, décorée de rubans et de fleurs roses en isomalt. En apercevant les figurines d'un couple assorties du prénom des intéressés, je deviens blême. « Quentin et Marine », pourra-t-on bientôt lire sur ma propre pièce montée. Le rappel brutal de ma traîtrise réussit à ternir ces retrouvailles.

— Nous t'en ferons une encore plus grande quand tu te marieras, décrète ma grand-mère.

Elle me décoche un clin d'œil. Je ne peux m'empêcher de tressaillir. Serait-elle au courant de mes projets ?

— Nous attendons tous ce jour avec impatience, ajoute-t-elle, tout en donnant un coup de coude à maman. Pas vrai ?

— Mais tout à fait. J'en rêve. Je verrais bien un gâteau à six étages, avec des angelots et des fées.

— Des angelots... Des fées ? C'est ringard, rechigne mamie.

— Moi, je dis que Marine est notre petit ange tombé du ciel. Notre fée. Il faut que tout le monde le sache. Quoi qu'il en soit, on sera au taquet, le moment venu.

— Au taquet pour quoi ? Aurais-je raté un épisode ? nous lance une voix chaleureuse derrière nous.

Celle de mamoune Patricia. Trouvez-moi vite un trou de souris, et je disparaîtrai dedans !

4

Blonde, élancée, avec des yeux bleus d'une limpidité particulière, mamoune n'a physiquement aucun mal à se présenter comme ma mère. La ressemblance s'arrête là. Je suis loin de posséder son élégance sophistiquée. Très exigeante avec elle-même, elle s'habille toujours à la dernière mode, ne se montre jamais sans un maquillage impeccable et des ongles parfaitement manucurés. Pas un cheveu ne dépasse de sa mise en plis. Malgré cette absolue intransigeance, toute sa personne exsude la grâce et la douceur.

Eh oui ! N'en déplaise à tous les homophobes de la terre, mamoune – tout comme maman – ne perpétue pas les sempiternels clichés de la *lesbienne* garçonne et rustaude. Que je déteste ce mot entaché d'hostilité larvée ! Il est trop souvent associé à l'image de la « camionneuse » aux manières brusques et à l'aspect négligé.

Quand cessera-t-on de cataloguer les individus au regard de leur orientation sexuelle ? Le genre des êtres humains ne devrait pas se réduire à une classification binaire. Pour de multiples raisons, notre société en a décidé ainsi, affectant des qualités à chacune des deux catégories. Est largement répandue la croyance selon laquelle les hommes doivent être énergiques et compétitifs, là où les femmes seront émotives et attentionnées. Leurs comportements obéiront également à des stéréotypes : les premiers, à l'esprit soi-disant plus logique, excelleront dans le bricolage, tandis que les secondes, prétendument minutieuses, s'occuperont mieux des tâches ménagères et des enfants.

La sphère familiale, puis l'école participent à véhiculer ces clichés. À ce sujet, je me souviens d'un épisode choquant au lycée. L'une de mes camarades de seconde s'était vu proposer une orientation en filière paramédicale. Ses notes en mathématiques et en physique n'étaient guère brillantes, certes, mais celles de certains garçons de notre classe l'étaient encore moins. Or, ils avaient reçu un avis positif pour poursuivre des études scientifiques.

Cette équation simplifiée selon laquelle chacun et chacune doit obligatoirement s'inscrire dans ce schéma à deux entrées n'a pourtant pas été adoptée par toutes les civilisations. En témoignent les tribus amérindiennes. Avant l'arrivée des colons européens, la plupart d'entre elles laissaient tout individu libre de choisir l'un de ces cinq genres : homme, femme, homme-femme, femme-homme ou transgenre. Les enfants étaient vêtus d'habits neutres avant de pouvoir se décider.

Les hommes-femmes et les femmes-hommes, aussi surnommés « êtres aux deux esprits », étaient très respectés, car leur capacité à voir le monde à travers les yeux de ces deux genres était considérée comme un cadeau du ciel. Dans ces sociétés aux rôles figés – les hommes à la chasse, les femmes à la cueillette –, les Deux Esprits occupaient une place à part et pouvaient exercer toutes les activités d'ordinaire réservées uniquement à l'une des deux identités.

— Nous parlions de mariage, répond maman, tout sourire.

— Effectivement ! rebondit mamoune, le regard fixé sur la pièce montée. Votre gâteau est majestueux. Vos clients vont l'adorer.

Tassée sur ma chaise, je prie tous les dieux de la création pour que le sujet ne ricoche pas sur moi.

— Mais c'est ma petite princesse que je vois là ! s'exclame soudain mamoune, les yeux écarquillés par la surprise. Si je m'attendais à ça !

Penaude, je me lève. Elle m'enlace alors avec tendresse.

— Je suis si heureuse que tu nous rendes visite, me dit-elle, me couvrant de baisers.

— Et moi donc ! répliqué-je, bercée par les notes caressantes de sa voix.

— Regarde ce que tu as fait ! maugrée maman. Tu l'as bariolée de rouge à lèvres.

— C'est bon, je l'essuie, s'excuse mamoune, se hâtant de frotter mes joues avec un vieux mouchoir en papier. Qu'est-ce qui t'amène ici, ma princesse ?

— Elle passait dans le quartier, lui explique mamie.

— Vous l'avez nourrie, j'espère ? s'inquiète mamoune, qui me serre toujours dans ses bras.

— Plutôt deux fois qu'une, riposte maman, piquée au vif. On a tout ce qu'il faut pour ça. Ne devrais-tu pas t'occuper de tes patients ?

— Justement, si !

Aussitôt, mamoune me relâche et affiche un air soucieux.

— J'ai besoin d'un figurant. Tout de suite. Ma séance va bientôt commencer.

— Je ne peux pas ! tranche maman, désignant son tablier maculé de farine. Je bosse, là !

— Moi non plus, rétorque mamie. Nous attendons le livreur, et ensuite nous enclencherons la commande pour un dîner de huit personnes.

Tous les regards se tournent alors vers moi. Aïe ! Mon petit doigt me dit que je ne pourrai pas échapper à la corvée.

— En fait, je ne faisais que passer..., me dérobé-je.

— On n'en aura pas pour longtemps, rebondit mamoune, qui m'a attrapée par la main et, déjà, m'entraîne vers son cabinet, dans une dépendance contiguë à la maison. Promis !

Et c'est parti pour une séance de thérapie familiale symbolique, la discipline dont Patricia s'est fait une spécialité ! De formation lacanienne, elle a récemment délaissé la psychothérapie analytique, basée sur la réflexion et la logique, pour favoriser l'approche émotionnelle inventée par Carl Whitaker.

Cette dernière part du principe que c'est par l'expérience que l'on apprend le mieux. Elle se fonde également sur l'idée que les interactions dans la famille sont susceptibles de générer des névroses traumatiques et des comportements déviants. Partant de ces deux constats, le thérapeute doit instaurer une sorte de jeu de rôles. Le sien consistera à libérer la parole des différents membres – qu'ils soient présents ou non. Pour ce faire, il stimulera les conflits, encourageant ainsi une prise de conscience collective.

Je vous épargnerai les détails, mais retenez que ce type de thérapie nécessite des gogos comme moi.

— Ne pourrais-tu pas utiliser des bonshommes Playmobil ? demandé-je, pleine d'espoir, alors que nous nous arrêtons à la porte de son cabinet.

À la place de vraies personnes, mamoune se sert parfois de figurines auxquelles elle attribue des rôles. En les animant comme des marionnettes, elle parvient ainsi à recréer le climat familial du malade.

— Pas aujourd'hui. Je reçois plusieurs patients.

Eh mince ! Je suis faite comme un rat. Après avoir traversé la salle d'attente vide, je pénètre à sa suite dans une pièce décorée dans les tons pourpres. Un vieux divan s'adosse au mur de l'entrée ; un secrétaire en bois s'appuie contre celui du fond. Entre les deux trônent six chaises disposées en cercle. Sur l'une d'elles, je reconnais la voisine du pavillon d'à côté, qui m'adresse un timide sourire. L'air renfrogné, un homme et une femme d'une quarantaine d'années occupent deux sièges attenants. Une adolescente taciturne leur fait face. Mamoune et moi nous asseyons là où nous pouvons.

La séance débute par l'expression des difficultés rencontrées par la petite famille. M. et Mme Delaunay ne cessent de se plaindre des frasques de leur fille Lola.

Laquelle demeure muette et boude. Souhaitant envenimer le climat déjà délétère, mamoune parle à sa place et s'amuse à formuler ses présumés griefs contre ses parents. Très vite, le ton monte entre les deux parties.

Habituée à ce genre de spectacle, je ne bronche pas. D'expérience, je sais que mamoune va pousser très loin le bouchon afin d'activer le stress par la confrontation et l'amplification des divergences. D'aucuns pourraient presque penser qu'elle a perdu la raison tant son discours manque de logique. On se croirait dans une pièce de théâtre de l'absurde, genre *Rhinocéros* d'Eugène Ionesco. Notre voisine ne réagit pas davantage, même si elle me paraît un peu soucieuse. Qui ne le serait pas à la vue de gens, supposément civilisés, se crêpant le chignon et tenant des propos saugrenus, voire incohérents ?

— Ah, mais ça suffit maintenant ! hurle M. Delaunay. Cette femme est complètement cinglée. Venez, on s'en va.

— C'est ainsi que vous concevez le bonheur de Lola ? rétorque mamoune du tac au tac. Comment peut-elle s'épanouir au milieu de tous vos reproches ?

— Nous étions une famille unie et très heureuse avant de vous rencontrer, pérore Mme Delaunay.

— Pourtant, vous êtes ici. Toujours vissés à vos chaises.

— Arrête de lui parler, gronde le père. Tu ne vois pas qu'on a atterri chez les fous ?

— Je sais, je suis folle de vouloir vous aider... Et si nous demandions à mes adjointes de nous remplacer ? Nous avons bien besoin d'une pause. Marine, assise à votre droite, représentera la colère rentrée de Lola. Nicole jouera les censeurs à votre place. Et moi, j'arbitrai le débat.

M'extirpant de ma torpeur, je me prête au jeu. S'ensuit un dialogue à trois, où la famille assiste à une dispute carabinée entre ma mère, la voisine et moi. Nous devenons plus extrêmes que M. et Mme Delaunay. Lesquels, gagnés par l'inquiétude, finissent par se rapprocher de leur fille et se mettent à chuchoter.

Sur le signal de mamoune, Nicole et moi nous taisons brusquement. Une conversation s'installe entre les patients. Peu à peu, des caractères se dessinent : un père sujet aux crises de colère, une mère étouffante et intrusive, une adolescente qui a recours au mensonge pour se protéger.

Fatalement, j'en viens à me questionner sur ma propre situation. Moi aussi, je suis une menteuse professionnelle. Pourtant, mes mères n'ont jamais élevé le ton avec moi, pas plus qu'elles ne se sont mêlées de mes affaires. Je m'en veux... je m'en veux terriblement. Je ne les mérite pas. Mais à ce stade, je ne pourrai plus reculer. La demande officielle en mariage se fera sans elles.

5

— J'avoue que je suis perplexe, se plaint mon fiancé, après un long silence pendant lequel il a regardé le paysage champêtre d'un vert tendre. Je pensais que je rencontrerais tes parents.

En ce dimanche matin d'avril, nous avons emprunté ma voiture pour nous rendre à l'adresse indiquée par mon oncle. Il nous a invités dans l'un des nombreux restaurants de Disney Village, tout près de chez lui.

— Oui, je sais que c'est un peu déroutant, m'excusé-je platement. Mais ils sont actuellement en Chine.

— Je pourrais les appeler.

— Impossible ! tranché-je vivement. Ils ont coupé leurs téléphones portables. On ne peut communiquer avec eux que sur Weibo. C'est tellement fade, les réseaux sociaux ! Et puis, il y a le décalage horaire, qui ne joue pas en notre faveur.

— Tout de même, j'ignore si tes parents accepteront que je demande ta main à une tierce personne.

— Ne t'en fais pas, ils sont d'accord. En leur absence, c'est mon oncle qui assume la charge du chef de famille.

Par chance pour moi, nous arrivons enfin à destination, ce qui m'évite de tomber dans les contradictions. Je me gare dans le parking aérien situé juste au-dessus de la gare de Marne-la-Vallée. Mon coup de frein clôt notre discussion. Tandis que nous rejoignons l'esplanade à la sortie du bâtiment, je constate que la grisaille parisienne nous a suivis jusqu'ici. Peu importe. Main dans la main, nous gagnons l'entrée de Disney Village.

Dans mon enfance, je fréquentais beaucoup cette zone commerciale et de divertissements, dont l'accès est gratuit. Presque tous les week-ends, mes parents et mamie Brigitte m'emmenaient y faire les boutiques, assister à des spectacles ou rencontrer les illustres personnages de Mickey, Minnie et Donald. J'adorais cet endroit. Mon élément préféré était sans aucun doute la montgolfière qui surplombe le lac.

Mon oncle Stéphane, ma tante Sarah et mes trois cousins nous accompagnaient souvent. Ma place de benjamine me garantissait un traitement de faveur. Tout le monde me gâtait. Si vous saviez combien je me suis amusée avec eux ! Nous prenions plaisir à traîner dans les hôtels à thème des alentours. Nous nous retrouvions ainsi projetés dans des univers enchanteurs : un pueblo mexicain, un ranch de cow-boys, un lodge des montagnes Rocheuses américaines et un resort de station balnéaire de la Nouvelle-Angleterre. Quel dépaysement pour moi, jeune Parisienne qui n'avait jamais voyagé !

Les longues soirées d'hiver, nous profitions des illuminations, et même parfois des feux d'artifice tirés depuis le parc d'attractions. Tous ces moments de bonheur en famille sont gravés dans mon cœur. Je chéris leur souvenir et m'y raccroche quand ma vie d'adulte me pèse trop...

Une fois à l'intérieur de Disney Village, nous nous frayons un chemin dans la foule des badauds, agglutinés çà et là, et terminons notre marche devant le *Rainforest Café*.

— Attends, me dit Quentin, particulièrement anxieux. J'ai besoin d'un petit encouragement.

— Comme quoi ?

Je n'ai pas achevé qu'il me tire à lui et m'embrasse fougueusement. Son baiser m'ôte tout sentiment de culpabilité. Cet homme vaut bien quelques mensonges. Alors que notre étreinte se prolonge, des applaudissements retentissent autour de nous.

— C'est ma fiancée ! s'écrie Quentin à la cantonade, saisissant ma main gauche pour exhiber ma bague. Je l'aime et je vais l'épouser.

Ce n'est pas son genre de se donner ainsi en spectacle. L'ambiance féerique lui a probablement déteint dessus. Rouge de honte, je regarde mes pieds, ce qui ne m'empêche pas d'entendre quelques hourras.

— Allons-y ! chuchoté-je, l'entraînant vers la porte.

Nous pénétrons dans l'espace boutique. Un énorme serpent mécanisé s'agite au-dessus de nos têtes. Je sais pertinemment qu'il n'est pas réel, pourtant, je ne peux réprimer un frisson, me serrant davantage contre Quentin. Un aquarium en forme d'arche marque l'entrée de la salle de restaurant. Alors que nous la dépassons, je suis transportée sous un autre ciel. Imaginez un bout de forêt tropicale plongée dans la pénombre. Sous des arceaux de feuillage et de lianes se dressent des tables et des chaises en bois brut. D'innombrables animaux exotiques robotisés nous accueillent de leurs cris, accrochés à des troncs noueux, comme les perroquets, les toucans et les cacatoès. Certains surgissent d'un enchevêtrement de branchages et de fougères. À notre gauche se trouvent un hippopotame à la gueule béante et un rhinocéros. Plus loin, un zèbre est enfoui dans un fouillis végétal. Suspendus au-dessus de nos têtes, des singes nous apparaissent parfois à la lueur d'éclairs accompagnés de tonnerre.

Un serveur vient à notre rencontre. À l'annonce de nos noms, il nous conduit au fond de la salle, où mon oncle est déjà attablé. Sa silhouette se détache sur celle d'un éléphant grandeur nature, ce qui ne le rend pas moins impressionnant.

— Bonjour, les jeunes, nous dit-il d'une voix chaleureuse. Asseyez-vous, je vous attendais.

— Souhaitez-vous boire quelque chose ? nous demande le serveur.

Comme nous optons unanimement pour des mojitos, un barrissement salue notre choix. L'employé du restaurant n'a pas tourné les talons que Quentin se lance. Saisie d'appréhension, je tremble dans mes baskets.

— Je suis enchanté de faire votre connaissance, monsieur...

— Appelez-moi Stéphane, c'est plus convivial.

— Et moi, Quentin. Marine m'a tellement parlé de vous.

— En bien, j'espère ? ironise mon oncle.

— Pour qui me prends-tu ? ronchonné-je. Jamais je ne te critiquerais dans ton dos.

— Qui sait ?

— Marine n'est pas comme ça, s'indigne Quentin, imperméable à la raillerie. Elle est loyale et franche.

— Bah ! soupire Stéphane théâtralement. Parfois, on croit connaître les gens, et on découvre un jour qu'on se trompe.

Me sentant largement visée, je m'enfonce dans mon siège et m'absorbe dans la contemplation d'un aquarium bleuté. Sympa, la vie d'un poisson ! Ça va et ça vient tranquillement dans son bocal. Pépère, l'animal. Personne ne lui demande de rapport détaillé sur ses origines. D'ailleurs, sait-il seulement qui sont ses parents ? Mais peut-être devrais-je le plaindre, lui qu'on a sans doute capturé et retiré de son habitat naturel pour le maintenir en captivité dans un tout petit espace...

Tandis que ces réflexions affluent dans mon esprit, Quentin et mon oncle engagent une discussion aimable. J'en profite pour parfaire mon éducation sur le monde du football et de la politique. Quelle paire de bavards ! Même si j'en avais envie, ils ne me laisseraient pas en placer une.

— Eh bien, Marine ! Tu ne bois pas ? m'interpelle soudain mon oncle, un sourire malicieux aux lèvres.

Découvrant qu'un cocktail s'est matérialisé devant moi, je plonge mon nez dedans, ce qui me fournit l'excuse idéale pour continuer de me taire. Comme dans un rêve, je passe ma commande. Il faut dire que l'ambiance exotique du *Rainforest Café* ne m'incite pas à affronter le monde réel. J'avale une salade composée au fromage de chèvre sans même en sentir le goût. Des bribes de conversation enjouée, mêlées au babillage des oiseaux, diffusés dans des haut-parleurs invisibles, me parviennent en atténué.

Mais lorsque nos desserts nous sont servis, je suis bien obligée de redescendre sur terre. En effet, un silence austère s'est établi entre mes deux compagnons de table. Je hasarde un regard vers l'un, puis vers l'autre. Plus un sourire n'éclaire leurs visages. Les traits de Quentin se sont crispés. Un rictus nerveux tord la lèvre supérieure de mon oncle.

— Si j'ai souhaité vous rencontrer, Stéphane, c'est parce que j'ai une demande importante à vous soumettre, dit soudain mon fiancé, tandis que je m'apprêtais à lâcher une imbécillité pour réchauffer l'atmosphère.

— Je vous écoute, Quentin.

— Bon... alors... Donc, je... Marine... Nous..., bégaie-t-il.

— Détendez-vous, mon ami, et respirez un grand coup, ou vous allez faire une syncope.

S'exécutant, l'intéressé inspire profondément, expire, puis débite :

— J'aime votre nièce et je souhaite l'épouser. Elle possède tout ce qu'un homme peut désirer pour être heureux. L'honnêteté, l'intelligence, la gentillesse, la beauté. Je serais honoré de pouvoir l'appeler ma femme et de la protéger. Aussi ai-je l'immense privilège, Stéphane, de vous demander la main de Marine.

À bout de souffle, Quentin s'arrête net. Un éclair illumine l'épaisse voûte végétale. Le tonnerre gronde. Sur des charbons ardents, je guette les réactions de mon oncle, qui tarde à répondre. Il ouvre la bouche, la referme...

— Vous avez ma bénédiction, articule-t-il enfin.

Alléluia, il a dit oui ! Voilà, l'épreuve est passée, je peux cesser de suer à grosses gouttes. Quentin a obtenu l'assentiment qu'il requérait. Ses parents et lui seront contents, nous allons pouvoir avancer avec plus de sérénité.

— Mais..., ajoute Stéphane avec une grimace, laissant sa phrase en suspens.

Hein, quoi ? Quelle mouche le pique ? Pourquoi donne-t-il l'impression d'avoir mordu dans un citron ? Surprenant son regard à la dérive, j'en viens à me demander s'il n'est pas atteint d'un strabisme causé par le manque de lumière. Il louche carrément, là !

— Salut, la compagnie ! Ça rigole sec, ici. Ça donne envie de se joindre à vous. Vous nous invitez pour le café ? lance derrière moi une voix que je connais très bien.

Celle de mamoune Patricia, dont les intonations recèlent une pointe d'aigreur. Et je parie que maman Fabienne l'accompagne. Un nouvel éclair embrase la salle ; je devine que leurs yeux en jettent à foison. Un coup de tonnerre craque, les articulations de mon oncle aussi.

Et.

Merde.

Ça va barder pour mon matricule.

6

— Marine, Stéphane ? Quelle surprise de vous trouver ici ! renchérit maman d'un ton tout aussi mordant. Et qui est donc ce charmant jeune homme ?

Je me tourne vers elle. Ses yeux verts me foudroient à bout portant. Ceux de mamoune ont la couleur d'un océan agité par la houle. Penaude, j'abaisse le regard et tombe sur leurs mains enlacées. Je suis persuadée que Quentin les a aperçues. Comme entrée en matière, on ne peut pas faire plus explicite.

— Je laisse à votre chère fille le soin de vous le présenter, soupire mon oncle.

— Votre... fille ? balbutie Quentin, ses yeux oscillant entre mes deux mères. La fille de qui ?

— La nôtre ! le rembarre presque mamoune.

— Et la... la Chine, alors ?

— Lachine : connais pas ! riposte maman. Eh oui, Marine est notre fille. Mais je suppose que vous n'êtes pas au courant.

— Que... Qu'est-ce... Que faites-vous... ici ? bégayé-je, soudain très à l'étroit dans mes souliers.

— Fabienne et moi venons parfois déjeuner ici. Tu l'ignorais ? m'épingle mamoune, mielleuse. En tout cas, Stéphane le sait, lui.

— Tonton ! m'écrié-je, outrée par sa félonie.

— Oh, ça va ! Pas la peine de me regarder ainsi ! bougonne l'intéressé. Tout le monde est libre d'aller manger où il veut.

— N'est-ce pas ? rebondit sa sœur. Donc, Fabienne et moi étions tranquillement à table quand…

— Votre fille ? répète Quentin, toujours aussi perdu.

— Oui, la nôtre ! lui répond abruptement maman avant de s'adresser à moi : Nous déjeunions derrière l'aquarium, que tu n'as cessé de regarder fixement. C'est d'ailleurs surprenant que tu ne nous aies pas remarquées.

— Sauf que nous, on te voyait parfaitement, grince mamoune, l'air carrément revêche.

— On peut s'asseoir ou nous ne sommes définitivement pas les bienvenues ?

Tandis que Quentin hoche la tête comme un culbuto de voiture, mon oncle se lève en faisant racler sa chaise.

— Je dois y aller. Une course urgente…

— S'il te plaît, tonton, reste, l'imploré-je.

— Ne t'en fais pas, Marine, tout ira bien. Je vous laisse, je vais régler la note au comptoir.

Après avoir échangé une poignée de main énergique avec mon fiancé, il se carapate, me laissant en très fâcheuse posture. Coincée entre Quentin, qui me dévisage comme une bête curieuse, et mes mères. Elles n'ont pas attendu qu'on leur propose un siège pour s'installer en face de moi. Je me retrouve prise entre deux feux.

— Bon, tu nous présentes, Marine ? me lance mamoune.

— Quentin... Fabienne... Patricia, éludé-je, les désignant tous tour à tour.

— Puisque notre fille se contente du minimum syndical, permettez-moi de compléter les présentations. Nous sommes ses mères, et je présume que vous êtes son petit ami ?

— Son fiancé, pour être exact.

Jusqu'à présent, j'avais pris soin de garder ma main gauche sous la table, à l'abri des regards. Mais lorsque Quentin la saisit et la brandit tel un trophée, ma bague se retrouve exposée à la vue de tous.

— Très jolie ! scande maman, les lèvres pincées.

— C'est un superbe solitaire, en effet, lâche mamoune. Et ça remonte à quand ?

— Mercredi.

— Dommage que nous n'ayons pas été tenues au courant.

Un drame cataclysmique se joue présentement. Pour sûr, il y aura de nombreux dégâts. Je me sens si mal. Un nouvel éclair suivi d'un coup de tonnerre éclate sous la voûte végétale. Il ne m'en faut pas davantage pour me mettre à trembler.

— Mais... donc... Où est le père de Marine ? demande Quentin qui, visiblement, n'a pas encore tout bien compris.

— Elle n'en a pas. Mais elle a deux mères qui l'aiment et avaient toute confiance en elle, réplique amèrement mamoune, me jetant un regard d'une noirceur inégalée.

— Donc... Marine n'a pas de père...

— Eh non ! ricane maman. Vous avez devant vous un bel exemple de famille homoparentale moderne. Encore aurait-il fallu que notre fille vous en parle !

— N'est-ce pas, Marine ? renchérit mamoune.

— Marine ? ajoute Quentin, un air de reproche dans les yeux. Je n'aurais jamais cru que tu me mentirais.

Me bouchant mentalement les oreilles de peur de l'entendre prononcer les mots « trahison », « déception » ou même « perte de confiance », je bondis de ma chaise et me précipite vers la sortie. Qu'ils me cassent du sucre sur le dos, si ça leur chante, mais qu'ils ne comptent pas sur moi pour les écouter.

7

Que la vie peut être pénible parfois ! Comme Atlas, condamné par Zeus à porter la voûte céleste sur ses épaules, je ploie sous le poids de la culpabilité. Depuis le fiasco de dimanche dernier, je me terre dans mon coin, telle une pestiférée. Je ne souhaite plus voir ni entendre personne – hormis au bureau, bien évidemment. Je ne réponds plus au téléphone et ignore mes messages, car j'imagine qu'ils ne me veulent pas du bien.

J'ai été affreuse !

Mes proches ont toutes les raisons de me détester. Ne les ai-je pas trompés odieusement ? Par ma faute, mon fiancé a cru que j'appartenais à une famille dite « classique ». Confrontées à ce désaveu cinglant de leur maternité, mes mères s'en sont offensées. Aurait-ce été si difficile de m'excuser plutôt que de m'enfuir en courant ?

Non, carrément pitoyable.

Je devrais cesser de fustiger mon manque de courage. Après tout, je ne souhaitais heurter personne. En mentant par omission, je pensais même épargner les susceptibilités des uns et des autres. Bon, eh bien, c'est loupé ! Sans compter que mamie Brigitte sera sacrément déçue quand elle apprendra ma traîtrise.

Alors que je me morfonds devant mon téléviseur, une part de pizza quatre fromages entre les mains, on sonne à ma porte. Je n'en tiens pas compte et me concentre sur mon émission de téléréalité culinaire. Qu'ils aillent tous au diable et me laissent ruminer en paix !

Le carillon de l'entrée tinte de plus belle. Je continue de l'ignorer. Il ou elle finira bien par se lasser.

— Ouvre, Marine... C'est moi, Quentin ! me crie le susnommé depuis le palier.

Machinalement, je tripote mon solitaire. Est-il venu le reprendre ? Il serait en droit de le réclamer. Ma trahison justifie amplement qu'il veuille rompre nos fiançailles.

— Allez, ouvre-moi ! insiste-t-il tout en tambourinant sur le battant. Je sais que tu es devant ta télé. Je l'entends.

Maudites constructions modernes. Leurs murs sont aussi épais que du papier toilette. Je me hâte de couper le son.

— Marine n'est pas là, revenez plus tard, lâché-je, déguisant ma voix.

— Mon œil ! Je t'ai reconnue. Cesse de faire l'enfant et laisse-moi entrer. Il faut qu'on parle.

— Je n'en ai pas envie.

— Veux-tu que j'appelle la concierge pour qu'elle m'ouvre ?

Bon sang ! Cet obstiné serait bien capable de mettre ses menaces à exécution. Et tel que je connais

Mme Gensac, toujours prête à rendre service, elle accepterait de lui agréer. De guerre lasse, je quitte mon canapé, rejoins la porte en traînant les pieds et l'ouvre à la volée. En découvrant la tête effarée de Quentin, je comprends que j'ai sauté une étape : celle qui consiste à se refaire une beauté. Mes yeux rougis, ma grenouillère licorne en molleton, cette pizza dégoulinante de fromage ne renvoient pas une image ragoûtante de ma personne.

— Et ta ligne ? articule-t-il, choqué.

— Si tu es venu récupérer ta bague, je te signale que donner, c'est donner, reprendre, c'est voler, rétorqué-je du tac au tac.

— Ce n'est pas un peu fini, ce boucan ? gronde ma voisine de palier par l'entrebâillement de sa porte.

— Dépêche-toi, entre ! soufflé-je à mon fiancé avant de nous enfermer à l'intérieur.

— Mais enfin, Marine, je ne te reconnais plus. Cela ne te ressemble pas de te laisser aller ainsi. Tu manges de la malbouffe, tu ne réponds plus à mes appels ni à mes SMS. Je m'inquiète beaucoup pour toi. Et d'abord, pourquoi t'es-tu enfuie comme une voleuse dimanche ?

— Ne fais pas semblant de l'ignorer, tu le sais très bien.

— J'ai pas mal discuté avec tes mères après ton départ. Je ne t'en veux pas de m'avoir caché leur existence.

— Vraiment ? J'en doute, riposté-je avec méfiance. J'ai trahi ta confiance. Je t'ai menti. Je vous ai menti à tous...

Un léger trémolo perce dans ma voix et m'empêche de poursuivre. Quentin profite de ce court silence pour confisquer ma part de pizza.

— Je peux ? me demande-t-il, me couvant d'un regard attendri.

— Fais-en ce que tu veux. De toute façon, je n'ai plus faim.

Après s'être débarrassé de ladite part de pizza sur la commode de l'entrée, il nous essuie les mains avec un mouchoir, puis m'entraîne vers le salon. Les jambes flageolantes, je le suis. M'aurait-il pardonné ? Si vite et sans même de sévères réprimandes ?

— Je... je ne voulais pas te blesser, commencé-je.

— Je le sais.

— J'avais peur... que tu ne comprennes pas.

Tandis qu'il éteint le téléviseur, je me laisse tomber sur le canapé et rajuste ma capuche licorne. Assez tremblé ! Je suis forte... et tellement stressée. Toutefois, je veille à garder la tête haute. Mes yeux ne se détourneront pas des siens, braqués sur moi. Il s'assied à mes côtés et passe un bras autour de mes épaules.

— Crois-moi, je comprends parfaitement tes hésitations à te confier, déclare-t-il, posant le menton sur mon crâne, juste à côté de ma corne torsadée.

— Pourtant, tu tenais tellement à faire les choses dans les règles. Pour toi, c'était si important de demander ma main à mon père. Tes parents n'auraient pas supporté qu'il en soit autrement. Et moi, je vous ai tous trompés. J'ai tout gâché...

Hors d'haleine, je m'interromps. Quentin m'étreint plus fortement et m'apporte un peu de réconfort.

— Je te répète que je sais ce que tu ressens, rebondit-il avec douceur. Vois-tu, le frère cadet de mon père est gay. Mes grands-parents ne l'ont jamais accepté. Ils le forçaient à prendre des remèdes homéopathiques pour le « soigner ». Comme si l'homosexualité était une maladie ! Et puisque mon oncle refusait la psychothérapie qu'on lui imposait, il a été chassé de la maison.

— Mais c'est affreux ! m'écrié-je, révoltée.

— Je ne te le fais pas dire. Mon père l'a alors aidé financièrement à s'installer au Canada, où il rêvait d'aller. Il a ainsi rejoint une communauté LGBT d'entraide. Il vit maintenant à Toronto et y est très heureux. Mes parents et moi le voyons tous les ans. La dernière fois, c'était en juin. Son petit ami et lui s'étaient rendus à Paris pour assister à la Gay Pride. Si je te raconte tout ça, c'est pour te prouver que, dans ma famille, nous sommes tolérants et jamais dans le jugement. Tu aurais pu me révéler l'existence de tes deux mères.

— Pourquoi ne m'en parles-tu que maintenant ?

— J'avais peut-être peur que tu ne te moques de mon oncle.

— Jamais je n'aurais fait ça ! m'offusqué-je, me repoussant en arrière pour le regarder droit dans les yeux.

Les sourcils froncés, il me scrute avec défiance. Une expression de souffrance erre sur son visage, j'ai l'impression d'avoir touché un point sensible.

— L'été où j'ai obtenu mon baccalauréat, ma professeure principale avait organisé une fête au lycée pour les élèves. Les parents étaient également conviés. Ce jour-là, mon oncle était de passage à Paris, il s'est tout naturellement joint à nous. Je n'oublierai jamais les remarques fielleuses et moqueuses qui ont accueilli ses allures maniérées et son accoutrement extravagant.

— C'est honteux, commenté-je, ulcérée. Les mentalités n'évolueront-elles donc jamais ?

— Je rêve moi aussi d'un monde plus juste et plus tolérant. Mais je ne crois pas que ce soit pour demain.

Nous demeurons un petit moment silencieux, serrés l'un contre l'autre, les yeux perdus dans le vide. Je ne peux m'empêcher de penser que la situation des homosexuels et des transgenres n'est guère enviable. On les maltraite ; dans certains pays, ils encourent la peine de mort. On aurait cependant pu espérer que leurs conditions de vie s'amélioreraient suite aux événements consécutifs au décès de Judy Garland.

Cette actrice célèbre pour son interprétation de Dorothée dans *Le Magicien d'Oz* est l'une des idoles vénérées par les homosexuels. Le soir de ses funérailles en juin 1969, une descente de police dans un bar gay new-yorkais a mal tourné. Encore ébranlés par la disparition de leur icône, les clients ne se sont pas dispersés, et des émeutes ont éclaté. Après trois jours de révolte, le mouvement de libération homosexuelle naissait. L'année suivante, la Gay Pride Week était célébrée par ceux qui se surnommaient les « amis de Dorothée », en référence à l'actrice qui, comme eux, souffrait du formatage de la société.

Pauvre Judy Garland, astreinte à un régime draconien par l'entreprise cinématographique qui l'employait, afin de conserver un physique d'adolescente. La Metro-Goldwyn-Mayer l'avait même obligée à fumer jusqu'à quatre-vingts cigarettes par jour en guise de coupe-faim. Par la suite, elle est devenue accro aux médicaments, qui l'aidaient à tenir le rythme effréné des tournages. Ce sont d'ailleurs eux qui l'ont tuée. Autre temps, autres mœurs !

— Et si on sortait boire un verre pour se changer les idées ? me suggère soudain Quentin, me tirant de mes réflexions. Je n'ai pas dîné, et tu en profiterais pour prendre un dessert.

— Avec plaisir, répliqué-je, tout sourire. Mais d'abord, je vais m'habiller.

Sur ce, je me lève d'un bond et m'apprête à filer dans ma chambre.

— Pourquoi ? me demande Quentin, d'un ton faussement candide. Tu es très jolie ainsi... en petite licorne rose des temps modernes.

Il n'a pas achevé sa phrase que j'attrape un coussin et le lui lance à la tête, feignant la colère.

— Raté ! s'esclaffe-t-il avant d'agripper ma manche et de tirer dessus.

Tout en lui opposant une héroïque résistance, je pousse des cris d'orfraie qui le rendent encore plus hilare. Quoique tordu de rire, il réussit à me ramener sur le canapé. Nous terminons allongés, pieds et bras emmêlés, lèvres soudées. Le bar attendra !

8

Après notre virée au pub irlandais de mon quartier, Quentin est rentré directement chez lui. Nous nous sommes réconciliés. En réalité, nous n'étions fâchés que dans mes divagations puériles. Il ne m'a pas tenu rigueur de mes dérobades. En outre, il a sympathisé avec mes mères.

Depuis que je connais l'histoire de son oncle, et lui, l'existence de maman et de mamoune, nous vibrons au même diapason. À présent que j'ai compris à quel point il pouvait faire preuve de bienveillance et d'ouverture d'esprit, je ne nourris plus aucun doute sur notre couple. Il est l'homme de ma vie. Nous n'attendrons pas la fin de l'année pour nous marier. Le mois de juin nous a tous deux convaincus. D'autant que, pendant ladite période, son oncle séjournera à Paris.

Lorsque je lui ai annoncé que ma maman Fabienne travaillait comme traiteur, il m'a immédiatement proposé de lui déléguer la confection des desserts. Je m'en suis montrée ravie, et je suis persuadée que maman le sera davantage. En apprenant que la grande majorité de ma famille habitait tout près de Disneyland, il m'a suggéré de célébrer la fête dans l'hôtel principal du parc. Le plus beau, le plus féerique, avec vue sur le château de la Belle au bois dormant.

Tandis que je m'imagine vêtue de la robe de bal bleue de Cendrillon, foulant de mes pantoufles de vair un tapis de pétales de rose au bras de mon prince charmant, mon téléphone portable sonne, et mon carrosse redevient citrouille. Plouf !

— Ah, enfin, tu décroches ! maugrée la voix de mon oncle à l'autre bout du fil. Ce n'est pas trop tôt.

— J'étais très occupée ces jours-ci...

— Gare au surmenage ! J'avais donc toutes les raisons de m'inquiéter pour ma nièce chérie.

— Il ne fallait pas, je vais bien. Aucun rhume n'est à déplorer. Et bonne nouvelle : les marmots de ta salle d'attente ne m'ont pas refilé la tourista.

— Désopilant ! grince Stéphane. Mais venons-en aux faits : comment s'est déroulée la confrontation entre ton fiancé et tes mères ? Est-ce que Patricia s'est fâchée ? Elle avait l'air furax.

Sa remarque me porte instantanément un coup dur au moral et sape les fondements du monde enchanté où je m'étais projetée. Quelle poisse ! J'ai bien peur d'avoir négligé un détail, et non des moindres : je n'ai toujours pas renoué le contact avec mes parents. Quentin m'a certes assuré qu'elles s'étaient détendues à l'issue de leur entrevue, mais cela ne m'épargnera pas la peine de m'expliquer avec elles. Encore une dure épreuve en perspective pour Marine la Licorne, qui aurait aimé vivre au royaume des lutins, des fées et des elfes.

— Je pense que tout s'est bien passé..., commencé-je, l'esprit ailleurs.

— Comment ça, « tu penses » ? Tu n'en es donc pas certaine.

— Je n'ai pas assisté à leur rencontre...

— Parce que tu as fui...

— Tu peux parler ! contesté-je vertement. Je te signale que tu en as fait autant et que tu m'as laissée me dépêtrer d'un bourbier innommable. Avoue-le : tu avais tout planifié. Tu savais que mes mères déjeuneraient au même endroit que nous. Et moi qui te faisais confiance !

— C'était pour ton bien. Tu ne peux pas continuer à vivre dans ta bulle. Il faudra qu'un jour tu apprennes à affronter les problèmes. Je veux bien admettre que ton métier de comptable t'a habituée à élever des remparts de chiffres autour de toi, mais, à la longue, tu as oublié que la vraie vie ne se ramenait pas à des équations mathématiques.

— Merci, j'en ai bien conscience, grimacé-je, piquée au vif.

— Ça n'en a pas l'air. Tu dois parler à tes mères. Viens manger vendredi soir à la maison. Je les ai également invitées.

— Mais...

— Il n'y a pas de « mais » qui tienne. Et demande à Quentin de t'accompagner.

— Et les...

Embouteillages du début de week-end, allais-je alléguer.

Inutile de parlementer, mon oncle a déjà raccroché. Je n'y couperai pas.

9

Vendredi venu, Quentin et moi nous rendons chez mon oncle. La perspective de revoir mes mères me remplit d'appréhension. Laquelle des deux m'incendiera en premier ? Les paris sont ouverts...

Je n'ai pas trouvé le courage de les appeler depuis notre altercation. Aussi ai-je téléphoné hier soir à mamie Brigitte pour tâter le terrain. Elle a feint de ne rien savoir. Mais lorsqu'elle m'a félicitée pour mon mariage, j'ai compris qu'elle jouait la comédie. En voilà au moins une qui ne m'en veut pas...

Afin d'éviter les bouchons, nous quittons exceptionnellement le travail plus tôt et partons vers 16 heures. Peine perdue ! Un nombre incalculable de petits malins – finalement pas aussi futés que ça ! – nous ont imités. Nous nous joignons à eux dans l'une des longues processions de voitures qui s'éloignent de la capitale. Deux bonnes heures plus tard et une crampe au pied en prime pour avoir roulé en mode « accordéon », nous arrivons à Chessy.

La maison de mon oncle se situe dans un lotissement plus vaste et labyrinthique que celui de mes mères. Mon sens de l'orientation force l'admiration de mon fiancé puisque je l'atteins sans l'aide d'aucun GPS.

C'est Michael, mon plus jeune cousin, de deux ans mon aîné, qui nous ouvre. Aussi blond et décontracté que Quentin est brun et tendu. Alors que ses deux frères ont déjà quitté le nid familial pour voler de leurs propres ailes, lui habite toujours chez ses parents et poursuit des études littéraires.

Nous lui emboîtons le pas dans une grande pièce à vivre très chaleureuse. Un canapé circulaire agencé autour d'une cheminée ronde suspendue en occupe une bonne moitié. Nous nous asseyons devant un feu de braises incandescentes, le dos tourné au coin repas. Par conséquent, la froidure de ce début de printemps ne s'invitera pas parmi nous.

Michael et Quentin sympathisent très vite, se découvrant des inclinations communes pour les sciences humaines et l'œuvre de Pierre Bourdieu. Ils dissertent à qui mieux mieux sur la notion d'*habitus*, chère au sociologue susnommé. Un truc en rapport avec la manière dont les gens s'intègrent dans la société, et qui influencerait leurs modes de consommation.

J'interviens peu et me contente de siroter la limonade qui nous attendait sur la table basse. En me voyant ainsi affalée, d'aucuns s'imagineraient que mon esprit s'est sévèrement engourdi ou même transformé en gelée anglaise. Que nenni ! En réalité, je médite sur un sujet de la plus haute importance : ma robe de mariée.

Elle sera blanche, avec un bustier cintré à manches longues et brodé de fine dentelle. La jupe évasée se composera de plusieurs couches de tulle pailleté. Perles et fleurs en organza décoreront l'ensemble sans le surcharger. Un diadème ornera mon front surmonté d'un chignon élaboré. Ah, et n'oublions pas la traîne, le voile et le bouquet ! Je ressemblerai à une princesse Disney...

— Salut, la compagnie ! nous lance soudain mon oncle derrière moi. Qui vient m'aider à préparer le dîner ?

Je me tourne vers lui et l'aperçois, tout sourire et vêtu d'un tablier de cuisine portant la mention : « Tous les hommes naissent égaux, mais les meilleurs deviennent cuistots. »

— Michel ? Quentin ? insiste-t-il en réaction à notre apathie en partie expliquée par la douce chaleur de l'âtre. Marine, je ne te demande rien, tu m'as l'air lessivée.

Je m'empresse d'opiner du chef. C'est ainsi que les hommes au grand complet se dirigent vers la cuisine américaine et m'abandonnent sur le canapé. Je ne demeure pas longtemps seule, car ma tante Sarah me rejoint quelques minutes plus tard. Fluette, les cheveux châtains coupés au carré et des yeux clairs à qui rien n'échappe, elle paraît plus lasse que moi. Il faut dire que son métier de sage-femme sollicite beaucoup de son énergie.

— Toutes mes félicitations, Marine, pour ton futur mariage, me lance-t-elle, tout en mettant une bûche dans la cheminée. Dis-moi, ma belle... Stéphane m'a expliqué que tu n'en avais pas informé tes mères. Il ne faut pas lui en vouloir s'il t'a un peu forcée à les affronter. Il ne pouvait pas se résoudre à les trahir. Et puis, maintenant qu'elles sont au courant, tout est réglé, non ?

Tandis qu'elle tisonne le feu de bois, je peaufine ma réponse. Dois-je entrer dans les détails ou m'en tenir à une version simplifiée ? J'attends qu'elle s'asseye à mes côtés avant d'ouvrir les vannes.

— Si on veut ! Je ne voulais pas que ça se passe ainsi, mais tout s'est précipité. J'en aurais parlé à mes mères si Quentin ne m'avait pas proposé de l'épouser aussi vite. Je ne m'y attendais pas. Et comme il a insisté pour demander ma main à mon père...

— Un père que tu n'as pas ! m'interrompt Sarah avec sa franchise habituelle.

La lassitude me gagnant, je réprime un soupir d'exaspération. Pitié, faites que cette discussion se termine !

— Tout à fait, répliqué-je tout en conservant mon calme. À partir de là, les événements se sont précipités. J'ai voulu faire plaisir à Quentin, aussi ai-je supplié Stéphane de m'aider. Je pensais que je pourrais rétablir la vérité un peu plus tard...

— Salut, Sarah... Tiens, mais c'est ma petite Marine ! s'exclame mamie Brigitte, qui fait son entrée dans la pièce.

Son irruption me sauve de la crise de nerfs.

— Mamie, je suis si heureuse de te voir !

— Moi aussi, ma chérie.

— Où sont Patricia et Fabienne ? lui demande Sarah, se levant pour aller l'embrasser.

— Elles garent la voiture. Elles arrivent.

À ces mots, je ne peux m'empêcher de trembler.

— Allons, ne fais pas cette tête de chien battu, réagit mamie, qui vient à ma rencontre pour me serrer dans ses bras. Tes mères ne te mangeront pas.

Sa chaleureuse accolade m'insuffle du courage. Ainsi, je ne suis pas tentée de prendre la poudre d'escampette en entendant les intéressées saluer Michael.

— D'ailleurs, les voilà ! ajoute-t-elle.

— Ça sent super bon, ici ! s'exclame maman, qui pénètre dans le salon. Que nous as-tu préparé, Sarah ?

— Moi, pas grand-chose. Je suis rentrée tard de la clinique. Mais Stéphane m'a eu l'air très inspiré, lui répond ma tante d'un ton primesautier.

— Mais qui vois-je ? On dirait que mon petit ange est là !

Je n'ai cessé de l'observer. Vêtue d'une jolie robe rouge à volants et de hauts talons, elle resplendit de beauté. Le roux de ses cheveux flamboie à la lumière de l'âtre et jette des reflets joyeux. Mais dès lors que ses yeux verts se posent sur moi, son visage, jusqu'alors rayonnant de bonheur, se fige. Elle me scrute longuement. Ne sachant sur quel pied danser, je n'ose plus bouger. Finalement, c'est elle qui rompt la glace en toussotant.

— Je suis désolée, lâché-je, quittant le canapé.

À ma grande surprise, elle vient à ma rencontre, passe les bras autour de mes épaules et m'embrasse avec tendresse.

— C'est bon, ton fiancé nous a tout expliqué. Tu es pardonnée, me chuchote-t-elle à l'oreille. En revanche, Patricia...

— Ah, mais je vois que nous avons le quorum requis pour entamer une petite séance de thérapie familiale symbolique ! tonne mamoune, qui est apparue sur ces entrefaites.

Aussitôt, maman me libère.

— Et si on allait aider les hommes dans la cuisine ? suggère ma tante.

— Je t'accompagne, rebondit maman.

— Moi aussi, dit mamie.

J'aurais bien aimé les imiter, car les yeux que mamoune a rivés sur moi augurent une secousse de bretelles de magnitude dix sur l'échelle de Richter.

— Pas toi, Marine, rétorque-t-elle aussi sec, tandis que les trois autres femmes s'éclipsent.

10

— As-tu honte de nous, Marine ? attaque mamoune sans me laisser le loisir de recouvrer mes esprits. Parce que si tel est le cas, j'aimerais bien que tu me le dises en face.

Elle n'a pas fait d'effet de toilette ce soir, ce qui ne l'empêche pas d'être très élégante dans sa combinaison-pantalon noire. Mais également très intimidante. Les mains sur les hanches, elle braque sur moi un regard plein de ressentiments.

— Non, répliqué-je abruptement. Tu n'y es pas du tout.

— Pourtant, pendant plus de huit mois, tu as refusé de révéler notre existence à ton fiancé : un garçon charmant, soit dit en passant. Et pas du tout homophobe.

— Avant que notre relation devienne sérieuse, je n'en voyais pas la nécessité. Oh, et puis arrête de me faire les gros yeux ! J'aimerais bien te voir à ma place. Depuis toujours, je n'ai cessé d'essuyer des moqueries. Au fil du temps, j'ai fini par garder le secret.

Comme elle lève des sourcils étonnés, je m'interromps net.

— Je l'ignorais, articule-t-elle, visiblement sous le choc. Pourquoi ne m'as-tu pas alertée ? Je serais allée leur remonter les bretelles, à tous ces sombres imbéciles !

— C'est justement pour cette raison que je refusais de t'en parler. J'aurais eu trop peur que tu ne fasses exploser l'école. Ton problème, c'est que tu es atteinte du syndrome de Don Quichotte, à toujours vouloir ferrailler à droite et à gauche pour imposer tes vues et tes valeurs. Mais la plupart des autres les rejettent. Pour eux, une famille normale est constituée d'un père et d'une mère. Tu ne pourras rien y changer. Et moi, j'ai simplement envie qu'on me fiche la paix avec toutes ces histoires. J'aspire à une petite vie tranquille, exempte de conflits.

Voilà, c'est dit ! J'ai bien conscience de lui avoir causé du chagrin, mais je me sens tellement mieux. Il fallait que ça sorte. La tête penchée sur le côté, elle continue de me dévisager. Ses yeux d'un bleu limpide ne me lancent plus d'éclairs. Il me semble même qu'ils brillent, comme si des larmes les humectaient.

— Ma pauvre chérie...

— Je ne suis pas à plaindre, me rebiffé-je, gênée par son brusque revirement d'attitude. J'ai eu une enfance merveilleuse. Maman et toi avez été adorables. Vous l'êtes encore ! Vous me donnez plus d'amour que je ne suis en mesure d'absorber. Tu n'as rien à te reprocher. Je t'aime, mamoune. Je t'aime tellement...

À court d'air, je laisse ma phrase en suspens. Pourtant, je pourrais dire bien des choses, mon cœur déborde de tendresse. Et lorsqu'elle se précipite vers moi pour m'enlacer, je ne retrouve mon souffle qu'à grand-peine tant elle me serre fort.

— Ma princesse... Moi aussi, je t'aime, me murmure-t-elle.

— Alléluia, elles ont fait la paix ! s'écrie mon oncle, qui fait son entrée avec un plateau de toasts au saumon.

— Je n'en ai jamais douté, ajoute mamie Brigitte, qui marche dans ses pas.

L'instant d'après, le reste de la famille nous rejoint. Dans la foulée, maman vient nous étreindre, mamoune et moi.

— Moi aussi, je vous aime, nous dit-elle, un sourire heureux sur les lèvres.

— Bon, puisque tout le monde s'aime, on va pouvoir enfin manger ! soupire Stéphane, donnant ainsi le mot de la fin.

Une fille en or

JULIA BRU

1

Septembre

« La mère d'Hugo, elle est trop sympa, elle ! Elle le laisse rentrer tout seul du collège ! »

Voilà ce que me lâche mon fils Timothée en s'installant à l'arrière de la voiture. Mes doigts se crispent sur le volant, je me concentre sur ma réponse.

— Oui, elle est trop...

C'est le mieux que j'ai trouvé... Et je ne mens pas ! La mère d'Hugo, elle est *trop*. Elle vit dans une *trop* belle maison, elle conduit une voiture *trop* classe, sa vie semble *trop* organisée... En plus, même après trois enfants – Hugo est son petit dernier –, elle a un corps de rêve, comme je n'en ai jamais eu, y compris avant Tim – non pas que je sois grosse, mais je ne suis pas vraiment ferme... En prime, son mari l'aime *trop*. Il est venu tant de dimanches – sans compter lors de la Saint-Valentin, de la fête des Mères ou encore de ses anniversaires – lui acheter des roses au magasin que c'en est indécent.

Bref, cette femme est parfaite et elle m'énerve *trop*. Surtout quand mon fils me rabâche sa vénération pour elle après une journée de travail difficile entre grossistes et horticulteurs, à laquelle s'ajoute la réjouissante perspective d'une liste de courses et de devoirs longue comme la Muraille de Chine.

Pour la neuvième rentrée d'affilée, Hugo et Tim sont dans la même classe, en 6e2. Une vraie malédiction. À peine la première semaine de cours est-elle passée que revoilà déjà son refrain préféré. Au fil des années, la maman d'Hugo a eu droit à tous les adjectifs et expressions de louange que Tim était en mesure et en âge de trouver parmi son vocabulaire. En petite section, elle a d'abord été « cro zentille », durant la primaire, est devenue « super sympa » et « ultra marrante » – tous leurs petits camarades avaient pu être les témoins de sa drôlerie lors des nombreuses sorties scolaires auxquelles elle avait participé –, puis, à la kermesse de CM2 – pendant laquelle elle a animé un stand de jeux vidéo éducatifs que sa start-up venait de développer –, elle est carrément devenue « méga cool ».

Cette gradation de compliments n'a eu d'égal que mon complexe d'infériorité face à celle que tous, surtout dans notre village, définissent comme « une fille en or », dont mon propre fils. De mon côté, je me débats avec mon obsession d'être aussi bonne mère qu'a su être la mienne : héroïne du quotidien qui nous a élevés, mon frère et moi, avec courage et bienveillance, alors que mon père, éternel absent même s'il vivait avec nous, était en général bien trop occupé par ses tournées de commercial, voire par d'autres genres de tournées...

Quand ce dernier est décédé dans un accident de voiture, il y a un peu plus de vingt ans, nous n'avons presque pas vu la différence. Ce que vous connaissez peu ne vous manque pas vraiment...

Je n'ai qu'un enfant, mais je cours toujours après le temps, victime d'un mal dont tous les magazines nous rabâchent les oreilles : la « charge mentale ». En plus, je travaille le mercredi et le samedi. Je ne suis donc pas aussi disponible que je le désirerais pour mon fils, mais j'emploie parfois un intérimaire pour me remplacer à la boutique et pouvoir ainsi aller chercher Tim au collège ou pour passer quelques jours de vacances avec lui.

Je délègue aussi comme je peux. Vive le drive, Amazon et l'application Notes sur mon téléphone ! Bien sûr, Fabien, mon mari, est là, et son métier de menuisier, qu'il exerce la plupart du temps dans son atelier à la maison, nous permet une certaine latitude dans notre organisation quotidienne, mais la prise de décisions n'est pas son fort. Certes, il fait les choses, mais je dois me souvenir de les lui demander ou de les lui rappeler, ce qui ajoute souvent des points à ma *to-do list*. Et quand il fait les courses ou pense de lui-même à inscrire Tim au handball, je dois presque lui faire la *ola*... Au moins, on est bien loin de ce qu'était mon paternel. Fabien n'oublie jamais d'être à la maison, de me prendre dans ses bras le soir et d'embrasser son fils le matin avant qu'il parte au collège. Contrairement à la mère d'Hugo, je ne suis pas « fashion », comme dirait Tim, mais plutôt du genre jean et pull confortables. D'ailleurs, les sneakers – quelle femme peut humainement passer toute la journée debout à confectionner des bouquets juchée sur des escarpins ? – sont devenues mes meilleures amies. Quant aux cheveux crépus que mon père m'a légués, je ne parviens jamais à les dompter, mais mon mari me trouve toujours sexy.

Depuis toutes ces années, je me retiens – et je ne sais pas encore jusqu'à quand – de révéler à mon fils que cela fait bien longtemps que cette super maman m'exaspère. Elle est en fait ma bête noire depuis mon enfance. Il y a trente ans, elle a intégré l'école en cours de route. La petite nouvelle est rapidement devenue la mascotte de toutes mes copines et, assez rapidement, le centre d'intérêt de nombre de garçons.

Bien sûr, je n'étais pas tellement différente du troupeau et j'ai voulu, moi aussi, être son amie, me rapprocher du soleil qui faisait briller la cour de récré. Mais pour mon plus grand malheur, elle n'a jamais daigné me parler. Elle a préféré parler *de* moi, dans mon dos, et rarement en bien. Ce n'était pas du harcèlement, et elle ne m'a pas violentée – heureusement pour moi, les réseaux sociaux n'existaient pas, mais tous les jeunes du village désiraient être vus avec la « fille en or ».

Elle doit ce surnom à notre institutrice de CP, qui, soucieuse de faire un bon accueil à sa jeune élève, lui avait demandé si elle connaissait l'origine de son prénom Auriana – eh oui, même son prénom est classe. Cette dernière avait répondu par l'affirmative, en rétorquant que sa mère l'avait choisi en l'honneur du personnage principal de son film préféré. Mais Mme Louvet lui avait appris l'étymologie du mot – un dérivé d'*aurus*, l'« or » en latin – et avait conclu gentiment : « On peut donc dire que tu es une fille en or, tu en as de la chance ! » Des étoiles plein les yeux, elle était allée s'asseoir et, dès la première récréation, princesse de sa toute nouvelle cour – dans tous les sens du terme –, elle se présenta à tous sous son récent sobriquet. Pour ne plus jamais l'abandonner.

Pour ma part, je dois composer depuis ma naissance avec un prénom qui n'autorise pas l'échec. Mes parents ont eu la bonne idée de m'appeler Victoire... Mais je n'ai jamais eu les épaules d'une Auriana pour ce prénom trop lourd et trop grand à porter du haut de mon mètre cinquante-huit. Je me contente de faire au mieux, tout en rêvant, un peu secrètement, à un destin extraordinaire. Mais a-t-on déjà vu une fleuriste devenir une star ?

Auriana, elle, comme le métal précieux auquel elle devait tout, était si rayonnante auprès de la plupart de nos camarades, et si froide avec moi, que je n'osais pas m'en approcher. Tu parles d'une « victoire »... Je me contentais des miettes et restais avec ceux qu'elle excluait, pour quelques semaines seulement ou pour plusieurs mois. Certains sont ainsi devenus mes meilleurs amis et le sont encore aujourd'hui. Dans tout malheur il y a du bon.

Je n'ai jamais compris ce qui motivait un tel comportement chez Auriana, mais sa stratégie de sape a fonctionné jusqu'à la fin du collège, jusqu'à ce que les adolescents que nous étions acquièrent enfin un peu de maturité et de jugeote. Au sein du CFA dans lequel j'ai choisi de passer mon CAP de fleuriste et mon brevet professionnel, j'ai pu retrouver une vie normale. Ça a été pour moi un nouveau départ, personne ne me connaissait, et surtout, personne ne la connaissait, elle.

Quand, à la naissance de Tim, j'ai décidé de monter mon affaire dans le village qui m'a vue grandir, je ne me doutais pas que j'allais à nouveau devoir composer avec Auriana. Je pensais qu'elle était sûrement devenue actrice, chanteuse ou même princesse, bref, une destinée à la hauteur de son charisme, des ambitions auxquelles la prédestinait son prénom et que toutes les personnes qui l'adoraient lui souhaitaient. Mais allez savoir pourquoi, elle avait eu envie, tout comme moi, d'opérer un retour aux sources pour diriger – magie de la technologie et du télétravail – depuis chez elle la société qu'elle avait créée aux États-Unis – voyez-vous ça – trois ans plus tôt. Elle devait seulement se rendre deux fois par mois à Paris et effectuer un voyage par an à San Diego – *no comment*.

Et surtout, elle avait eu la bonne idée d'inscrire son fils à la même école que le mien…

À la fin du premier mois de collège, l'heure de la réunion parents-profs est arrivée. Fabien n'a pas pu se libérer, je vais devoir gérer seule les retrouvailles un peu gênantes avec la moitié des professeurs qui m'ont enseigné français, musique et sport – bon, cet enseignant-là, je ne suis pas sûre de lui avoir laissé un souvenir indélébile – il y a trente ans. Toute la journée, je me prépare avec angoisse à ce voyage dans le passé.

Ce soir, je ferme la boutique exceptionnellement plus tôt, à 18 heures au lieu de 19, ce que ne manque pas de me faire remarquer Mme Dalan, une fidèle cliente, en me jetant un : « Ce n'est quand même pas très commercial, ma petite Victoire... Certains clients finissent tard et comptent sur vous pour être ouverte aux horaires habituels ! » Cela fait quarante ans que je suis sa « petite Victoire », qu'elle m'envoie un compliment ou une pique à chacune de ses visites.

J'arrive tout juste à l'heure à la réunion, mais apparemment pas assez pour choisir ma place. Deux sont encore disponibles : l'une au premier rang, sous le nez et les postillons du professeur principal, et l'autre près d'Auriana. Je me fais violence, car cela serait vraiment flagrant, en plus de me rappeler de mauvais souvenirs, si je m'installais face au tableau blanc – de mon temps, il était noir – plutôt qu'à côté de la mère d'Hugo.

Auriana se pousse un peu et enlève le sac qu'elle a posé sur la chaise libre. Elle me sourit de toutes ses dents *ultra bright* et m'explique que la réunion a commencé depuis deux petites minutes. Je maudis intérieurement la mère Dalan de m'avoir retenue à la fermeture. Je crois qu'Auriana et moi ne nous étions jamais véritablement parlé depuis le lycée, seulement un « salut » en passant devant l'école. Et cela me convenait parfaitement. Tout ce que je sais sur elle, je l'ai appris par nos amis en commun – « mais si, on t'assure qu'elle a changé ! Elle est plutôt sympa et nous a même demandé ce que tu devenais ! » –, par mon fils, bien sûr, et par ce que j'ai pu observer de moi-même.

Un rapide coup d'œil, et je remarque que sa tenue, bien que simple, est à la pointe de la mode : jean slim, pull oversize avec une étoile argentée au centre et collier triple rang agrémenté d'une véritable plume. Dernière touche de glamour : deux traits de khôl parfaitement tracés mettent en valeur ses yeux de chat. Par réflexe, je pose maladroitement mon bras sur les taches de terre qui, témoins d'une longue journée de travail, parsèment mon gilet et me laisse absorber par le flot de paroles débitées par mon ancien professeur de mathématiques, M. Curillon.

Quand vient le tour de Mme Perez, l'enseignante d'espagnol de la section bilangue, nous apprenons qu'un voyage scolaire est prévu à Barcelone au mois d'avril, juste avant les vacances de Pâques, avec logement dans des familles. Par chance pour moi, mais au grand désarroi de mon fils, Tim est passé à côté des classes vertes en primaire, aussi n'ai-je encore jamais eu à lâcher mon « bébé » – chut, il ne faut pas lui répéter que je l'appelle encore ainsi. Cette année, je ne pourrai pas y échapper. Il me maudirait si je l'empêchais d'y participer.

Auriana semble deviner mon inquiétude.

— Tu verras, ces voyages sont géniaux. Lucille et Amory sont déjà partis avec cette prof, et il n'y a eu aucun problème. Ils en sont revenus enchantés. Pas bilingues mais ravis.

Si Super Maman le dit... Je dois tout de même avouer qu'elle a réussi à me rassurer un peu. Je me fie à son expérience dans ce domaine. J'esquisse un sourire mais ne ferai pas mieux.

Mme Perez continue sur sa lancée et nous précise les modalités du voyage et le prix prévu. Bon, il va falloir que j'en écoule, des chrysanthèmes à la Toussaint et des poinsettias à Noël, toutefois ça devrait coller. De plus, les idées des parents fusent pour aider au financement : organisation d'un loto, d'une tombola, commande de chocolats ou de sapins en décembre... Ils sont vraiment inventifs, dans cette classe. Et c'était à parier, la mère d'Hugo n'est pas en reste.

— Si on faisait des gâteaux, on pourrait les vendre le dimanche matin au marché, non ? On se relaierait jusqu'au mois de mars. Je peux gérer le planning, si vous voulez.

Applaudissements dans la salle.

Bon, ben, je suis bonne pour jouer les pâtissières dans quelques semaines...

2

Octobre

J'ai beau avoir l'esprit créatif et manier l'art du bouquet et des compositions florales, je suis nulle avec les citrouilles que mon fils me demande chaque année de creuser et de décorer avec lui. Je ne suis donc pas fan d'Halloween, tout comme de la Toussaint, qui remplit mon magasin de chrysanthèmes. C'est vrai, ça, avant, on ne la célébrait pas, cette fête, nous, les « vieux ». Heureusement, il y a des chances que j'apprécie plus l'événement cette année, car Sandra – la maman de Benjamin et mon amie depuis trente ans – a invité mères et enfants chez elle pour un apéro/bonbons.

Sandra, c'est la meilleure.

Je fais donc l'effort de fouiller dans mes vieilles affaires, retrouve un déguisement et deviens, pour la soirée, l'héroïne de *Buffy contre les vampires*. Mon fils ne comprend pas la référence.

— Mais t'es qui, avec ton pantalon rouge en cuir, ton débardeur noir et ton bâton (un pieu, en réalité) ? T'es censée faire peur, là ?

En guise de réponse, je rigole toute seule, car je suis sûre que mes copines mamans apprécieront la référence, qui nous rappellera notre adolescence. Fabien me souffle déjà à l'oreille :

— Tu devrais la mettre plus souvent, cette tenue ! Pense à la garder en rentrant ce soir, je serai ton Angel...

Avec ses boucles de chérubin et son petit ventre de bon vivant que j'adore, on est loin du *vampire lover*, mais la perspective d'un jeu de séduction en fin de soirée n'est pas pour me déplaire...

Mon entrée chez Sandra est triomphale : toutes les mamans sont fans de mon accoutrement. La nuit va bientôt tomber, nous entamons donc la tournée des maisons voisines pour lancer des sorts ou récupérer des friandises. Je n'assume pas tout à fait mon ensemble sexy face à mes concitoyens, qui ne manquent pas de reconnaître leur fleuriste, mais les enfants étant les rois de la soirée, ce sont eux qui attirent en réalité l'attention par leur maquillage effrayant et leurs cris.

Notre virée nocturne, menée par l'assassin de *Scream* et par une ribambelle de cambrioleurs de *La Casa de papel* – bien sûr, nos rejetons, tous âgés de onze à douze ans, n'ont jamais vraiment vu le film ou la série, mais aucun n'a pu échapper aux publicités et aux discussions enflammées des plus grands au collège –, nous mène au quartier résidentiel que les copines et moi appelons

« Malibu ». Ici, les maisons rivalisent de beauté et de propreté. La première de l'allée est de loin la mieux décorée. Jardin impeccable autour d'une piscine bordée de bougainvilliers, de bananiers et de palmiers phœnix qui accueillent des dizaines de toiles d'araignée et de cocons d'alien, sans oublier un portail qui ressemble à s'y méprendre à l'entrée des Enfers.

Lara Croft nous ouvre une porte design. Auriana est sublime dans sa tenue. Féline à souhait, elle pourrait aussi bien passer pour Catwoman. Buffy peut aller se rhabiller et rejoindre ses vampires ! En plus, ses enfants sont maquillés à la perfection, tels des figurants pour un film d'horreur. Je me félicite que Tim porte un masque qui cache son visage, car je n'aurais pas pu supporter la concurrence. Le panier de notre hôte, en forme de tête de mort, est bien rempli. Auriana abreuve notre bande d'ados de bonbons sans sucre et bio. Alors là, même avec son beau sourire, elle perd des points dans leur estime. Ils ont l'air déçus, alors je rattrape le coup en leur disant qu'ils pourront en manger plus – on repassera pour la solidité de l'argument.

Sandra, qui a un meilleur fond que moi et qui, durant un temps, a fait partie de la cour de princesse Auriana, l'invite à passer chez elle. Le reste des copines me jette un regard inquiet, mais je sourcille à peine.

Finalement, Sandra n'a pas toujours que de bonnes idées. La proposition n'est pas tombée dans l'oreille d'une sourde et, une heure plus tard, Lara Croft sonne à la porte. Elle a amené des jus de fruits. Même si ce n'est a priori pas son intention de départ, ils seront parfaits pour accompagner le rhum. Pour la première fois, je la sens perdue et mal à l'aise, au milieu de mes amies. Et, allez savoir pourquoi, c'est vers moi qu'elle se dirige.

— J'adore ton costume de Buffy.

Elle a prononcé le nom de l'héroïne avec un accent parfait – bien meilleur que celui de ma mère à l'époque, qui prononçait « Buffy » comme si ce prénom était un dérivé du mot « buffet ». Ça m'énerve un tantinet mais j'accepte le compliment.

— Oh, c'est gentil. Timothée ne partage pas du tout ton avis. Je crois qu'il me trouve ringarde, mais je savais que les copines allaient apprécier la référence. On est toutes un peu nostalgiques des séries qui ont marqué notre adolescence...

— Oui, c'est vrai. Enfin, pas tellement me concernant. Ma mère ne me laissait pas les regarder. Elle les estimait trop « bébêtes » et pensait que ça allait me ramollir le cerveau et les jambes. Elle préférait que je révise, que j'aille courir ou que je travaille ma souplesse avant mes entraînements.

Ah, oui, j'ai oublié de préciser que la maman d'Hugo a aussi été championne de gymnastique rythmique. Un as du ruban et de la poutre. Quand nous avions douze ans, Auriana a gagné une compétition régionale, et le maire a carrément organisé une cérémonie dans la salle des fêtes. Bon, je me rends compte à présent que cela ne devait pas être drôle tous les jours pour elle, qui ne menait pas la vie « normale » d'une jeune fille de son âge. Elle ne s'appelle pas Victoire, mais ses parents semblent l'avoir tout de même contrainte à tout réussir durant l'enfance.

— Mais je me suis rattrapée quand j'ai eu mon premier appartement. Je me suis enfilé des saisons entières de *Beverly Hills*, *Dawson* ou encore *Charmed* ! Maintenant, je regarde Netflix avec mes enfants.

— Je fais pareil avec Tim. Jamais ça ne se serait passé comme ça avec ma mère, elle ne m'empêchait pas de suivre les séries, mais elle n'en était pas fan pour autant. Question de génération.

— Oui, aujourd'hui, on peut partager plus de choses en famille. Par exemple, je fais des journées shopping et coiffeur avec Lucille. Je lui emprunte même ses plaques pour me lisser les cheveux. Sinon, ils frisent, et c'est l'anarchie totale !

Je ris de bon cœur avec elle, car je sais de quoi elle parle. Nous avons finalement quelques points communs... Je me lève moi-même tous les matins avec un champignon atomique sur la tête, que je me contente en général de transformer en chignon.

La glace est rompue, et mes copines semblent soulagées de voir que je n'ai pas étripé Auriana. À vrai dire, je n'en ai pas envie. Je lui pose même des questions sur ses années passées aux États-Unis, histoire de combler les trous et de reconstituer mentalement son parcours depuis la fin du lycée. De son côté, elle s'intéresse à mon métier et me demande comment entretenir ses bougainvilliers. Bref, c'est une conversation entre deux personnes civilisées.

Comme quoi, tout arrive...

Les filles s'enthousiasment et se joignent à nous. Au milieu du groupe, Auriana est une maman comme les autres, qui partage les mêmes inquiétudes et problèmes d'éducation que nous. Au bout de quelques verres, nous dérivons sur nos envies de voyages, que le temps automnal ravive. Auriana nous fait rêver en nous racontant les visites qu'elle a faites en Amérique du Nord et dans d'autres pays du continent.

— Et dire que toi, Victoire, tu as des origines russes et que tu n'es jamais allée dans la patrie des tsars ! s'exclame Sandra.

Auriana m'interroge du regard, puis me questionne :

— Je ne savais pas que ta famille venait de Russie...

— Selon sa mère, il se pourrait même qu'elle soit une descendante directe des Romanov !

Et voilà comment ma chère Sandra lance le sujet qui va animer le reste de la soirée. Le thème intrigue, fait parler, y compris Auriana, et je suis rapidement comparée à Anastasia. Rien que ça...

L'idée de faire un test ADN est même suggérée.

— Elles ont raison, ça s'est vraiment démocratisé, notamment grâce à de grosses firmes américaines, précise Auriana.

Nous avons sûrement bu plus de rhum que de jus de fruits, mais on rit beaucoup.

Sans le savoir, Tim me sauve la mise en proposant un blind test sur le thème des séries. Deux équipes s'opposent : les vieilles mamans contre les jeunes adolescents. Alors que nous dominons la partie d'un petit point, une musique a raison de nous. Aucune d'entre nous n'est capable de reconnaître *Naruto*... Explosion de joie des enfants, ce qui affirme la supériorité de la jeunesse.

Oubliées, mes supposées origines russes.

Merci, Tim. J'adore mon fils.

3

Décembre

La période de l'Avent est celle que je préfère. La boutique déborde de poinsettias – certains pailletés ou parsemés de fausse neige, il en faut pour tous les goûts –, de houx et de kalanchoés. Une haie de sapins mène à l'entrée du magasin. J'ai l'odeur de mandarine plein le nez et des chants de Noël plein les oreilles. D'habitude, Tim tient à décorer la crèche en vitrine, mais je sens bien que, maintenant, à son âge, il a d'autres intérêts. Tant pis, cela ne m'empêchera pas d'accrocher sur le sapin de la maison le père Noël en pâte à mâcher qu'il a confectionné en maternelle. Et je disposerai moi-même les santons dans le magasin, cela me rappellera le temps où je le faisais avec ma mère et mon frère.

Maman parvenait toujours à nous faire oublier que notre père ne nous honorait pas de sa présence pendant cette période privilégiée. Remarquez, cela ne nous changeait pas du reste de l'année. Il était là le soir du vingt-quatre, et nous nous en contentions. Certes, pas de trêve des confiseurs, toutefois nous n'avons jamais compris comment son patron pouvait exiger qu'il soit à son bureau dès le lendemain.

À l'image de ma boutique, c'est tout le village qui s'est mis à l'heure des fêtes de fin d'année. Le centre-ville se trouve seulement à quelques pas de mon magasin, et le marché de Noël bat son plein en ce premier vendredi de décembre. Je vais moi-même y faire un tour en sortant du travail, ce sera l'occasion de saluer mes confrères commerçants. L'odeur de marrons chauds accompagne mes pas, et je flâne entre les chalets qui occupent la place principale et les rues adjacentes.

À l'angle d'une allée, je tombe sur le stand des parents d'élèves, tenu fièrement par Auriana. Bien évidemment, les douceurs qu'elle a préparées sont appétissantes et en jettent plein les yeux. Au milieu de ses number cakes aux couleurs chatoyantes et aux goûts d'orange, de clémentine, de pomme, ou encore de poire – rien que des fruits de saison, bien sûr – et de ses cupcakes moelleux surmontés de petits pères Noël ou de lutins, trône une pyramide de cookies et de pains d'épices aux formes et saveurs variées.

Cette femme semble tout droit sortie d'une série américaine, c'est littéralement une véritable *good wife* – quand je serais plutôt dans le clan des *desperate*. Une horde d'enfants, ainsi que leurs parents, est immanquablement attirée par cette invitation à la gourmandise. Et je ne fais pas exception. Nous sommes tous des Hansel et Gretel prêts à dévorer jusqu'au chalet habité par Super Maman. Comment résister à un étalage de chocolat, de caramel et de fruits ? Je soupçonne même

Auriana d'avoir aspergé les alentours de son stand d'odeurs de synthèse addictives, qui ouvrent l'appétit, comme le font, paraît-il, certaines boulangeries.

Je ne suis pas particulièrement grande parmi les camarades de mon fils, pourtant Auriana me repère tout de suite et me propose une dégustation. En l'espace de quelques secondes, je me retrouve avec une assiette d'assortiments que je ne peux pas – et ne veux pas – refuser. À la première bouchée – j'ai bien sûr commencé par le muffin au caramel aux pépites de chocolat –, je frôle l'orgasme gustatif mais n'en laisse rien transparaître. Elle se contentera d'un simple : « Mmm, on sent bien le cacao ! » de ma part. Elle a tout de même l'air ravie, et moi, je basculerais presque dans *Why Women Kill.*

Comment vais-je pouvoir faire aussi bien qu'elle ? Selon le super chronogramme déposé sur Google Drive par la maman d'Hugo en octobre, mon tour de préparer cinq magnifiques gâteaux pour la vente en faveur du voyage de nos enfants approche dangereusement. Ce sera pour le mois de février, mais étant donné mes talents de pâtissière, j'appréhende déjà de ne rien vendre et de compromettre les projets de toute une classe. À moins de devenir la meilleure amie de Philippe Conticini ou de Pierre Hermé, je ne vois pas...

Pendant tout le mois de décembre, c'est le défilé. Comme nos familles, à Fabien et moi, sont éparpillées partout en France, nous fêtons Noël chaque week-end. C'est ainsi que nous réveillonnons tous les samedis soir. Le vrai réveillon du 24, nous le célébrons avec ma mère, mon frère, ma belle-sœur et leurs deux enfants.

Je passe donc un temps non négligeable – et une fleuriste n'en a pas beaucoup à cette période – à commander au drive du supermarché des stocks de victuailles aussi gourmandes que festives. Pour ce qui est des fruits et légumes, je m'arrête régulièrement chez Paul, notre maraîcher. Je lui achète des kilos de pommes de terre et des cagettes entières de clémentines.

Un jeudi soir glacial, alors que j'ai les bras chargés de poireaux, de kiwis et de poires, mon écharpe, qui traîne au sol, m'abandonne, et je m'étale de tout mon long sur le bitume devant une Audi rutilante. J'en vois sortir une jolie botte en cuir – de chez Louboutin, non ? –, puis deux, qui viennent à mon secours.

Je lève la tête, honteuse. Auriana m'aide à me relever.

— Ça va, rien de cassé ?

— Non, seulement un peu mal au poignet, au nez et à mon ego...

Elle rit tout en ramassant le contenu de mon panier qui s'est éparpillé sur le sol.

— Tu ne t'es pas ratée, c'est sûr ! Il vaut mieux que je te ramène, car tu vas avoir du mal à conduire. Ton mari viendra récupérer votre voiture plus tard.

J'essaie de me mouvoir, mais tout mon corps me dit d'arrêter. Je capitule donc.

— D'accord, oui, tu as raison.

Ma maison est vide. Fabien a amené Tim au handball et est resté pour regarder l'entraînement. Super Maman se transforme alors en secouriste après m'avoir demandé où se trouvait mon armoire à pharmacie. Bon, je n'ai qu'une trousse de secours, mais ça suffira. Elle nettoie avec douceur mes plaies et enroule un sparadrap autour de mon poignet d'une main experte.

— T'es sûre que tu n'es pas infirmière ?

— Non, mais ma mère l'était. Elle vient juste de prendre sa retraite.

Je me souviens bien de cette dernière, une superbe brune aux grands yeux vert doré – il n'en fallait pas moins pour enfanter une fille en or – et à l'air renfrogné que j'apercevais devant l'école quand nous étions petites. Je la remarquais toujours tant elle était élégante. Je supposais qu'Auriana lui avait parlé de moi, car elle me jetait souvent le même regard glacial que sa fille.

— Justement, je ne l'ai pas vue depuis des années. Elle n'habite plus à Clarenson ?

— Non, elle a déménagé il y a une vingtaine d'années. Quand je suis partie finir mes études aux États-Unis, elle s'est retrouvée seule, alors elle a décidé de prendre un travail en ville, à Toulouse. Elle ne vit qu'à trente minutes d'ici, alors elle me garde souvent les enfants. Enfin, moins maintenant que mes deux aînés sont grands.

— Pourtant tu as préféré revenir ici plutôt que de t'installer à Toulouse ?

— Je me suis quand même sacrément rapprochée, comparé à San Diego ! Et on arrive vite chez ma mère, en voiture. En fait, je sentais que j'avais des choses à entreprendre dans le coin. J'en étais partie avec un sentiment d'inachevé. Ce n'est pas ce qui t'a poussée, toi aussi, à rentrer au bercail ?

— Je ne me suis pas vraiment posé la question... Maman vit encore ici, dans la maison de mon enfance, alors quand j'ai voulu me mettre à mon compte, ça m'est apparu comme une évidence. Et puis, je connais tous les commerces, pas besoin d'étude de marché. Lorsque j'ai su que Monique, l'ancienne fleuriste, partait à la retraite et vendait son fonds de commerce, je n'ai pas hésité longtemps.

— Ah, oui, Monique... Bon, voilà, madame la cascadeuse, vos plaies sont soignées, dit-elle en entendant la porte du salon s'ouvrir.

Nous informons Fabien de mes péripéties, ce qui déclenche un grand fou rire chez mon mari et une vive inquiétude chez mon fils, puis mon infirmière s'échappe avec Fabien pour le conduire jusqu'à notre voiture. Je me rends alors compte que je n'ai même pas pensé à remercier Auriana, et, bien sûr, je n'ai pas son numéro. Sandra, elle, doit l'avoir dans son répertoire, puisque leurs enfants sont copains et qu'elles s'entendent plutôt bien.

Je ne me trompe pas, Sandra me le communique. Voilà, je suis maintenant obligée d'ajouter Super Maman à mes contacts et de lui envoyer un texto :

`Merci beaucoup pour l'aide et pour les soins de pro !` 

Je ne suis pas encore prête pour lui envoyer un smiley bisou mais je trouve l'émoticône que j'ai choisie parfaite, le juste milieu entre la gratitude et l'amitié.

Dix minutes plus tard, Fabien rentre, pose les clefs dans la coupelle de l'entrée et, la mine ravie, me lance :

— Super sympa, cette Auriana !

— Oui, je sais, c'est une fille en or...

Le 24 décembre est enfin là. Ce soir, je ferme la boutique à 18 heures et file me changer pour aller passer le réveillon chez ma mère. En vérité, je dis souvent « à la maison », car j'y ai grandi. Dans mon cœur, c'est encore chez moi, même si j'aime le foyer que j'ai construit avec mon mari. C'est le premier jour du mois où je ne suis pas accaparée par les préparatifs d'un dîner, alors je prends le temps de me faire belle pour attendre le papa Noël. Et je sais que maman adore me voir en robe – le fait que je ne veuille mettre que des pantalons ou des salopettes quand j'étais enfant la désespérait.

Ma mère est encore en cuisine lorsque nous arrivons à 20 heures chez elle, comme chaque année. Autre coutume à laquelle nous ne dérogerons sûrement pas : mon frère débarquera au moins une heure après nous... Mathias est artiste peintre, et il ne voit jamais passer le temps quand il est en plein « processus créatif », comme il dit. Et Annabelle, sa compagne, doit courir seule après leurs diablotins d'enfants, des jumeaux adorables mais particulièrement « dynamiques », pour pouvoir les habiller. Ma mère avait pensé trouver l'astuce idéale en leur disant d'être là à 19 heures plutôt qu'à 20 lors des réveillons précédents, mais mon frère a fini par comprendre son manège et a réajusté de lui-même le bon horaire. Il s'octroie même parfois une marge supplémentaire...

Fabien et Tim s'installent dans le salon, et je rejoins maman aux fourneaux. Non pas qu'elle me laisse l'aider, mais je lui fais au moins la conversation. La maison est restée dans son jus des années quatre-vingt-dix, il n'y a donc pas de cuisine ouverte.

Maman tartine des toasts de foie gras et lève les yeux à mon arrivée.

— Tu es magnifique, ma poupée ! Cette robe te va à ravir ! Je t'ai toujours dit de laisser un peu tes pantalons, tu as de si jolies jambes !

— Merci, maman. Les heures que je passe debout et non dans une salle de sport me servent au moins à ça ! Si seulement le reste pouvait être aussi ferme...

— Ma chérie, à quarante ans, on ne peut pas non plus demander à avoir un corps de jeune fille... On ne peut pas être et avoir été, je sais de quoi je parle !

Ma mère et son tact...

— Ce n'est pas vrai pour tout le monde ! Auriana, par exemple, elle est encore mieux foutue aujourd'hui que quand on était gamines !

— Celle-là, tu ne l'as jamais aimée ! Elle avait pourtant l'air d'un ange.

— C'est-à-dire que c'est *elle* qui n'était pas sympa avec moi, souviens-toi...

— Oui, c'est vrai... Remarque, sa mère aussi était plutôt antipathique, elle disait toujours bonjour du bout des lèvres. Cela dit, c'est elle qui s'est occupée de moi après mon opération de la hanche, et on n'aurait pas cru la même personne tant elle était souriante et aimable. Une super infirmière.

— Oui, tout comme sa fille...

— Elle a choisi de faire le même métier que sa maman ?

— Non..., dis-je en portant avec une extrême délicatesse le plateau soutenant les flûtes à champagne.

Il est à présent 20 h 30 et, magie de Noël, mon frère vient d'arriver. Les jumeaux slaloment déjà entre la table basse et le sapin, et Mathias montre les photos de ses dernières œuvres à Fabien. Je n'ai jamais compris pourquoi mon frère avait toujours pris mon mari pour un grand amateur de peinture... Peut-être s'imagine-t-il qu'un menuisier a une âme d'artiste ? Certes, Fabien pratique un métier manuel, mais on ne peut pas dire que la fibre artistique vibre en lui. Il est cependant bien éduqué et écoute toujours religieusement les descriptions détaillées que lui fait mon frère. Cela dit, je suppose que Mathias fait preuve du même savoir-vivre quand, à l'inverse, Fabien lui parle des matchs de hand de Tim...

De conversations en mets gargantuesques, le moment que tout le monde attend arrive : l'heure d'ouvrir les cadeaux ! Instant durant lequel nous retrouvons tous notre âme d'enfant. Mon fils sera le plus heureux quand il découvrira le chèque de mamie Titine – ma mère s'appelle Martine –, une participation à son voyage à Barcelone, qui viendra s'ajouter à celui que je lui ferai pour ses dépenses personnelles grâce à un bon mois de décembre au magasin.

Les jumeaux de Mathias étant encore petits, il nous faut un père Noël. Pour la première fois, Tim s'est retrouvé investi de cette grande mission, qu'il prend très au sérieux. Le voilà qui passe près de quarante-cinq minutes caché, à se grimer en vieux monsieur à barbe blanche et à travailler sa voix de grand-père. Les enfants n'y voient que du feu mais ont quand même remarqué que : « Papa Noël, il est minus cette année... »

Eh bien quoi ? On se tasse avec l'âge...

Cette année, j'ai été très sage – comme tous les ans –, aussi ai-je été bien gâtée, même pour le réveillon de la Saint-Sylvestre. Parmi nos amis se trouve le propriétaire d'un excellent restaurant situé dans le centre du village, qui nous a proposé de « privatiser » son établissement exprès pour nous. Ce soir, nous sommes trente à festoyer autour de savoureuses verrines et de bulles enivrantes. Toutes mes copines, enfants et conjoints y compris, sont au rendez-vous. Cela ne m'aurait presque pas dérangée qu'elles invitent Auriana, mais la petite famille est retournée aux États-Unis pour les fêtes de fin d'année.

Sandra, en organisatrice hors pair qui se respecte, nous a envoyé trois semaines plus tôt le prénom de la personne à laquelle nous devions acheter un cadeau rigolo. Ironie du sort, je suis tombée sur Fabien, auquel j'offre donc, devant une assemblée perplexe, un attirail de vampire pour « être mon Angel ». Les filles comprennent immédiatement l'allusion, applaudissent mon initiative et crient un : « Ouh ! » qui se veut coquin.

Les paquets passent de main en main, puis vient enfin mon tour. De forme rectangulaire, mon présent me paraît bien sérieux. Mes huit copines me l'apportent ensemble, solennellement.

— Tiens, c'est de notre part à toutes !

— Mais ce n'est pas la règle, et le but était de ne pas se ruiner !

— Oh, avec les prix que tu nous fais sur les bouquets et toutes les plantes que tu nous offres, on pouvait bien se le permettre. Et puis, tu verras, c'est plus symbolique qu'autre chose...

Pour faire durer le suspense, j'essaie de deviner ce que cela peut être. Du maquillage ? Le bracelet que j'ai repéré lors de notre dernière virée shopping ? Un livre de cuisine ?

Les yeux de mes amies brillent. Elles trépignent d'impatience. Je finis par ouvrir mon cadeau avec frénésie. Sur la boîte élégante et colorée que je découvre figure un seul mot :

Origins

Je fais glisser le couvercle et tombe sur ce qui ressemble à du matériel médical.

Un test PCR, sérieusement ? Je mets un peu de temps, puis je comprends qu'il s'agit en fait d'un autokit de test ADN.

— Cette année sera celle de la princesse Romanov ! s'exclame Sandra avec une pointe de malice tout en levant sa flûte de champagne.

Mes copines sont un peu folles, parfois...

Mais je suis bien contente de les serrer dans mes bras quand minuit arrive. Enjouée et sûrement enivrée par ma future identité de princesse, j'envoie un message à Auriana :

Bonne année à toute la famille !

C'est parfait et pas trop personnel.

Réponse quelques minutes plus tard :

Merry Christmas 🎄 and happy new year 🎉 ! Tu as aimé ton cadeau ?

Les filles l'avaient donc embarquée avec elles...

4

Février

Je me demande à quoi sert février. Il n'y a aucune fête à célébrer – enfin si, la Saint-Valentin, mais comme Fabien a décrété depuis longtemps que ce n'était que commercial, elle ne compte pas –, pas de jour férié, il fait froid et, en plus, cette année, il ne neige pas... Seule utilité que je trouve à ce mois : il nous permet de nous reposer la panse après la fin d'année et la galette des Rois, qui s'étale désormais sur tout janvier.

Quoique... Il y a bien la raclette et la Chandeleur... Allez, deux bons points pour février !

Tim, lui, attend le dix-sept avec impatience. Il sera en vacances et pourra aller dormir chez Hugo, qui l'a invité à passer deux jours à « Malibu ». Ces derniers temps, c'est plutôt tendu entre lui et moi. Je ne l'autorise pas à jouer à la PlayStation autant d'heures qu'il en rêverait et je ne veux pas qu'il se crée un compte sur TikTok. En prime, il paraît que je ne lui laisse pas

« assez de liberté » – oui, oui, à onze ans. Je suis une vraie marâtre.

Bref, je ne suis pas ravie à l'idée de l'envoyer chez Super Maman, qui va sûrement lui sembler bien plus sympa que moi, une fois encore. Petit, à chaque dispute, il me menaçait d'aller vivre chez sa grand-mère. Je crains qu'il n'ait à présent l'envie de devenir le frère d'Hugo...

Et dire qu'il part bientôt en Espagne... Mais avant cela, je dois m'en tenir au planning fixé par Auriana et commencer à penser sérieusement aux gâteaux que je vais préparer pour dimanche prochain. J'ai beau me creuser la tête, regarder *Le Meilleur pâtisser* et consulter pendant des heures des sites de recettes en ligne, les seules idées que j'ai sont bien trop ambitieuses pour mes modestes talents. Je dois me rendre à l'évidence : je n'arriverai pas à la cheville des confections de Super Maman. Je ne me risquerai pas à préparer un pavlova de traviole ou à farfouiller dans le grimoire de Mercotte. Le mieux est donc de faire simple et de rester au plus près de valeurs sûres.

Je tiendrai le stand en ce début du mois et, hasard des dates, ce sera le dimanche suivant la Chandeleur. Ça tombe bien, je suis la championne des crêpes – selon un jury très exigeant : mon mari et mon fils. J'ajouterai un soupçon de fleur d'oranger pour la touche d'originalité. Je n'oublie pas que la consigne est de faire des gâteaux, je préparerai donc des quatre-quarts – Tim ne s'en est jamais plaint pour ses anniversaires –, et ferai appel à mon arme fatale pour attirer petits et grands : le Nutella...

Dimanche, 8 heures du matin. Il fait un froid polaire, et je suis bien contente d'avoir avec moi ma crêpière, qui me servira autant à cuisiner qu'à me réchauffer. Tim a promis de me rejoindre à 10 heures, mais je doute qu'il ait le courage d'affronter la bise glaciale. Avec ce temps, les chalands se font attendre et, camouflés derrière leurs écharpes et leurs gros manteaux, les premiers sont plutôt timides. La plupart se contentent de faire un tour rapide après être passés par la boulangerie et repartent au pas de course retrouver la chaleur de leurs foyers. Comme je les comprends !

Du côté des vendeurs, seuls ceux de vin chaud semblent résister. Pour conjurer le sort et pour faire venir les clients, je branche mon attirail. La magie fonctionne : quelques familles commencent à parsemer notre modeste marché du dimanche. C'est le moment de mettre en avant mon principal argument : je pose devant moi, bien en évidence, un gros pot de pâte à tartiner. Les radars des enfants s'activent et les poussent à s'approcher de mon stand. L'odeur alléchante fait le reste, et je retrouve mes réflexes de commerçante. Seul le produit change. Pendant deux heures, ce ne sont pas les confections de bouquets que j'enchaîne, mais les crêpes au sucre et au chocolat. Certains parents s'aventurent à goûter celles à la confiture d'abricots de ma mère et s'en lèchent encore les babines en repartant chez eux. Maman va être aux anges quand je vais lui raconter ! Même Auriana se régale.

À 11 heures, mon stock de pâte est terminé et, contre toute attente, Tim montre timidement le bout de son nez. Il est déçu de ne pas avoir droit à une crêpe, mais il peut se rabattre sur les parts de quatre-quarts restantes. Je dois tout de même l'empêcher de finir le pot de Nutella, car un adolescent en attire d'autres et, comme sortis de nulle part, ses camarades de classe viennent me dévaliser.

Devant mon regard étonné mais ravi, mon fils avoue avec un air de défi :

— Tu vois, les réseaux sociaux, ça sert ! Et pas qu'au harcèlement...

Un point pour lui.

Quand le marché ferme, ma caisse est remplie de cent dix euros, recette que je remets fièrement à l'intendante du collège. Pour une fois, j'ai l'impression de revêtir la cape de Super Maman. *I'm SuperMum !*

Après la Toussaint et Noël, la Saint-Valentin est une des périodes les plus importantes pour les fleuristes. Aujourd'hui, 14 février, je suis sur le front depuis 6 heures du matin, et mon magasin s'est transformé en temple de l'amour. Je vois du rouge et du rose partout où je pose les yeux. Toute la journée, c'est le défilé des romantiques pour lesquels, au contraire de mon cher mari, c'est un plaisir de marquer cet événement, bien que commercial. Et heureusement qu'il l'est, au fond, car cela fait bien tourner ma boutique ! D'ailleurs, Fabien fustige en général cette fête « capitaliste » comme si j'en étais la vénale instigatrice. Voilà donc des années que je n'aborde plus le sujet avec lui. Et j'attends encore moins un petit cadeau de sa part. De toute façon, s'il m'offrait une rose, je crois que je le prendrais mal...

En fin de journée, mon client le plus régulier ne manque pas ce rendez-vous annuel. Andrew, le mari américain d'Auriana, se présente tout sourire pour venir récupérer la composition qu'il a commandée. Chaque année, il réfléchit à une couleur et à un thème différents. Je ne pensais pas que certains hommes pouvaient avoir de telles préoccupations. Je lui enverrais bien Fabien en stage pendant quelque temps. Artiste plasticien, « Andy », pour les intimes, s'intéresse aux fleurs et tient à ce que le bouquet pour sa chère et tendre soit unique. Il y a deux jours, il m'a donc téléphoné pour me dire qu'il avait choisi de célébrer la famille pour cette Saint-Valentin, disposant d'un budget illimité. Sa consigne a été précise : que les plantes renvoient un sentiment d'harmonie. Il est passé hier pour me donner quelques petites photos qui illustrent leur bonheur tant conjugal que parental. Ces dernières décorent à présent la composition que j'ai pris beaucoup de plaisir à confectionner, même si j'étais piquée par la jalousie.

Et l'amoureux transi est très satisfait du résultat.

— *Dear* Victoire, c'est parfait, comme toujours. Je suis sûr qu'Auriana va adorer.

— Je l'espère bien !

— C'est certain. *You know*, la famille, c'est vraiment important pour mon épouse. Et elle le mérite, c'est une femme et une maman en or !

Rien que ça...

Autant d'agitation et de bons sentiments m'ont épuisée. Arrivée à la maison, je me languis de retrouver mon canapé. Mais, à la télé, le programme est tout aussi sirupeux. Quand je monte me coucher, ça alors, un vampire occupe mon lit.

— Tu me rejoins, Buffy ?

Bonne Saint-Valentin, Victoire !

Pour le plus grand bonheur de Tim, les vacances scolaires commencent ce soir. Je ne sais pas ce qui le réjouit le plus : ne pas aller au collège pendant deux semaines ou la perspective du week-end chez Hugo. Je penche tout de même pour la seconde option, car je soupçonne mon fils d'être tout aussi content de passer deux jours avec Lucille, la jolie grande sœur de son copain. Dans cette famille, la beauté est une question de génétique. Et la génétique, c'est injuste.

Le lendemain matin, avant de partir, Tim m'embrasse tout juste et quitte la maison en chantant. Pour moi, c'est moins la joie. Le week-end s'annonce morose. Même le temps s'est mis au diapason de mon humeur. Comme le dirait Verlaine – oui, je suis fleuriste et poète – : « Il pleure dans mon cœur comme il pleut sur la ville. » Pour une fois, je suis bien contente de travailler le samedi, cela m'occupera l'esprit.

Et, en effet, l'effervescence à la boutique me redonne le sourire. Mais c'est compter sans la « bienveillance » d'Auriana, qui m'envoie toutes les heures des photos de leur journée bien remplie à tous. À croire que Tim est parti en colonie de vacances ! Il n'a pas dû jouer plus d'une heure à la PlayStation, pourtant il ne semble pas râler sur la vidéo où il prépare des muffins avec toute la famille d'Hugo – une vraie mélodie du bonheur. L'ingratitude des enfants !

Clou du spectacle, au moment de fermer le magasin, je reçois un cliché de Tim, entouré de son ami, de son frère et de sa sœur. Il paraît si heureux qu'on le prendrait presque pour le troisième fils de Super Maman. D'ailleurs, je trouve qu'il lui ressemble un peu...

Je rentre à la maison plutôt contrariée. Les ventes de la journée, exceptionnellement élevées, ne suffisent pas à me remonter le moral. Fabien essaie de faire quelques blagues, mais elles n'ont pas un franc succès. Je n'ai pas le cœur à rire. Le mieux que j'aie à faire est d'aller me coucher pour que le moment du retour de mon fils arrive plus vite.

Je passe dans la salle de bains avant d'aller au lit et tombe sur le kit de test ADN que m'ont offert les filles. Il se trouve à côté du lavabo, près de la crème que j'applique matin et soir, mais je n'y faisais pas attention. Cela fait presque deux mois qu'il est là, mais je ne me suis pas encore penchée dessus. Ce soir, la boîte *Origins* me fait de l'œil. J'ai bien besoin de me changer les idées.

Sur un coup de tête, je lis le mode d'emploi et me lance. Je frotte les écouvillons sur la paroi interne de mes joues et les introduis dans un tube à essai que j'insère ensuite dans un petit sac plastique. Le tout est prêt à être envoyé dans un laboratoire domicilié aux États-Unis, et ce grâce à une enveloppe prévue à cet effet. En deux minutes, l'affaire est réglée.

Alors que quelques instants plus tôt j'étais au bord de la déprime, je m'endors en rêvant d'une destinée à la Anastasia...

Tim n'étant pas là, je pourrais en profiter pour faire la grasse matinée, mais je me réveille aux aurores. Dès 6 heures, mes yeux sont grands ouverts. Un beau dimanche ensoleillé s'annonce, mais je pense déjà au soir, quand mon fils réintégrera notre foyer. Va-t-il me téléphoner pour prolonger son séjour enchanteur ? Ou a-t-il tout de même un peu envie de nous retrouver, son père et moi ? Certes, il n'est parti que depuis vingt-quatre heures, mais je sens que le dépaysement a été aussi grand que s'il était parti en séjour à l'étranger... Et moi, je trouve la maison bien vide sans lui. Mais comment vais-je faire en avril, quand il sera à Barcelone ?

En signe de protestation, je passe mon dimanche en pyjama. Ce week-end n'est définitivement pas glamour. Et la tenue est idéale pour continuer à accueillir les MMS que m'envoie Auriana. Selon toute apparence, la journée de mon fils est nettement plus gaie que la mienne : Super Maman a lancé Tim et Hugo sur le projet d'une application pour ados que sa start-up veut développer, et les deux garçons servent à la fois de cobayes et de source d'inspiration. Mon fils doit être aux anges. Sa fleuriste de mère ne peut pas rivaliser. Si je lui demande de m'aider avec mes compositions, j'imagine déjà son enthousiasme débordant...

Mes souvenirs d'enfance sont à deux doigts de remonter à la surface. Je ressens le même sentiment que par le passé, celui d'être mise de côté au profit d'une Auriana qui brille dans tous les domaines. Cette malédiction me poursuivra-t-elle éternellement ?

Cette journée ne cesse de s'allonger et me paraît s'étendre à l'infini. Heureusement, en début d'après-midi, alors que Fabien a rejoint son atelier pour avancer sur une commande urgente, je boude le soleil qui resplendit dehors pour me plonger dans un bon roman que Sandra m'a prêté il y a plus d'un an. Moi qui dis toujours que je ne trouve jamais le temps de lire, je ne peux que sauter sur l'occasion.

Pouvoir des livres : quand je lève le nez de mon bouquin, il est 18 heures. Fabien va partir chercher Tim chez Auriana – me sentant prise d'une faiblesse, j'ai préféré l'envoyer plutôt que d'y aller moi-même – dans quinze minutes, et je suis encore vêtue de ma combinaison en pilou.

J'ai à peine le temps de me rendre présentable que j'entends déjà la porte d'entrée s'ouvrir.

Je me retiens de dévaler l'escalier pour rejoindre mon fiston. Je le descends donc tranquillement et, ô joie !, il m'accueille avec un grand sourire. En une fraction de seconde, mon week-end morose est oublié. Mon fils ne me renie pas, alléluia ! Bien sûr, je vais sûrement devoir supporter le récit détaillé de ces deux jours chez la famille parfaite, mais, au moins, Tim est à la maison et il ne semble pas malheureux d'avoir réintégré son foyer.

— Alors, mon chéri, tout s'est bien passé ?

— Oui, super ! On a fait plein de choses et je me suis bien marré avec Hugo !

Pour l'instant, il ne parle pas de Super Maman. Mon humeur remonte en flèche.

— Tu as bien remercié les parents d'Hugo de t'avoir accueilli ?

— Oui, maman…

Je sens une pointe d'exaspération dans la réponse de mon fils. Il n'aime pas que je remette en doute son savoir-vivre. Mais j'ai la vague impression qu'il y a autre chose...

— Tu ne t'es pas disputé avec le frère ou la sœur d'Hugo quand même ?

— Bien sûr que non...

— Tu as fait une bêtise ? Tu t'es fait gronder par ses parents ? Tim...

— Maman, arrête ! Il n'y a pas eu de problème, je te dis !

— Bon, très bien... Alors, et cette nouvelle application que vous a fait tester Auriana ?

— Ouais, sympa...

— Oh, tu n'as pas l'air emballé... Et vous avez fait quoi hier soir ?

— On a regardé un film avec les parents d'Hugo.

— Il était bien ?

— Oui, ça va...

La richesse de vocabulaire de mon fils... Il ne m'a pas habituée à ça, lui qui en général trouve une variété de qualités à attribuer à Auriana.

— Bon, tu n'as apparemment pas l'air décidé à en dire plus, mais quand tu en auras envie, tu me raconteras ce qui te contrarie.

— Ben, en fait... Rien de grave... C'est juste que la mère d'Hugo était pratiquement tout le temps avec nous...

— Et ? Tu l'adores, d'habitude.

— Oui, c'est vrai, elle est cool, mais elle a pas notre âge non plus. On aurait dit qu'elle voulait être notre copine, jouer avec nous, faire des blagues, parler séries. Et c'était en fait un peu… gênant. Elle m'a même posé des questions sur toi ! Hugo était mal à l'aise, et moi aussi… Mais j'ai quand même passé un super week-end, hein.

Mon petit cœur meurtri de maman se regonfle d'amour et de reconnaissance. Il y a finalement une justice.

Tout compte fait, Tim devrait aller plus souvent chez Hugo.

5

Avril

Le mois tant redouté a fini par arriver. Seule consolation : le printemps est venu avec lui, et ma boutique s'est remplie de tulipes, de pivoines et de lilas. Dans les champs qui séparent ma maison du centre du village, les coquelicots offrent des paysages dignes d'une peinture impressionniste.

Après le lundi de Pâques que nous allons passer en famille, Tim partira en Espagne. Il trépigne d'impatience et, alors que nous ne sommes qu'au début du mois, il a déjà préparé sa valise – de mémoire de maman, je crois bien que c'est la première fois qu'il la fait tout seul. Bien sûr, face à lui, je me réjouis de ce voyage, il n'est pas question de gâcher son plaisir, mais j'ai du mal à complètement cacher mon inquiétude. Fabien a beau essayer de relativiser, j'aborde avec anxiété ce premier « éloignement » de mon fils. La famille qui va l'accueillir est-elle vraiment digne de confiance ? Est-ce qu'il va s'y sentir à l'aise ? Est-ce qu'il ne va pas se perdre dans cette grande ville ?

Voilà des semaines que Tim est en contact avec Arnau, son correspondant, qui viendra l'année prochaine chez nous – voilà qui m'inquiète moins –, et, malgré des conversations balbutiantes par e-mail, ils ont l'air de bien s'entendre. De notre côté, nous avons rencontré, lors d'un appel vidéo épique, ses parents. L'espagnol de Fabien, qui a fait allemand en LV2, se réduit à néant, et le mien ne va pas au-delà de *Hola, qué tal ? Me llamo Victoire*, seul vestige des cours de la pauvre Mme Perez, qui, je l'espère, aura plus de succès avec mon fils. Quant à nos interlocuteurs espagnols, ils ont fait tous les efforts possibles pour mélanger espagnol, catalan et les quelques mots de français qu'ils connaissent pour se faire comprendre. Mais notre discussion s'est surtout limitée à des sourires idiots, à des répétitions ridicules de *muy bien* et *muy simpático* et à la visite de nos intérieurs respectifs, afin de nous rassurer sur les conditions d'accueil de nos enfants. Voilà qui a tout de même réussi à me mettre un peu plus en confiance.

La veille du grand départ, toutes mes inquiétudes reviennent. Heureusement, nous avons fêté Pâques chez ma mère, et je n'ai pas eu à gérer l'organisation d'un repas de famille. Pendant le déjeuner et l'après-midi qui a suivi, j'ai passé mon angoisse sur une énorme cocotte en chocolat, dont je ne pensais au départ que manger le bec. Prévoyante, j'ai même embarqué ses œufs pour survivre le lendemain.

Je crois que ce qui me fend le plus le cœur, c'est de savoir que, pour la première fois, Tim ne sera pas là pour mon anniversaire. Je ne pouvais tout de même pas lui demander de ne pas partir juste pour ne pas rater les quarante et un ans de sa mère... Ou peut-être que si ? Est-ce que cela ne devrait pas être un devoir inscrit dans la charte de tout enfant qui se respecte ?

Dans le doute, je comble ce vide juridique en essayant de me réjouir pour lui.

Voir le car s'éloigner fut déchirant. Mais je n'ai pas pleuré. Du moins, pas devant tout le monde...

Pour ne pas sombrer dans la dépression, je me suis préparé un emploi du temps parfaitement réglé, qui ne me laissera pas une minute pour cogiter. De quoi faire pâlir d'envie Auriana. Pendant une semaine, je vais être une femme super active. Enfin, encore plus que d'habitude. Je redoute seulement les soirées, mais je compte bien sur une fatigue extrême qui mettra mon cerveau hors d'état de nuire.

Les trois premiers jours, la technique fonctionne à merveille. La professeure d'espagnol de Tim nous envoie tous les soirs un rapport de la journée et quelques photos. Vers 21 heures, les parents d'Arnau prennent le relais, et je m'endors comme un bébé.

Quand arrive le jeudi, j'en ai oublié que, aujourd'hui, je prends un an de plus. Personnellement, j'ai arrêté de compter quand j'ai eu trente-cinq ans. Je me contente de me focaliser sur les anniversaires de mon fils, la perspective étant bien plus réjouissante. Mais Fabien, lui, a bonne mémoire et m'a préparé un petit déjeuner digne du restaurant d'un palace. Alors que l'intention devrait me faire plaisir, elle me force à m'attarder à la maison et me fait indirectement ressentir la cruelle absence de Tim. J'essaie de ne rien laisser transparaître à Fabien, mais il n'est pas dupe.

— Donc, si j'ai bien compris, il vaut mieux que j'annule le resto que j'ai réservé pour 20 heures ?

— Chéri, c'était vraiment gentil à toi, mais j'aimerais qu'on fête ça tous ensemble quand Tim sera rentré... Ça ne te dérange pas ?

— Non... C'est ton anniversaire, c'est toi qui décides... Si c'est pour que ce soit la soupe à la grimace toute la soirée, non merci.

Je comprends qu'il soit vexé mais je préfère être honnête plutôt que d'avoir à me forcer.

J'aurais mieux fait de ne pas changer le programme prévu par Fabien. À présent, je m'en mords les doigts et je ne peux même pas me morfondre auprès de lui. J'ai quand même une certaine dignité. Mais il m'a prise au mot, et nous n'avons rien fait du tout. Tout compte fait, il n'y a pas pire que de se retrouver devant sa télé, à 22 heures, le jour de son anniversaire. Et pour ne rien arranger, Tim semble m'avoir oubliée.

J'ai attendu toute la journée un message de sa part. Je ne lui en veux pas vraiment, cela signifie sûrement qu'il ne s'ennuie pas et que nous ne lui manquons pas trop, mais quand même, un petit mot... Depuis deux heures, enveloppée dans mon plaid, je caresse mon téléphone tel un talisman dans l'espoir que mon fils me fasse un signe.

En désespoir de cause, j'envoie un texto à la seule maman de sa classe dont j'ai le numéro : Auriana :

Coucou, tu as eu des nouvelles d'Hugo aujourd'hui ?

Salut ! Oui, il m'a appelée avec le téléphone de sa famille il y a deux heures. Pourquoi, pas toi ?

Non, pas moi... Je ne lui réponds pas.

Trente minutes plus tard, elle relance la conversation :

Au fait : happy birthday ! 🎂 J'espère que tu fêtes ça dignement !

Comment connaît-elle ma date d'anniversaire ? Sûrement comme tout le monde, par Facebook. Mais elle ignore quelle soirée trépidante je suis en train de passer...

Oui, en tête à tête avec mon canapé et Netflix...

Sérieux ?! Je t'attends à la maison, j'ai toujours un gâteau et des bougies de côté !

Suis en pyjama. Viens, toi !

OK, j'arrive !

J'ai officiellement invité Auriana à assister à ma déchéance. Riche idée pour conclure cette journée de la loose. Je suis sûre qu'elle, elle passe toujours de merveilleux anniversaires.

Alors que se termine tout juste mon épisode de *Locke and Key*, Super Maman et son gâteau tapent discrètement à la porte.

— *Happy birthday*, Victoire !

— Non, mais, t'avais vraiment ce brownie prêt chez toi ?

— Oui, j'en avais fait deux ce week-end.

— Merci, je vais me régaler ! Rentre, ou le vent va souffler les bougies à ma place !

Pendant qu'Auriana rallume quelques mèches rebelles, je mets la bouilloire en route – pas très festif, mais il est un peu tard pour sortir le champagne.

— Ah mince, j'ai oublié d'inverser les chiffres... J'ai confondu avec Lucille, qui a eu quatorze ans le mois dernier !

— Laisse, ça va me rajeunir !

Alors que je souffle mes « quatorze » printemps, je me dis que ce n'est vraiment pas ainsi que j'avais pensé les passer... La vie prend parfois des détours inattendus.

— Ah... Si on était encore ados !

Sa réflexion me laisse songeuse. Si je le pouvais, est-ce que je retournerais en arrière ? Non, je ne le crois pas. Ma dernière année de collège a été l'une des plus difficiles à vivre. La popularité d'Auriana atteignait des sommets quand j'avais peine à accepter l'acné et les rondeurs qui déformaient mon visage et mon corps. Et le regard que portait sa « cour » sur moi ne m'aidait en rien. Je n'étais pas sourde et entendais régulièrement les moqueries. On m'attribuait des sobriquets dévalorisants comme « calculatrice » ou « bouboule ».

Certes, ce soir, je suis triste, mais j'ai tout de même bien plus confiance en moi que durant mon adolescence.

— Bof... Ça te fait réellement envie, toi ?

— La jeunesse, oui. Mais à cette époque, ma vie n'était pas gaie.

— Tu avais pourtant l'air très entourée.

— D'amis, oui...

La discussion que nous avons eue sur notre enfance lors de la fête d'Halloween chez Sandra me revient en mémoire. Apparemment, tout n'avait pas été toujours rose avec sa mère...

— Tu ne t'entendais pas avec ta maman ?

— C'est plus compliqué que ça... Je n'avais pas de papa, ou pas vraiment, alors c'était comme si ma mère voulait jouer les deux rôles en même temps. En prime, elle était extrêmement exigeante.

Maintenant qu'elle en parle, je comprends que je n'ai jamais vu son père. À l'époque, je pensais qu'il ne venait pas la chercher à l'école, tout simplement. Je n'avais jamais envisagé qu'elle n'ait pas de figure paternelle.

Je sens qu'elle n'a pas envie de s'étendre sur le sujet. Et je la comprends pour le coup...

— Je suis sûre qu'elle t'aime plus que tout.

— Oh, aucun doute là-dessus, mais elle a toujours trop attendu de moi. Elle n'a eu qu'un seul enfant et ne s'est jamais mariée. Elle a donc tout misé sur moi. J'étais la revanche qu'elle voulait prendre sur la vie. Tu ne t'imagines pas à quel point elle s'est inquiétée lorsqu'on m'a conseillé le redoublement en CP, on aurait dit que le monde s'écroulait pour elle ! Dans notre enfance, on n'évoquait pas la dyslexie, on déclarait seulement qu'un élève avait des problèmes d'apprentissage. Alors, quand elle a décidé de déménager pour que j'effectue ma deuxième année de CP ici, je l'ai pris comme une punition…

J'avais complètement oublié qu'elle avait un an de plus que moi. Mais l'ai-je vraiment su un jour ? Je doute que notre gentille institutrice ne nous l'ait précisé, cela aurait pu mettre la petite nouvelle dans une situation inconfortable. Et l'intéressée ne s'en est pas vantée…

Je note surtout que, au départ, Auriana n'avait pas envie de venir à Clarenson. Elle avait pourtant parfaitement su s'adapter.

— Et tu as finalement appris à aimer ton nouvel environnement ?

— J'ai même fini par l'adorer. L'école me donnait souvent l'occasion de m'échapper de l'atmosphère pesante qui régnait à la maison. Heureusement qu'il y avait la cour de récré, je retrouvais les frères et les sœurs que j'aurais souhaité avoir.

— Oui, c'est compréhensible…

— Écoute, je sais que je n'ai pas été très gentille avec toi… Mais je ne voulais pas te faire de mal, j'étais juste un peu écervelée, je pense que j'évacuais les difficultés que je rencontrais dans ma vie…

— J'aurais aimé savoir tout ça quand on était gamines. Tout n'était pas parfait chez moi non plus, j'avais peut-être officiellement un père, mais on ne peut pas dire qu'il était souvent avec nous... Tu vois, on aurait même pu s'entendre, toi et moi...

— Oui, j'ai été bête, je le regrette. Mais, on est là, ce soir, pour repartir de zéro et passer le cap de tes quarante et un ans.

Pour me remettre de mes émotions, je prends une généreuse part du brownie préparé par Auriana. Évidemment, il est délicieux, moelleux et chocolaté à souhait, avec des notes de croustillant apportées par les noix de pécan. Tout simplement parfait.

— Décidément, tu as sauvé mon poignet et mon anniversaire, je te dois beaucoup ! Auriana, tu es vraiment une fille en...

— ... en or ? Oui, je sais.

Elle prononce ces deux mots avec un air navré, alors que, de mon côté et pour la première fois, j'aurais plutôt tendance à valider ce surnom. Elle préfère changer de sujet.

— Au fait, et ce test ADN ? Tu as fini par le faire ?

— Figure-toi que oui ! Un peu sur un coup de tête, d'ailleurs. Je l'ai envoyé le mois dernier au laboratoire.

— C'est pas vrai ? Super ! Et tu auras bientôt les résultats ?

— Si je me fie au suivi du dossier sur le site d'*Origins*, dans les jours qui viennent...

— Tu vas donc peut-être prochainement découvrir que tu es une tsarine ?

— Exactement ! Non, sérieusement, je crois que ma mère a fabulé toute cette histoire… Maintenant que je l'ai fait, je suis quand même curieuse d'en apprendre plus sur mes origines.

— Oh, allez, continuons de rêver !

Il est déjà minuit moins dix, et je ne serai bientôt plus la reine du jour. C'est dans ces dernières minutes que je reçois un lien vers une vidéo sur mon téléphone : Tim et Arnau font une danse à la mode sur ma chanson préférée du moment, *Girls Like You* de Maroon 5. Je souris bêtement pendant que je lis le message qui l'accompagne :

Ma « vieille » maman, on a mangé tard et on a mis du temps à faire ce TikTok, mais j'espère que tu aimeras… *Feliz cumpleaños !*

D'un coup, un regain de vivacité m'envahit, et je n'en veux même pas à Tim d'être allé sur une application que je lui avais pourtant interdite. Je partirais bien zouker en discothèque, tiens.

Bon, OK, j'ai officiellement plus de quarante ans…

6

Mai

Il a fallu que je choisisse un métier qui me fait travailler les jours fériés... Cette année, le 1er et le 8 mai tombent un vendredi, et Fabien et Tim sont ravis d'envisager leurs week-ends prolongés.

Heureusement, j'adore mon boulot.

Le premier jour du mois nous gratifie d'un temps estival. Lucille, l'aînée d'Auriana, termine en beauté sa semaine passée à mes côtés. Quand sa mère m'a contactée pour me demander si je voulais bien la prendre dans ma boutique pour qu'elle y effectue son stage de troisième, j'ai tout de suite accepté. Je devais bien ça à Auriana. Et j'ai eu raison, car Lucille est une jeune fille dynamique et souriante, qui m'a bien aidée dans mon travail. Elle s'est aussi révélée particulièrement douée dans la composition de fleurs séchées, qu'elle aime accompagner de monnaie-du-pape et de quelques brins d'herbe de la pampa.

Aujourd'hui, le muguet a pris toute sa place dans le magasin et, à l'extérieur, ma « petite vendeuse » a installé un coin cosy et bohème qui a un franc succès. Étrangement, cette année, une vague de jeunes collégiens – dont mon propre fils – se sont passé le mot pour venir lui acheter des fleurs...

À midi, Lucille n'ayant plus rien à vendre, je lui donne son après-midi afin qu'elle profite d'un repos bien mérité.

— Tu diras à ta maman que je suis très contente de toi, tu as vraiment bien travaillé. J'espère que tu as appris des choses et que tu auras de quoi faire ton rapport de stage. Que je lirai avec plaisir.

Tous les parents sont heureux de recevoir des compliments sur leur progéniture. Et ceux-ci sont amplement mérités.

— Merci, Victoire (elle a mis trois jours avant de réussir à ne plus m'appeler « madame Lancini »). Oui, je me suis régalée. Et maman va m'aider pour le rédiger. Je vous en donnerai un exemplaire. Elle sera contente de savoir que je ne vous ai pas posé de problèmes.

Cette jeune fille a une éducation parfaite. C'est vrai qu'elle ferait une bru idéale...

Après son départ, l'après-midi est plus calme. J'en profite pour préparer les tiges de gypsophile et de craspedia qui composeront demain le bouquet du mariage champêtre d'une de mes clientes, pour remettre un peu d'ordre dans la boutique et pour faire ma comptabilité. Je dois aussi répondre à plusieurs e-mails de fournisseurs, dont certains pour lesquels je suis en retard.

En consultant mes courriers indésirables – ce que je fais rarement –, l'intitulé de l'un d'eux attire mon regard, presque par hasard :

```
Plus que trois jours pour consulter vos
résultats ADN
```

Cela fait deux semaines que j'aurais dû les recevoir, j'avais fini par me résoudre à l'idée qu'*Origins* était une société fantôme et que les filles s'étaient fait flouer par une publicité mensongère. Aussi n'ai-je pas osé leur en parler. Je n'avais tout simplement pas pensé que ce message venant des États-Unis serait considéré comme un spam...

J'ouvre donc l'e-mail et clique sur le lien, qui me dirige aussitôt vers ma fiche. Je choisis l'onglet « origines ethniques ». Une carte du monde interactive m'apprend que mes racines sont principalement européennes – le sud de l'Europe pour être plus précise, et essentiellement la France, l'Italie et l'Espagne... Et dire que je suis nulle en langues ! J'apprends aussi que vingt pour cent de mes ancêtres sont originaires du nord de la Russie et sept pour cent du Moyen-Orient. Ma mère aurait-elle dit vrai ? Sa « légende » aurait-elle une part de réalité ?

Je me prends au jeu de ces découvertes et passe à la rubrique « correspondances ADN ». Apparaît alors une colonne de noms, de dates et de pourcentages reliés à mes liens de parenté avec des dizaines de personnes sur la planète. En haut de la liste figure un vingt-cinq pour cent qui m'intrigue et auquel je ne m'attendais vraiment pas… Ce n'est pas de la famille des Romanov dont je suis issue, c'est bien plus incroyable encore !

Il faut absolument que je parle à Auriana !

— Comment tu le prends ?

Voilà quinze minutes qu'Auriana m'a rejointe dans mon café préféré, dans le centre de Toulouse. Elle a l'air si perturbée que, pour une fois, elle n'a pas pris le temps de lisser ses cheveux. À présent, je vois bien que nous avons hérité de la même masse crépue. Elle a mis cinq jours à répondre à mes appels.

— Je ne m'y attendais pas du tout…

C'est le moins qu'on puisse dire…

— Tu n'avais pas quelques doutes ?

— Bizarrement, non… J'en voulais déjà assez à mon père de ne jamais être à la maison, je ne le soupçonnais pas en plus d'être infidèle… Et puis, il est mort depuis un peu plus de vingt ans maintenant, je me suis efforcée d'oublier tout ça… Et toi, tu t'en doutais ?

Elle était prête à ouvrir toutes les vannes.

— Pas durant les premières années, j'étais trop petite… Il y avait seulement un « gentil monsieur » qui m'apportait un cadeau le 25 décembre, puis pour mon anniversaire, un mois plus tard. Je ne faisais que l'apercevoir sur le pas de la porte mais j'attendais toute l'année ce jour parce qu'il m'offrait des choses extraordinaires, comme une immense maison de poupées ou encore des places de concert pour aller voir Dorothée. Au début, j'ai même cru qu'il était le père Noël… Puis, en grandissant, j'ai commencé à poser des questions. Mais ma mère évitait toujours le sujet ou s'enfermait dans le mutisme. J'ai d'abord compris qu'elle avait voulu emménager à Clarenson pour se rapprocher de lui, mais elle avait pourtant l'air de ne pas le porter dans son cœur. Et puis, un jour, tu ne m'as pas vue, mais je t'ai croisée avec lui… J'ai alors rassemblé les morceaux du puzzle. Ma mère n'a jamais rien avoué, mais j'ai commencé à t'en vouloir. Le « gentil monsieur » vivait avec toi…

Je prends quelques secondes pour digérer toutes ces informations, pour resituer un passé et une histoire familiale dont j'ignorais tout… Maman est-elle au courant ? Je ne crois pas, je n'ai jamais senti d'animosité particulière chez elle quand elle me parlait d'Auriana ou de sa mère. Est-ce que je le lui dirai ? Je n'ai pas la force d'y penser pour l'instant.

— C'est pour cette raison que tu es revenue t'installer ici après ton expérience aux États-Unis ?

— Oui. Au moment de quitter San Diego, une amie m'a appris que tu avais repris la boutique de Monique. Le timing était parfait, comme un signe, une chance d'éclaircir mes questionnements et d'écrire une autre histoire. Mais je ne trouvais jamais le courage d'aborder le sujet avec toi, d'autant plus que je sentais bien que tu nourrissais encore une certaine rancœur envers moi et que tu préférais garder tes distances. Alors, quand tes amies ont parlé du test ADN, j'ai sauté sur l'occasion. J'en ai fait un dans les jours qui ont suivi, puis j'ai soufflé l'idée du cadeau aux filles. Il ne restait plus qu'à croiser les doigts pour que tu le fasses aussi. Maintenant, j'espère seulement que tu n'es pas en colère, ou pire, déçue…

— Je suis bien des choses, mais je ne t'en veux pas du tout.

— Je suis tellement soulagée ! Je ne sais pas si ça peut te réconforter, mais je ne suis pas sûre que ton père – je ne parviens pas à l'appeler autrement – ait trompé ta mère, du moins avec la mienne. N'oublie pas que nous avons plus d'un an d'écart, il est donc possible que cela se soit passé avant que tes parents soient ensemble, ou au tout début de leur relation. On peut même envisager que ma mère lui ait caché sa grossesse. Tant de choses sont encore incertaines. Mais, au moins, nous sommes maintenant sûres du plus important...

Mon père était-il ce genre d'homme ? Je ne le connaissais finalement pas vraiment... Ma mère s'est toujours peu épanchée sur son couple, mais je sais que leur histoire a été plutôt mouvementée avant leur mariage. Est-ce que ce secret a rongé mon père pendant toute sa vie, ce qui expliquerait sa fuite du foyer ?

Toute mon enfance en est bouleversée, vingt ans après.

Quant à savoir si je compte raviver tous ces souvenirs dans la mémoire de ma mère... J'ignore encore ce qui est le mieux à faire.

— En parlant de nos chères mamans... Et si, à la fin du mois, on passait la fête des Mères ensemble, histoire de rapprocher nos deux familles ? propose timidement Auriana dans un sourire lumineux.

La mère d'Hugo, elle est trop sympa. Une fille en or. Et, en plus, c'est ma sœur.

13499

Composition
NORD COMPO

Achevé d'imprimer à Barcelone
par BLACK PRINT
le 11 avril 2022

Dépôt légal : mai 2022
EAN 9782290373385
OTP L21EPLN003279N001

ÉDITIONS J'AI LU
87, quai Panhard-et-Levassor, 75013 Paris

Diffusion France et étranger : Flammarion